THE BODY READER

獵凶

A NOVEL

ANNE FRASIER

安・費瑟——著

林零——譯

死者的容顏中，有著故事。

1

某一天，她停止了尖叫。

也是在這一天，她不再去想那座無窗牢籠之外的世界。那個世界再也不存在，不屬於她。現在，她只有不定時送來的一盤盤食物，在黑暗中進食，沒有任何視覺上的線索，她的味蕾分辨不出送進嘴裡的東西。

她的生活就是聆聽他走在階梯上的腳步聲，聽他拖著雙腳走過水泥地面，並在他說話時等著聽見他的聲音。上天垂憐，她變得期待起他的聲音與來訪。不管什麼，都好過她腦中的靜寂。

也有些時候，他會將她從那房中房、從黑暗中拉出來，她則會因地下室天花板垂下的孤獨電燈泡那令人眼盲的亮光猛眨眼。當她試圖開口，嗓音是沙啞、陌生而空洞的。他會狠甩她耳光。

而那也沒差。

今天，他帶她到地下室角落的排水口，扭開水龍頭，將噴嘴對準她赤裸的身體，讓冰凍的水轟炸她。

即使這樣，她也沒有尖叫。她的體內一點尖叫也不剩。

「妳令人作嘔。」

她猜想自己的確是如此。也許就是因為這樣，他才不再碰她。令人作嘔是好事。等她淋個溼透、並且因寒冷而劇烈顫抖，他才關掉水龍頭——她竟然在發抖，**真稀奇**，她疏離地想著。

「去吧，回去牢裡。」

一開始她試圖保有自我意識。有一陣子，她努力提醒自己別忘了她是誰。她努力回想自個兒的髮色與臉型，但最終她放棄努力。現在這就是她的生活，而什麼髮色和臉型在這兒不會帶來任何不同。一旦你不再渴望任何事物，生存就變得更容易；一旦你放棄並接受命運，活著就變得更能容忍。因為這麼一來，你的每日就不會成為重複播放的無盡夢魘。

牢房中，她蜷縮在地上，在顫抖不止時將雙膝收到胸前。

現在，他將鎖上大門。

「你可以待一會兒嗎？」她問，嗓音微弱如絲線。「和我說說話？」

他瞠目瞪視。鬍子沒修剪，殘酷而煩躁的雙眼，糾纏的棕髮。他沒將她放心上，她變成令人不悅的日常瑣事，一頭他從不想養、卻非餵不可的狗——如果他還記得要餵她。

他身後，電燈泡閃爍一陣滅掉，整間房子陷入寂靜。他在黑暗中咕噥了幾聲咒罵。

這是最漆黑的黑，然而黑暗是她的朋友。在沒有視覺的世界裡，她的聽力變得敏銳。她習慣讓視線超越黑暗，在心中具現化周遭環境，想像四壁的距離與天花板的高度。

燈滅不久，她內心湧現某種詭異的感覺，某種她長久以來失去的感覺。

希望。

她知道他占有的空間，知道他身高，也知道他體重；她知道他雙手上的老繭，還有肚子上又長又寬的疤；她知道他二頭肌的臂圍，還有聞起來帶著香菸和啤酒味的吐息。

詭異的是，她明明那麼久以前就放棄了逃脫，現在卻在思考這件事。不過，她也許只是冬眠，無異是要等待那對的時機，等待宇宙讓形勢對她有利，等待她占優勢的瞬間來臨。

在黑暗中，她看得見。

不是神祕的力量，倒像是一輩子住在全然黑暗中的裸鼴鼠。一會兒後，黑暗已不再是障礙。

那人的左臂上配戴了一把電擊槍。型號陌生，但他在她身上使用了無數次，夠讓她明白所有需要知道的資訊。在黑暗中，在最深的黑暗中，她在心中計算著距離，接著迅速跳起來、往前一撲。她的手解開槍套，抽出電擊槍。

她按下開啟鈕，武器啟動，呼呼作響。那人試圖撲過來時，她臉上感到一股氣流。有如刺出劍刃，她瞄準他的胸口（她希望是）。電擊槍擊中了某個東西。男人倒地、在她腳邊劇烈痙攣，喉嚨逸出無法自制的嘔咳聲。

她溜過他身邊，笨拙地往前移動，然後碰到通往地面層的扶手和木頭階梯。

她花了無數日月聆聽——聽他如何走過她頭頂上的樓層、移除槍套，聽著那槍撞擊到桌面。

她大大伸開雙臂，盲目而踉蹌地上了階梯。在廚房，她的指頭搜索桌面，同時找到了她要找的東西。

她扔了電擊槍，解開槍套，拿出那東西。從重量和形狀判斷，像是點四〇口徑的史密斯威森——標準警察配槍。

她身後一陣重重的腳步聲踏上階梯。

沒間檢查彈匣了。她以雙手穩穩地持槍，聽著底下傳來的動靜。他螃蟹般拖著腳移動，以及那斷續的呼吸，感受他的憤怒漸漸逼近。

她開槍了，開了三次，每按一次扳機，都在黑暗中迸出一團火花。炙熱的空彈殼彈躍過她的赤腳，火藥氣味填滿她鼻孔。

男人悶哼了一聲，摔下樓梯。

現在，我可以回家了。

她轉身，一路摸索到後門，打開。

冬天。

她沒預料到是冬天。寒冷讓她喘不過氣。

她在心中尖喊，**跑啊**。然而，她逼自己回到廚房，搜索門旁的衣帽架，取下一件厚重的帆布外套。她套在赤裸的身體上，一路將拉鍊從膝蓋拉到頸子，接著從其中一個深深的口袋中抽出一頂針織帽，戴在濕漉漉的頭髮上。

每樣事物聞起來都像那男人。一股意料外的悲傷席捲了她。她做的事情是對的嗎？殺了他是對的嗎？

她將雙腳塞進一雙過大的靴子，槍塞進口袋，逃離那棟建築，沒有回頭。

家。

奔向另一個人。一個她想不起名字的人。但他的臉——她記得他的臉，還有他的碰觸，他的微笑。

她途經的房屋內部都是暗的，連街燈都沒亮。沒有星星，沒有月亮。**停電了**——她過往的生活給了她答案。

她拖著腳走路，這樣靴子才不會掉。她一點也不在意雙腿因寒冷變得麻木，這感覺很棒。

車子從後方接近，車頭燈點亮了堆起雪堤的街道。她將外套環抱得更緊，繼續行走。

車子在十字路口停下，她看見了，那是一輛計程車。

她跑起來，追上車，打開後車門，竄進裡頭。

接著她卻遲疑了。她還記得舊生活的一些潛規則。不知怎麼，她知道自己該聯絡警方。她想過告訴那名手握方向盤的人她的逃亡，卻又不情願和他交流，不願分享自己的一切。她腦中只想著要回家。

司機的喉嚨不自覺乾嘔了一聲，回過頭看她，說：「媽的妳別想，下去，給我下車。我不載遊民。」

她最不想做的就是下這輛計程車。她打死也不要下去。

「我有家，我要回家。」

她的聲音在計程車裡聽起來很詭異，和在地下室時非常不一樣——在牢房中她對自己說話的聲音。那聲音很空洞。而在這裡，她幾乎能見到聲波在車內反彈碰撞，而且能聽到讓她的聲音——即使是如此沙啞刺耳——形成回聲的共鳴。牢房有隔音，而今在計程車裡，沒有任何事物能抑制她所有的感官。當她認真起來，便感到著實無法忍受。人們怎麼有辦法受得了？一整個世界的震顫，那氣味，她雙腿後方貼著座椅的觸感。又溼又黏，被太多人碰過。後照鏡上垂下的除臭器灼痛她的肺臟，讓她流淚。

她從外套掏出槍，指著那人。「開車。」她告訴他地址，這些字眼就這麼冒了出來，恍若昨日剛說過那樣跳進她腦中。

他上了路。

當她看到雙層公寓，又一次雙眼刺痛、喉嚨灼熱，這次是因為喜悅、因為鬆一口氣。他會在那兒，而且會伸出雙臂環抱著她，緊擁住她。也許他會哭，然後她會告訴他，她沒事的。接下來他們會抱著彼此好久好久，他會煮點東西給她吃，以愉快與關愛的眼神一直注視著她。

她之所以想到這個美夢，是因為她做過這夢好多次。幾乎每一天，她都在腦中輪播這部電影。每次會有些不同，但基本上都一樣。

司機停在街道中。她心靈的電影中從來沒有計程車出現，所以她不太確定接下來該怎麼做。她下了車，思考是否要提議他可以寄支票給她，但他在一陣刺耳聲響下快速駛離。他一消失，就好像從來沒存在過。

她站在街上，將面前這籠罩她身影的雙層公寓盡收眼底——整排房屋前站了一個黑色形體。

家。

走在如此熟悉的人行道、如此熟悉的階梯和門廊，感覺好怪，她試了試門把，敲門。門打開，蠟燭的火光照亮一男一女的臉龐。

現在她想起了他的名字。

艾瑞克。

她等著他認出自己，等著總在她腦中播放的那一幕如實在眼前播放。但他什麼都沒說，只是站在那兒，面帶疑惑。

「是我。」她終於開口，彷彿這樣就能解釋一切。**本來就該這樣**。

她的聲音在空曠處聽起來更奇怪，她的字句好像隨時可能與冷空氣一同飄走。外星人初次體驗地球一定就是這種感覺。

他彷彿注視了她好幾分鐘，表情終於變了，從一種情緒逐漸轉成另一種，最後塵埃落定、轉為震驚。

她特意碰了碰一綹長長的溼髮。好幾個月來，她第一次擔憂起自己的外貌。

「茱德？」他聲音中的語調帶著不敢置信。

茱德，人們是這麼喊她的。她都忘了。真是傻，怎麼會忘呢。

她名字的字母懸在半空，呢喃著她緊抓不放的那些時光，那些讓她撐下去的時光。陽光、咖啡館，週日早晨翻滾床笫、歡愛之後共享拿鐵的時光。

「我回家了。」她好像在解釋一件無須解釋的事。她曾消失蹤影，現在她回來了。

他瞥了站在他身邊的女人一眼。

經過數週數月，她學會解讀地下室的那個男人。當他的來訪成為她生活中唯一的刺激來源，就能輕易由每個眨眼、每次呼吸、每回轉頭探測到訊息。此刻，在這個瞬間，她也去解讀面前的這個男人——不僅他的表情，還有更多，如他細胞中的某樣事物。而她領悟，那部在她腦中長久以來播放的電影將永遠不會發生。

他們在一起。

這個女人很可能就睡在茱德的床上，甚至可能穿著她的衣服。

「看來你沒多久就找到了新的。」茱德是這麼說的。倘若她有所準備，搞不好能吐出更巧妙的對白。

他的嘴微微張開又抿起，終於硬擠出一些字句。「已經過了三年。」

她眨眨眼。心中，她又回到那座牢籠。她會說她才在那裡幾個月，才不是幾年。他在撒謊。他有了新女友，所以試圖遮掩他的背叛。「才沒有。」她搖頭，動作不順暢，簡單的三個字因否認而顫抖。可是在她心中最深處，她知道他是對的，自己是錯的。

他的雙眼在燭光中閃爍，相當悲傷。**眼淚**。「有的。」

他向來是個好人，敏銳的人。她印象中的他是這樣的。「你等了我多久？」

此時他面露愧意，彷彿隨時會原地崩潰、放聲大哭。她不想見到這場面。

「一年。」他說。

由於無法承受他的悲傷，她試著安慰他。「沒關係的。」又直白地補了一句：「反正我再也不想被男人碰。」

她這句話蘊含的意思令他受到更大驚嚇。「茱德，我很抱歉。」

現在她從他臉上見到悲傷之外的事物。一個曾帶著愛戀注視她的男人，而今看她的眼神透著憐憫與嫌惡。

她也許有辦法承受憐憫，但嫌惡不行。

「今晚，我殺了一個人，」她說：「為了回到你身邊，我殺了人。」接著她轉身就跑。

那個她才剛想起名字的男友在後面喊她，她卻沒有停下。她回到黑暗中——老天啊——在短暫數個瞬間，她想著要回去那地下室，回到牢房，回到那個她幾乎希望自己沒有射殺的死人身邊。

只剩一個地方可去了，只剩那地方有家的感覺。她鎖定心中早預設好的路線，繞過轉角，朝市中心和明尼亞波利斯警局的方向奔跑。

2

「有個堅持自己在這裡工作的女人，」麥拉・奈朵斯警官站在明尼亞波利斯警局重案組門口。「她想闖過前臺。」烏利亞・艾胥比警探實在沒時間處理瘋子，外頭簡直像是該死的世界末日。分派工作不在烏利亞的工作範圍內，但當所有堪用的警察都上了街頭，薇薇安・奧特佳警長丟他在此掌管一切。「我想妳自己就可以處理了。」他對奈朵斯說。

緊急照明的燈光亮起，一如這城市前幾次斷電的狀況。斷電始於一年多前，當時主要變電所爆炸起火，讓他們又少了一個電力來源。衍生的連鎖反應既深又廣，斷電之所以一再發生，是因為剩餘的變電所負擔過重，而每回運行中斷都像一封號召市民快來燒殺劫掠的邀請函。過往年代，全國隨處可見類似行為，最糟的就是一九七七年的紐約大停電，更近一點則是卡崔娜颶風後的紐奧良。黑暗能誘出投機取巧的犯罪者。對明尼亞波利斯而言，一切尚未結束。新的變電所還得要六個月才能開張運作。

「她說她叫茱德・芳坦。」

這引起了他的注意。「芳坦？妳確定嗎？」

一個聳肩。「我只是帶話的。」

「帶她過來。」

麥拉回來時身後跟著一個女子。「她帶著一把史密斯威森。」

烏利亞從沒見過芳坦，但看過照片，而且媒體的報導也多得足以讓他明瞭。站在面前的女人並不是那位推測已死的失蹤警探。「她不是芳坦警探。」烏利亞說。

芳坦的年紀和他相近，如今應該是三十五左右。這女人看起來老多了，還一頭白髮，不是棕髮。

那麼就是流浪漢了，某個精神狀態不穩的女人。既然這精神看來不穩定的女人試圖夾帶武器進警局……「拘留她，」他說：「給她食物和毛毯，我晚點再處理她。」要判定是否起訴她還需要進一步訊問，而海尼平郡監獄已經滿了——這也是這座城市的新狀況，斷電的附帶結果。天知道那些拘留的人當中超過一半需要的根本是精神治療，而非監禁。不過多虧了幾年前關掉的州立精神設施，那些人根本不會被治療。

麥拉將那女人的手臂扯到背後，「啪」地給她上了手銬。那女人注視著烏利亞，似乎並不在意。「取代我的人是你嗎？」她問。

烏利亞轉轉一根手指，示意麥拉帶她走。外頭已經有夠多胡言亂語的神經病了。社區被縱火的報告不斷送進來，早就超出消防部門所能負荷的程度。問題只在於哪些房子可以任憑祝融夷為平地。這發展實在太令人熟悉。

「等等，」就常識而言，遭綁架的受害者或人質也可能出現劇烈變化。當他們回到文明世界，看起來與原本的自己再也不同，有時連家人都無法辨認。「帶她回來。」

麥拉讓那女人轉過身，往前一推。

「妳的桌子在哪裡？」烏利亞問：「指給我看。」

她大步走過他身邊，腳上的靴子重踏地面，拖著腳行走。

警長辦公室的隱密性還算足夠——在玻璃辦公室能保有的隱私範圍內。組裡其他單位由散置在這空間的桌子組成。全部開放，沒有隔間。出太陽的日子，陽光會從一排俯瞰底下市街的窗戶傾瀉進來。若有擅長園藝的警員，植物就能長得不錯；幾個警官甚至順著一向掛著整列的裱框相片種上香草。

她對著一張整整齊齊、沒有照片也沒有裱框相片的桌子說：「格蘭・王，我的搭檔。」又對著另一個方向點點頭。「珍妮・卡萊爾。」她繼續走，停下。「就是這裡。」

那張桌子屬於警探卡洛琳・麥金塔，而她菜得發亮。單親媽媽，要不是警局人力吃緊，可能連收都不會收。烏利亞的搭檔退休後，警長提議讓卡洛琳遞補，但烏利亞婉拒。卡洛琳的心思根本沒在工作上。她積極約會，出勤時常遲到。他應付不來這種不可靠的傢伙——有時他還懷疑她在挑逗他。對此他也束手無策。

「你到現在還沒認識新對象嗎？」凡是和母親通電話，她總要問。然而感情是他最不放在心上的事。

一名街上冒出來的遊民絕對指不出芳坦的桌子在哪裡。烏利亞注視著眼前的女子，看得更仔細。當他望著她完全不合身的外套和靴子，她的骯髒與臭味，腦中拼湊出另一幅畫面。老天，她實在好臭，那種夾雜酸甜氣息的惡臭，就像……**好幾年**沒洗澡的人。

那雙眼，空洞且挫敗。**掐去了光芒，毫無生氣**。

「拿下手銬。」

女人驚訝地望著他，而他感到她似乎察覺了他聲音中的動搖，但這念頭未免過於荒謬。畢竟他一向擅長讓自己保持鎮定，而且擅長這麼做好久了。

手銬一取下，烏利亞就拿出手機，點開一個應用程式。「手伸出來。」她的指甲破爛，手掌上每條掌紋都藏汙納垢，手腕的骨頭上覆蓋薄薄一層幾乎透明的皮膚，身體留有明顯遭凌虐的跡象——深深的腫脹紅痕，以及感染。當他重新抬起頭，發現自己正注視著一張飢餓的面孔。

他拿起她的手指壓上螢幕，捕捉指紋，再按幾個按鈕，不到一分鐘有了匹配結果。在驚異與嘆息中，他望著照片中一頭深色頭髮的迷人女性。不是那種辦公室制式大頭照，螢幕上的女人看起來活力四射又透著淘氣。茱德・芳坦警探。

他知道她的故事。某天傍晚，她離開家跑步，從此再也沒有回來。一組警探（大部分如今已不再支援搜查）沒能解決案件。

他又回去看那凹陷的臉頰、裂開的雙脣、灰敗如白土的皮膚。

她瞇起眼，彷彿再微弱的緊急照明燈都能傷了她的眼。她問：「那東西告訴你什麼了嗎？」她說出口的言語含糊不清且一副喘不過氣，好像連呼吸、說話都相當疼痛。他注意到她腫起的下顎，又看向她的手，見到她幾根指頭輕微扭曲，很可能是過往的骨折。受折磨的證據。他吞了吞口水。

「別這樣。」她低聲說道。

她再次解讀了他。當然，這回他反應之大就連瞎子也能看見。**不要可憐我**。

他在第一線早就看過各種不可言說的殘忍行為，而他面前這名女性受害者並無不同。事實上，她比許多人好得太多。**她還活著**。

也許因為她是他們的一員，一名警察。也許是這樣，看到她這副模樣才令他如此困擾。也許就是這個原因，即使長久以來他並不允許自己表露情緒，還是有了情緒。

她問他是不是取代她的人，很接近事實了。她失蹤幾個月後，他被調過來。格蘭・王負責查她的案子，但烏利亞聽過簡報，僅得知一名目擊者聲稱看到一個符合芳坦外貌描述的女子被拖進小貨車，此外沒有多少線索；根據那個證詞也毫無所獲。一半的報案電話是胡說八道，但最可能發生的的確就是劫持綁架。烏利亞推測她早已死去，他們都猜她早就死了。這案子的特徵顯示犯案者是行家，結論是她遭劫當晚就被殺，並且棄屍。很可能是挾怨報復。很不幸，對幹警察的來說並不少見。

「妳怎麼過來的？」

「斷電了，我逃走，走來的。」

他心中有成千上萬個問題。是誰幹的？怎麼幹的？又為什麼？但時機不對。現在她需要的是醫療，不是偵訊。「我要請奈朵斯警官護送妳到海尼平郡醫療中心，之後我會過去找妳談話。妳覺得怎麼樣？」

「我能躺在床上嗎？」

醫院，大多數人害怕的事物，在她耳中卻相當吸引人，因為那裡有床。他再次感到喉嚨一緊。「可以。」他輕聲說。

3

「她哪裡受傷？」烏利亞問：「除了那些明顯的傷之外。」

醫院走道上，醫生雙手深深插在她的白袍口袋裡。「我甚至不知道要從哪裡講起。」

茱德．芳坦出現在警局後六小時，電力回來了，街道一片平靜。她接受了檢查，清理乾淨，並住進私人病房。烏利亞抽時間回家一趟，擠出幾小時睡覺沖澡。他也聯繫奧特佳警長，她指派他負責茱德的案件，理由是芳坦和不認識的人合作可能比較好過。烏利亞也同意。

茱德逃脫的消息讓奧特佳大為震驚，整個警局即將被沉重的罪惡感壓得喘不過氣。是的，打從茱德．芳坦失蹤後的確過了好幾年，但這並不會改變他們放棄同僚的事實。

「她斷過骨，而且可能從來沒做過固定。」醫生說：「腦震盪。後背與胸前有多處傷疤，沒那麼嚴重，但需要立刻處理。幾顆牙齒有問題，等她狀況穩定後我們會派牙醫過來。血液方面全都有問題，她幾乎什麼都缺——就一個快餓死的人來說倒是可以理解。你說她是自己逃出來的？還走到警局？」

「看起來是這樣沒錯。」

「說真的，我不曉得她是怎麼辦到的。」一陣簡短停頓。「聽著，你可以進去病房，但盡量不要影響她的情緒。」

他點點頭。「我得找到她被監禁的地方，必須弄清楚發生什麼事。就我們目前所知，她可能還有生命危險。」

「我只是想說，對她溫柔點。還有，如果她現在不願意談話，不要逼她。她可能會崩潰，最後你什麼也問不到。」

「我了解。」

醫生離開。烏利亞進入病房前先敲了敲敞開的門。

她打理乾淨了，身上穿著醫院病人袍，而非厚重的外套，但看起來更糟——如果還可以更糟的話。他看見兩條光裸手臂上的瘀青，新舊不一，還有細瘦手腕上的疤痕、傷口。顯然醫護人員努力想替她洗頭髮，最後放棄。他有股衝動想抓把剪刀剪掉那團亂髮。

「嗨。」他拖了張椅子到床邊。「還記得我嗎？」

她按下病床遙控器的鈕，將床頭抬起幾英寸。「取代我的人。」

「我不會這麼說。」

「艾胥比警探，對嗎？」

「沒錯。」她竟然記得，他很訝異。「我得問妳一些問題。」

颯爽的晨光照在她臉上，更強調出那雙極度湛藍的眼睛，以及直率到令他有些不自在的眼神。她的眉毛與白髮呈現強烈對比，顏色之深，看起來接近黑色。他越過房間，手伸向窗簾。

「沒關係。」

他停下來，手臂懸在空中。

「就這樣開著。」

「陽光很刺眼。」

「我想要刺眼。」

他慢慢去理解這底下的深意。**當然**，根據她蒼白的程度判斷，她可能很久沒曬到自然的陽光了。

他在她身旁坐下，對於她意料之外的沉著與警醒有些困惑。話說回來，他面對的不是一個只遭到短時間囚禁的人。有好幾年的時間，她關閉自己的情緒，重接腦中線路，以接受出現在眼前的任何狀況，即使是自由。

「別過意不去。」她說。

這麼明顯嗎？烏利亞向來自豪於至少能保持表面的無動於衷。不是冷漠，而是控制得宜。這幫助他度過多次嚴峻情況，包含最後那一年。他曾承受的折磨與芳坦遭受的恐怖待遇並不一樣，但若談到適應，也許沒有多大差別。

「對於你要問我的問題，別太過意不去。」她說：「不要因為我經歷的事而過意不去，談論它並不會讓事情變得更糟。畢竟我也不是已經**忘記**一切，只因為你來找我談而想起來。」

「的確。不過……我本來是這麼以為。」他坦白地說。

「我會讓情況簡單一點。我可以告訴你，我不知道那棟房子在哪裡。」

「但那是一棟房子。」語氣很肯定。「不是廢棄建築、倉庫或類似的地方？」

「是一棟房子，在某個社區裡。」

然後他們談到她的逃亡，以及怎麼逃亡。她告訴他自己殺了那個囚禁她三年的男人。

「就是妳出現在警局時帶的那把槍。」

「對。」

武器的序號已被銼掉。那把槍，還有她出現時穿的那件外套、那頂針織帽，以及那雙靴子，都送到了犯罪實驗室。烏利亞暗自希望能匹配到指紋或DNA。「那個人……妳確定殺死他了嗎？」

「我很確定，」但她的雙眼蒙上一層質疑。「但那時很黑。」

烏利亞又湧起拉上窗簾的衝動。陽光太亮了，照出太多事物。從她尖突的胸骨，到她幾乎透明的皮膚，再到她腦側的一塊光禿——如果不是她自己扯的，就是有人拔下她的頭髮。至於囚禁她的人是否死亡，她也很可能誤判。那瞬間不僅身體異常緊繃，感官上可能也很不真實。她說不定嚇壞了，整個人處在「快逃命！」的狀態。

「假使再看到那棟房子，妳能認出來嗎？」他問。

她沒看他，反而專注在心中的某件事物。她正在挖掘，努力回憶。「沒辦法，我從沒看過房子的外觀。我完全不知道它是什麼模樣。」

「妳就這樣直接走到警察局。」

她猶豫了。當故事說到某個段落，他們總會猶豫。來了，謊言。他進行偵訊的時間太久，已能看見謊言形成的過程。但他必須為她拍手鼓掌，他看見她將謊言扔到一邊，轉而選擇真相——他希望那是真相。

「我回家了。」

「家。」他皺起眉，試圖理解，在空白處填入他對她私人過往有限的資訊。她未婚，但失蹤時有個男友。「妳回家的時候發生了什麼事？」

她吞吞口水。「我希望現在可以不討論這件事。」

「好，那我們就晚點再說。」他想起醫生叫他不要逼她逼得太緊的提醒。「不如我們從頭說起？就是妳消失的那天？」

她應該會願意談這件事。

「我不記得綁架的事。」她說。

可以理解。先不論情緒上的創傷，她那天很可能就遭遇數次腦震盪中的一次。

「我注意到的第一件事是我在一個地下室醒來，一個沒有窗戶的房間。空間沒有大到能躺，我得蜷起身體才能睡覺。除了我昨晚殺的那個男人，從沒看過別人。而且在三年前他打開那扇牢門之前，我也沒見過他。」她停下來，而他知道他們來到另一個她不願踏足的地方。可是他遲早都要問出地下室曾發生什麼的完整證詞。這麼一來，假使那違反她意願囚禁她的男人還活著，才能提起公訴。

「我今天會派一位模擬畫像師來見妳，妳沒問題吧？」

「沒有。」

她很強悍，但他短暫的來訪已讓她筋疲力盡。等她精神好一點，他會再繼續問。「我們明天再走完它吧。」同時，他會找她前男友談話，要警方挨家挨戶調查她可能走過的區域，即使出於斷電，人們看見她的機會似乎微乎其微。相關案件資訊會積極傳遞給全明尼亞波利斯的警局。也許會有某個鄰居聽見槍聲，也許模擬畫像師有辦法給他們一些繼續調查的線索。

偵訊結束了——至少暫時結束。她的身體放鬆下來。

「如果妳比較想和女性警探談妳受到的折磨細節，我可以安排。」

「反正你不管怎樣都會看到我的正式筆錄，不是嗎？」

「的確。」

「你也會負責這案子？」

「對。」

「那我寧可和你談。」

他放回椅子，轉身要離開。此時有人敲了門。

烏利亞看到那人相當驚訝。他認出那是當地媒體報導過的人，亞當・薛令。高級皮外套，等同他整個月薪水的休閒褲，閃閃發光的皮膚，以及刻意蓄的少許鬍渣，外加精雕細琢拔過的眉毛。他是個紈褲子弟，也是這城市最炙手可熱的單身漢。然後烏利亞才想起——他不知怎麼忘得一乾二淨——茱德・芳坦是州長菲利普・薛令的女兒，這人是她哥哥。

烏利亞不是來自雙子城[1]，也不追名人八卦，卻想起了一些事。芳坦十六歲時與家人斷絕關係。很顯然，她與薛令一家再無瓜葛，甚至還換了新名字。從她臉上流露的反感，經過這麼多年後，她對家人的感受似乎沒有改變。

「你來這裡做什麼？」她問。

薛令皺眉。「我想來看妳。奧特佳警長聯絡我們，通知了妳逃出來的事，爸要我來看看妳好不好。」他吞嚥一下口水，動也不動，雙眼變得溼潤。「我的天，妳看起來狀況很糟。」

「出去。」她低聲說。

讓她心情不好對調查沒有幫助。「你最好先離開。」烏利亞對他說。

薛令舉起雙手做投降貌。「好吧、好吧。」他退後，轉過身，消失在門外。

茱德摸索著病床遙控器，最終放棄，閉上眼睛，雙臂攤在身體兩側，臉色灰敗。

烏利亞擔心她會昏過去，上前拿起控制器，按下按鈕放低病床。

「窗簾。」她喘著氣低聲說道。

他拉上布簾，遮蔽窗戶，房間頓時暗了下來。「妳沒事吧？」他問。這什麼爛問題？

她像擔心稍一移動就會嘔吐出來，只對他微微點頭。

「要喝點水嗎？」

「不用。」

潛臺詞是希望他離開。他在這裡待太久了。「我明天再過來。」

走道上，亞當．薛令正靠著一面牆。一聽到烏利亞的腳步聲，薛令立刻挺起身體。

1 Twin Cities，明尼蘇達州的兩大城市明尼亞波利斯與鄰近的聖保羅被稱為雙子城。

烏利亞介紹了自己，並亮出警徽。

「她看起來變了個人。」薛令說，看來剛剛的景象明顯讓他不安。「我的意思是，我知道她可能會有點狼狽，但是……」他搖搖頭。「遠超出我想像。」

「能請你喝杯咖啡嗎？」烏利亞問。這是在示好，表示願意溝通。

五分鐘後，他們在咖啡廳角落的桌子坐定，白色馬克杯擺在面前。

「我實在沒什麼好說的，」薛令量了兩茶匙的糖，大聲地攪拌起來，不鏽鋼匙敲著瓷杯。「我從茱德十六歲起就沒再聯絡她了，完全沒有。我猜我來醫院也是挺蠢的。我以為她這時看到家人應該會開心，你懂吧？我以為她可能需要人陪。」

「顯然那人不是你。」

薛令惱怒地迅速瞥了他一眼，再度解釋起他們的狀況。「她還小的時候就診斷出心理疾病。說實話，若不是今天她看起來這麼糟，我可能會說過去三年都是假的，是她捏造出來的——我是說她的失蹤。」他聳聳肩。「只是為了報復我們對她的……不管她認為我們對她做了什麼。但是看到她那副模樣……我猜是真的。我們沒有更努力找她，我覺得很遺憾。」

這是烏利亞第一次聽說芳坦心理不穩定。想加入警隊，她得通過精神評估。但薛令認識的芳坦是孩童時期、青少年時期的她，不是成年的她。青少年是反覆無常的。「她還有和任何家族成員保持聯絡嗎？任何能幫她熬過這段期間的人？」

薛令搖搖頭。「就我所知沒有。她被綁架前和一個男人同居，但我很確定那人已經重新展開生活。我看過他和他的伴侶，但有誰能怪他呢？」

烏利亞有個不太舒服的想法。「她以前交往的人？他還住在他們共有的房子裡？」

「不曉得。」

當妳從被監禁了三年的地方逃出來，回到家，卻發現另一個女人在妳家裡——這種感覺有多差呢？

「總之，別忘了，」薛令說：「在這一切發生前，她心理就很不穩定了，而你才剛見到她。她並不是個能做出理智反應的人。」

有點頭腦的警探都知道，無論在任何情況下都不能聽信人們的一面之辭。「你年紀比她小還是比她大？有別的兄弟姊妹嗎？」

「只有我們兩個。我大她四歲。我們的母親在茱德八歲、我十二歲時死於槍枝意外。茱德沒看到事發經過，但她在場，就在我們家位於北部的小木屋。她目擊父親的反應，大家都嚇壞了，我父親失去了理智。我相信，見到一個成年人失控成那樣，親眼目睹自己的父親崩潰，對孩子來說一定很難承受。我想她就是從那之後變得有些異常。可以理解，是不是？那之後不久，她變得疑神疑鬼，出現幻覺，甚至指控父親殺了母親。她怎麼也不肯放下。」

亞當．薛令提起他們痛失母親的悲劇時，烏利亞腦中不由得出現另一幕場景：意外擊斃她的就是他。故意在陳述時漏掉這點，多少也顯示出他的個性。但也可能因為他不願談論黑暗的過去，尤其是對陌生人。

「我覺得自己像在背後說閒話，」薛令說，憂鬱的眼神顯得十分真誠。「但我認為應該提醒你關於她的過去，你才知道自己正在和誰打交道。」

「告訴我越多資訊越好。」

「她對你說了什麼嗎？」薛令問：「關於她被綁的那天？或者她被綁去哪裡？是誰綁架她？她怎麼逃跑的？」

「目前為止，我們什麼都不知道。就算我真的知道了什麼，也不能和你討論。」烏利亞拿出自己的名片，滑過桌面。「若你想起任何忘了提的事，不管多微不足道，都打個電話給我。」

薛令看了名片，放進口袋。「看好她，好嗎？不管她對我有什麼想法，我還是認為我們得照看自己的家人。如果我幫得上忙——即使是檯面下的——和我說一聲。」他比了個含糊的手勢。「錢，或她需要的任何東西。」

茱德．芳坦似乎不是會接受任何人幫助的人，更別說早已疏遠的家庭成員。烏利亞唯一能做的，就是確保警方逮到對她做出這種事的混帳——無論死活。他可以確保他們不再辜負她。

4

次日，警探又回到她的病房。這次帶了衣服過去。

「我聽說他們明天會讓妳出院。」他說：「所以我想妳可能需要一些衣物。我隨便猜了個尺寸。」

茱德從病床抬起眼神，烏利亞將一只白色塑膠購物袋擺在牆邊的椅子上，在她身邊坐下，拿出紙筆及一臺錄音筆。

他穿西裝、打了領帶，亂糟糟的深色鬈髮略長。茱德推測他是三十後半，但幹這一行的有點難猜。犯罪事件令人蒼老，她再了解不過。搞不好他才十二歲。

在孤獨之中度過三年說不定搞壞了她的腦子，不過她依舊保有幽默感。

「味道好重。」她說。

他皺眉，努力想理解情況。粗眉壓在深棕色的雙眼上方。

「我什麼都能聞到。」她解釋道：「你外套的布料，剛喝的咖啡，塑膠袋，走廊另一端的食物。好像我以前沒聞過任何東西一樣。很怪對不對？」她還沒提到他昨晚甚至今早攝取的酒精散發出的微弱酒氣，還附帶些別的氣味——也許是肥皂——她辨別不出來。

他舉起手背抹抹嘴。「遭到隔離後的確會這樣。」

還不只氣味。她使盡渾身解數打量他臉上每個毛孔、腦袋上每根頭髮、每根睫毛的每道弧度，即使他感到不自在，她也沒有一句抱歉。

面談進行了約一小時。考慮到她闡述的是她人生過去三年的一切，並不算長。但她分享這段經歷對自己造成的衝擊時，卻好像只是在朗誦買菜清單。過去三年的某個時間點，她心中某部分關了起來，噤了聲。若非如此，她可能早就失去理智。現在的她成了可以不帶情緒描述一切殘暴的人。她說完後抬起頭，看見他一臉蒼白。

「你的手。」她說。

他低頭看，微微地驚呼一聲，「喀」地按了一下手上的筆。這個動作有效地止住了他的顫抖。

她不喜歡看到他這樣；她不知道該如何反應。就某種奇特的角度來看，他的驚嚇反而讓她覺得自己骯髒。這讓她發現自己經歷的一切無來由抹去了她的人性，她感到自己比人類更低一等。也許因為這樣，女人往往不去申訴所遭受到的虐待。姑且不論她們害怕被報復、或明天到來、或孤獨一人、或她們對施虐者的愛。一旦事情暴露在光天化日下，一旦事實高懸空中、任憑全世界注視，那些暴行就抹去了受害者的尊嚴，她們再次遭受痛苦。第一次來自施虐者，第二次是這個世界。

烏利亞關掉錄音筆。「明天怎麼辦？」他問，闔起筆記本。

離開後他肯定會再聽一次她的陳述，她非常確定。有那麼一瞬間，她考慮搶過錄音筆砸個稀巴爛。

「**什麼**明天怎麼辦？」她問。

「妳有地方去嗎？」

「我會找地方。」

「錢呢？妳有錢嗎？」

「奧特佳警長先前來過，帶了一張支票。她說那是補償。」茱德懷疑那支票是奧特佳為了確保她有足夠的錢繼續生活——或至少暫時能生活——才設法弄來的。奧特佳在茱德遭綁前六個月上任，除了工作外，沒什麼時間建立更深的情感，但也足以讓茱德理解她關懷旁人的天性。

「我已經打電話給銀行，顯然我的戶頭還能用，我存了點錢……」**在我死去之前存的。**慢著，這話不對，她沒死。但過去三年感覺就和死了沒兩樣，而今她成了一縷幽魂，遊走在新人生那熟悉與陌生的領域之間，外加一整批全新登場角色。沒有家，沒有男友，沒有工作。「並不多，但可以讓我撐一陣子。」

烏利亞聽到她沒破產似乎鬆了口氣。「我可以來載妳。假使妳身體狀況允許，我們還可以四處逛逛，也許會有妳看起來或感覺起來熟悉的事物，就有可能認出妳被囚禁的那棟房子。」

她點點頭。「好。」這是謊話。

「我還可以幫妳找到住處，幫妳辦好電話——妳需要的一切。」

「沒有必要。」

「是奧特佳的指示。」

「謝謝。」

午後令人乏力。模擬畫像師帶著炭筆與畫本來了。她一畫完，茱德就大鬆一口氣，躺回枕頭。她這兩天說了比三年來還要多的話。長久以來，她渴望看見那名畫像師筆下的男人以外的面容，但現在，她只希望人們放她一個人。一下子也好。讓她調適，讓她享受這自由。

即使累了，在明亮的光線、奇怪的氣味與周遭的噪音下，依舊很難歇息。這棟建築物本身鼓動著馬達、風箱、齒輪與滑輪組成的心跳，而她可以發誓，它猶如能自行呼吸。當某人敲了敲打開的門，她依舊閉著眼睛。不要再談話了，不要再問問題。但接著她聞到咖啡的香氣，不得不睜眼。

格蘭．王警探站在門口，一手拎著一只白色紙袋，另一手是盛裝外帶咖啡的杯托。「香草拿鐵加蔓越莓司康。」他宣布，高高舉起袋子。

格蘭的身高差幾英寸就六英尺，削瘦但結實，一身深色西裝，直黑髮掠過前額。比起他意外來訪，更令人驚訝的是他幾乎沒什麼變。他竟然沒有變，太犯規了。但是，她以為會怎樣呢？

也許是個老一點的格蘭，也許冒出了些灰髮和皺紋。他就是活生生的證明：當你備受折磨，三年就和永遠一樣久。但若你只是平凡度日，時間晃眼即逝。

她不禁想像他的交往對象，猜想他仍否單身。她猜想他是不是還喜歡著她（並希望他沒有）。當他向她表白而她拒絕後，實在很難搭檔工作。

「妳真該看看外面那齣鬧劇。」他邊說邊走進病房。「前門鐵定有一百多個新聞記者，個個都想搶到妳的獨家。」

太快了。

見到屬於她過往人生的人——尤其是曾經如此密切合作的夥伴。她的腦子威脅著要關機。他將咖啡和紙袋放在病房的滑輪桌上，並將桌子推向她時，她拚命保持清醒。接著，他注視她的時間過長，她知道他正努力將床上這不堪入目的病人，與自己認識的那名還算有魅力的女子連在一起。

「我找過妳。」他眼露懇求。「我希望妳知道，我找了好幾個月。」

每個人都想要原諒。又一次，她發現自己得扮演那個不讓人們因為她的綁架案而心有虧欠的角色；她又成了那個給予安慰、讓人安心的人。「沒關係。」她對他說。

「我請求加入妳的案件調查。」他拉近一張椅子，坐下來，散發出一陣混合香料的氣味，與棉布製品和醫院食物的味道混在一塊兒。「但奧特佳似乎認為妳和艾胥比談話會更自在。」

她只說「這倒是沒錯」。她只需要這麼說。

他點點頭，低頭望著雙手。「妳記得任何事嗎？就是妳被綁走的那天。」

她覺得自己被困住了。這間病房、他的存在，還有他想從她身上得到的一切——從簡單的對話到情緒上的連結——幾乎讓她窒息。她根本不知道該怎麼告訴他：她需要一個人靜一靜。

太快了。

「沒有，完全沒有。」她側身轉向牆壁，一直裝睡到他離開。

＊

第二天早上，茱德換好衣服。烏利亞前一天帶來的衣服非常合身，運動褲，黑色，還有一件休閒帽T，聞起來有大賣場的氣味（這味道如此明確，就算過了三年還能認出來），蓬鬆的藍色外套。她拿起外套壓在鼻子上，閉上眼睛，深呼吸，想像警探幫她採買的景象——幫一個他完全不認識的女人採買。

她套上外套，雙手插進口袋，又發現手套和一頂針織帽。同樣是好看的藍色，每樣衣物乾淨又嶄新。來到鞋子時她的運氣就用完了。那是一雙略小卻耐穿的棕色踝靴，目前算是堪用。

「準備好了嗎？」一名拿著寫字板的護理師問她。

「好了。」

「有人來載妳嗎？」

「我叫計程車。」

「需要簽出院表格。」護理師遞來寫字板，茱德簽下名字。

她努力隱藏迫不及待的心情，即便她極度焦慮地想在烏利亞出現之前脫身。她不想看到他眼中的憐憫，尤其不想解讀他臉上的表情。而她發現他又聽了一次她的陳述。

電梯帶她到一樓，是第八街的入口，接著她出了自動門，站在入院區寬廣的走道上。寒意刺痛她雙眼，那天空——**好藍好藍**。

計程車排排在那裡等著。一輛 WCCO 電視臺的廂型車停在光線最好的地點，一群群彎腰駝背站在那兒的人們一看就是新聞媒體，手拿馴鹿牌咖啡，等著將所有可能降臨眼前的資訊報導出去。她從醫院窗戶看過他們，現在只距離幾碼遠，卻好像根本沒人認得她。他們怎麼可能認得出來？她自己都認不得自己。

她私人病房裡的電視上滿是她的故事，在當地與全國新聞臺播送。警局提供了她的照片。他們拿那張模擬畫像師畫的人像配上她的舊相片瘋狂播送。

那像他嗎？也許像吧，表面上。眼睛、鼻子、嘴巴、頭髮，還有鬍子。但沒有哪一幅畫能捕捉到他的形象，真實的他，她日日見到的他。那男人看起來與模擬畫像毫無相似之處，那樣的他恐怖到無法直視，就算待在安全的客廳裡也沒辦法。

但那都結束了。

她深吸一口冬日的新鮮空氣，雙手插進那件賣場的蓬鬆外套口袋，轉身邁開步伐。沒有人來擋她。她什麼也沒做，輕輕鬆鬆成了隱形人。

茱德並未花上更多心思在那些跑新聞的人們身上。她並未思考自己要走去哪裡，又或者要住在什麼地方、該如何活下去，甚至她射殺的那個人到底死了沒，或最終是否可能找到她過去三年被囚禁的房子。現在，她只想在這極度湛藍而寒冷的天空底下，就這麼走著。

5

茱德的自由之行走了兩個街區，便瞥到一個屬於她銀行的標誌，還有數位顯示的時間與目前溫度是華氏三十度。就明尼蘇達的冬天而言，算是宜人。這不是她來過的分行，但她猜想，他們檔案庫裡應該會有她的指紋識別證明。

最後，那也不重要了。報導鋪天蓋地，個人理財顧問因此認出她的名字。她感到不太舒服，又覺得自己好像出名了。遭到綁架竟能讓一個人變成名人，這情況至今仍讓她不敢置信。

茱德存入奧特佳給的支票，並提出幾百美元現金，將信封塞進外套口袋，又繼續走。接著她停在南十街的一家咖啡店，那是她去過好多次的店。進了裡頭，她打算點杯拿鐵的計畫被陳列的甜點給打亂。

和兩天前比起來，她覺得自己更像個人了。打點滴加上營養食品可以創造奇蹟，但她的感官仍處於高度運轉狀態。有時候感覺調校得太精細，彷彿能透過血管聽到血液流動的樂聲。對動物來說——尤其是狗——這世界就是這樣嗎？她能注意到身邊的一切，從打蠟水泥地面的深色裂紋，直到過分華麗的天花板。在義式咖啡機的嘶嘶聲與巴布·狄倫的歌曲中，她聽見牆上時鐘滴滴答答，還有埋藏在厚如地毯的對話裡各自獨立的句子。

溫暖的咖啡廳裡瀰漫咖啡與巧克力的氣味，也有人們隨身上的衣服一同帶進門的冷意，布料，冬日，與年輕、年老的皮膚氣味。

「那是什麼？」她指著問。

櫃檯後方那孩子瞥了瞥櫃子裡頭。「焦糖起司布朗尼蛋糕。」他挺直身體，對她手中塞得過滿的白色醫院塑膠袋有些好奇。她凌亂糾纏的頭髮蓋在針織帽底下，但對於自己的臉，她則無可奈何。她看過鏡中的自己，知道她還是容易被當成街上遊民。但最嚇人的不是凹陷的臉頰和眼下深黑的陰影。她從沒那麼愛慕虛榮，可一直以來，她的頭髮備受讚揚——濃密、閃亮、色澤飽和。現在不會再聽到這種稱讚了。

她移動手指。「那個呢？」

「蘭姆酒和椰子。」

「那個呢？」

見她似乎永遠做不出決定，那孩子說：「想知道我喜歡什麼嗎？覆盆子黑巧克力布朗尼，裡面還加了點卡宴辣椒粉。」

「奇妙的東西。」她點了他推薦的，外加一杯拿鐵。等餐的時候，她拿起一份《城市報》，那是雙子城的免費週報。她讀到求職廣告時，櫃檯盡頭喊出了她點的餐點。

「今天過得好嗎？」咖啡師問道：「有任何重要計畫嗎？」

毋庸置疑，她的問題來自她受的訓練，所以不是那女孩的錯。可是這樣的問句是建立在世上沒有折磨苦痛的前提之上。也許這就是咖啡店要販賣的：一個萬事安好的概念——至少在這裡，至少在這瞬間。而這似乎挺有效。

茱德拿起塞在紙杯套裡的杯子。「我的重要計畫就是喝這杯拿鐵，還有吃這塊布朗尼。」

出於某種理由，當女孩正準備製作下一杯飲料、問下一位客人今日計畫時，茱德的回答似乎稍微激起她一絲興趣。

茱德在靠近種滿植物的窗邊找到一張空桌，報紙翻到背面。

將滿滿一叉子的布朗尼送入口中，心靈層面獲得無上的撫慰。甜點一接觸到她的舌頭，她立刻感受到腦內啡分泌。

為什麼特定食物總能讓人感覺好一點？而且立竿見影？

品嚐布朗尼的同時，她仔細閱讀公寓出租廣告。她向收銀櫃檯借了枝筆，圈起幾個可能選項。

和普通人一樣。有那麼容易嗎？就這樣回到現實生活？

一則廣告映入眼簾。**不需背景調查，不需保證人**。位在南芝加哥大道，離鮑德霍恩公園兩個街區。

她將筆還回去，問了哪裡有投幣電話。

收銀檯的孩子注視著她。「我想我在電影裡看過。」

茱德慢了幾秒才露出微笑。這很可能是她逃脫後的第一個微笑——說不定是幾年來的第一個微笑，而她不太確定自己該做何感受。

他注意到她手中摺起、翻開到畫了圈的廣告頁的《城市報》。「嘿，」他拿出自己的手機。「借妳用。」

她將報紙放在櫃檯上，打了電話，約好時間，再還回手機。「謝謝。」

「我在哪裡看過妳嗎？」

之後可能好一陣子都是這樣。有段時間，她的臉肯定貼得到處都是，再加上她最近的逃亡事件上了當地和全國新聞……她只回「有這可能」。

他將報紙推向她。「鮑德霍恩？妳不會想去哪裡的。」

「為什麼？」她一直很喜歡鮑德霍恩那區。許多社區花費多年時間對抗散布在外的臭名（無論真偽），那裡就是其一。

「那一區在犯罪率升高前就很慘，現在呢？商家垮了，一堆房屋養蚊子。那些破壞者趕走一切，彷彿要掏空房子，剝到只剩骨架，他們連銅線都想拿走。妳應該在坦格鎮找，或許哈利特湖附近。上城也不算差。」

坦格鎮與哈利特湖很可能都超出她能負擔的範圍，上城則太潮——也太吵，容易引發幽閉恐懼。「謝謝你的忠告，也謝謝你借我手機。」

她走到幾個街區遠，上了一輛開往鮑德霍恩的市內公車，前往與大樓管理員約見面的公寓。

咖啡店那孩子說得沒錯。公車軋軋開在熟悉的街道，經過唱片行、咖啡廳和古著店，隨處可見這個社區遭遺忘的證明。一些窗戶被夾板、塗鴉與樂團海報遮住，許多空地上也不見人影。茱德找到了那棟四層樓磚造公寓建築，連它也散發著廢棄的氛圍。

「洗衣機和乾衣機在地下室。」大樓管理員名叫威爾・賽巴斯汀。滿是肌肉的雙臂交叉在胸前，站在那裡看她檢視登在廣告上的出租房間。他的長髮在腦後綁成馬尾，身穿皮革背心，蓄鬍，戴有色的飛行眼鏡。他是個魁梧的大個子，脖子和手指上刺著看起來是監獄等級的圖騰；他聞起來散發陳年汗臭與香菸氣味，還有伴隨冬日而來的濃重體味。

一如廣告，公寓位於最頂層，所以不會有人在她頭頂跳舞。一間臥室，複合起居室加廚房的空間由一張早餐長桌和三把凳子隔開。滿滿陽光傾瀉而入，晚上可以拉下窗簾。輻射式暖氣，硬木地板，天花板有冠頂飾條，浴室有帶爪形支架的泡澡浴缸，以及可能打從完工第一天就在那兒的小白磚。你能輕易感受到這裡經歷的百年住居時光，從甫落成新居時的明亮與美好，到近數十年的辛酸和蹂躪。

「先前的住戶沒帶上任何東西就搬走了。」威爾說：「遲繳三個月房租，然後閃人開溜，就這麼丟下一切，連盤子也是。妳不想要的話我可以弄走。」

「我都用得上。」復古橘色沙發和橢圓咖啡桌，編織地毯；牆上是一張她忘記名字的當地藝術家設計的啤酒品牌海報。

「現在，最棒的來了。」他帶她從公寓走到黑暗的走廊，爬上一段狹窄鐵梯。

假使茱德說自己一點也不會不自在，那是在騙人。這擁擠的空間，這黑暗，甚至是老建築和溼氣極重的磚頭氣味。有一瞬間，她思考是否要轉身逃跑，甚至還估算好，如果他像頭撂倒瞪羚的獅子那樣追上來撂倒她，在這之前她最遠可以跑到哪裡。

就她的狀況恐怕跑不了多遠。她過去三年幾乎沒用上的雙腿既虛弱又疲憊。樓梯最上方，管理員一把將門打開。

從黑暗轉換到明亮的陽光底下幾乎使她睜不開眼，但要她跟著他越過門口來到屋頂，倒是一點問題也沒有。

那是一塊覆蓋瀝青油紙與碎石的空地，並且如同許多典型老公寓建築，由兩英尺高的磚牆圍繞。黑色的瀝青油紙吸飽陽光熱氣，使得氣溫感覺比起稍早銀行標誌顯示的華氏三十度還溫暖得多。但這不只是區區瀝青油紙鋪的屋頂，還有一小塊區域，多搭起一座木頭平臺，外加便宜的塑膠草坪椅與一張小小的玻璃戶外桌。桌子中央擺著一只菸屁股滿出來的菸灰缸。茱德上前、湊近，認出了香菸的氣味——和深植在那名管理員衣服上的一樣。她聯想到加油站和油膩的餐點，接著她明白了為什麼那氣味如此熟悉：囚禁她的男人也抽同一個牌子的菸。

「你抽什麼牌子的菸？」她問。

「妳說什麼？」

「菸。」

他陷入困惑，手伸進皮革背心裡一陣亂掏，拿出一個壓扁的白色菸盒遞過來讓她看。

「哪牌便宜買哪牌。這是我最常買的。」

X牌。這真的是牌子的名字。X牌。

他甩了一下那盒菸，打算給她一根；菸盒參差伸出幾根菸的尾端。

她搖搖頭。「不用，謝了。」

「太便宜？」

「我不抽菸。」

他又陷入疑惑，嘴脣叼起露在菸盒外的一根香菸，拿塑膠製的贈品打火機點燃。接著，他以經年累月練出來的流暢動作將菸盒和打火機收回上衣口袋。「我們再特別折扣，」他對她說，邊晃動著香菸。「不用保證人，第一個月租金減兩百。」

還真是一點也不隱藏他的迫切。

她看過屋頂了，因此他已沒什麼可向她兜售，但他的叫賣還沒停。「這大樓建於一九三〇年，如果妳很喜歡這類玩意兒的話，現在可沒人這麼設計了。下面的車庫再加一百，很安全。在社區可是一大加分，這樣妳的車就不用留在街上。而且四樓的房間和這城市任何地方同樣安全。」

「我沒車——至少現在還沒有。」

「最近才出獄啊？妳有點那種感覺。」

「差不多。」

「嘿，我瞭的，我也蹲過。毒品。但我已經清白地過了五年。我喜歡先坦白自己蹲苦牢的日子。我不希望妳之後才發現，然後嚇掉半條命。」

此時是分享她最近經歷的最佳時機，但她突然覺得好累，連起個頭都做不到。而她推測他很快就會知道。「你認識想賣車的人嗎？太貴的我買不起。」

「我有一輛想脫手的摩托車，但這時機不是太好。冬天啊什麼的。在明尼蘇達這時節哪個傢伙會買摩托車？」

她從沒騎過摩托車。好吧，她是**坐過**一輛，但從來沒自己駕駛過。「我可能有興趣，但我不知道怎麼騎。」

「也沒那麼難，我可以教妳，或妳可以去上安全駕訓課。這是我的建議。」他大吸一口菸，接著吐出一團雲。「不如這樣，妳買下摩托車，搬進來住，我會讓妳有辦法騎上摩托車。」

三年前，她絕對不會考慮摩托車，而今她竟然在思考這件事，真是太奇怪了。

樓下陰暗潮溼的車庫裡，水泥地面覆蓋著汽車輪胎帶進來的白色道路用鹽，她見到了那輛摩托車。它很美，黃色，鍍得閃閃發亮。

「這是七六年的本田五五〇，」威爾說：「已經很難看到狀態這麼好的了。」

「多少錢？」

他報上價碼，他們討價還價一番，他退讓幾步。

「我要了。」她說。

6

「妳已經不在警局工作了。」烏利亞說出明顯的事實。

打從茱德．芳坦在醫院放他鴿子已過了幾天。今天她卻一副若無其事現身，要求見他，沒有道歉，也沒解釋為何從醫院消失。基於她的狀況，他格外寬容，沒責怪她，甚至一點也不生氣。是，他是有點不爽，但她獨自走出醫院，顯然沒有一絲畏懼，這需要些膽量。

他們花了一個下午試圖找出她被囚禁的房子，徒勞無功。經過一小時搜索，烏利亞領悟到，在街上開著巡邏車繞來繞去、期望瞥到看起來眼熟的屋子，完全是浪費時間。她一點頭緒都沒有——她怎麼可能有？那麼黑，加上她身體和心理的狀態……要是換成烏利亞處於這種狀況，他根本無法確定自己有辦法記下周遭環境。現在，她坐在他的桌子對面，希望他能將她遭綁架前正在偵辦的每一件案子交出來。

上次他見到她時那頭糾纏打結的白色長髮都砍光光了——這是最適合的形容。她猶如抓起一把剪刀，直接動手剪短頭髮到距離頭皮只有幾英寸；就和烏利亞第一天到醫院探望她時想做的事一樣。而既然他會這麼想……搞不好她真是這麼幹的。不過那看起來活像是花大錢找人修剪。效果還真是奇妙，她幾乎像一名走病態瘦弱路線的模特兒。

「我想看我的舊檔案。」她說：「我不知道我的綁架會不會和某個案子有關，但顯然將檔案看過一遍是最好的出發點。」

「我們看過了——就在妳被綁架之後。昨天我又看了一次。這個方向已經查了無數次，還有……」他重申：「妳已經不在這裡工作了。」

「我想看。」她臉上幾乎毫無表情，除了那湛藍的眼睛。那雙直盯著他看的眼睛有一股令人不知所措的迫切，他不禁擔心那可能永遠不會改變。

他回視，不過她還是壓倒了他。

他猜想，也許就是這一心一意的專注力促使她成為優秀的警探，但現在，這專注力讓他頭大得要命。很顯然，他要不是屈服，就是被逼到不得不扔她出門，否則她絕不會離開。也許某種權宜之計可以滿足她的要求。

「妳被綁架的時候正在辦三起大案子。」他打開一個抽屜，抽出一疊資料夾放在桌上。「全部的資料都在這裡，在我手上。妳和王警探共同偵辦的一件較受關注的大案已經解決了。」他手腕一轉，將那個資料夾丟到一邊。

「解決也不代表沒有關聯。」

「我了解，但我剛說我們已經徹底看過每個細節，妳得相信我。」

他盯著她，她也回視。冷靜、挑釁、靜靜等待。在他變出讓她相信他的確通盤澈查的證據前，她死也不會離開。

他和警局不僅辜負了她，基本上，他甚至搶了她的位置，現在還禁止她看她的檔案。考慮到上述一切，她自我控制得很好了。烏利亞做出決定，滑動椅子從桌前往後一推，站了起來。「我們去樓下。」

他們一起走向電梯。一進到裡面，他按了地下樓層的按鈕。

電梯下降、門上方的數字逐漸減少到電梯震一下停住時，他說：「妳桌裡所有東西最後都進了證物室。」

到了地下室，他們走進證物室。基本上是由她帶路，這更顯示出她記得這棟建築物的配置，而且走過這趟路很多次。

烏利亞對櫃檯後面那位荷槍實彈的警衛說：「我需要看芳坦案的證物。」

那名警官看到芳坦，表情亮了起來。好幾年來，他從來沒有對烏利亞笑過。「嘿，芳坦警探，真高興看到妳回來。」

「謝了哈洛。」她給了他一個幾乎算得上微笑的表情，但沒有糾正他剛剛說的「回來」。回來代表很多意思，例如回到這世界。但哈洛顯然認為她的回來就是回重案組。

烏利亞接著說：「我們需要看和她的綁架案有關的證物。」

哈洛盯著電腦螢幕，手敲鍵盤。「這邊有桌裡的物品、電腦和硬碟、衣服，還有ＤＮＡ。」

烏利亞說：「先從桌子開始。」

他和茱德在櫃檯另一邊等待，哈洛消失在證物架之間。幾分鐘後，他抱著一只割出硬紙板把手的棕色大型箱子回來。烏利亞簽收那箱證物，抱著箱子到一間小辦公室。一根根長日光燈管的下方，他和茱德在簡直等同餐廳桌子的兩側面對面坐下。

「妳被綁架後，桌子裡全部東西就是這些。」他拿起蓋子，放到一邊。

「我失蹤多久後才歸檔？」

是他也會這麼問。「幾乎是馬上歸檔。感謝奧特佳警長。」

茱德看著連在那箱子上的證物標籤條。「這幾年來被調出來好幾次。」

「妳應該曉得大家沒有忘記妳的案子。」

調查失蹤警官的所有物感覺很怪，而今那人就坐在他正對面，感覺更怪。

他移開一些桌上常見的物品。鋼筆、鉛筆、便條本、筆記本。還有一些較個人的物品，比如照片——很多很多照片。有些是她，她頭髮還是棕色的時候，表情還沒那麼緊繃、還能輕而易舉露出微笑的時候；以及她和男友的照片。就是兩天前烏利亞才談過話的那男人。他確認了心中的懷疑：當茱德出現、期待獲得溫暖的歡迎，那男人和**他的女友**就在家裡。但是，除了將這事件加入時間軸，那男人對於完成這塊揭露她逃脫當晚始末的拼圖，沒有做出任何貢獻。

除了男友，也有和部門警官的合照——有些他認得，有些不認得。拍攝地點大多在下班後離開辦公室輕鬆一下時附近的酒吧。他跟過幾次，但並不常。他不太喜歡。除此之外，他通常急著想回家。

如今倒是不用了。

烏利亞在桌上攤開照片，並轉向她。他對她和王警探那幾張合照很好奇。在一些照片中，他們看起來像情侶，但也許勾肩搭背只是酒精造成的。有些人喝醉時會特別多情。

他問：「有任何妳認為值得一提的嗎？」

她掃描照片一遍，搖搖頭。

「這個呢？」雖然不關他的事，也無涉於別的案件，但不管怎樣，他還是問了。他指著一張王警探一手勾著她的腰的快照。「你們在約會嗎？我沒聽過這件事。」

她皺起眉，搖搖頭。「我們出去過幾次。」

「睡過嗎？」

她抬頭看他。「那件事與這個無關。」

「說不定有關。我一直認為王警探沒提過和妳曾交往的事非常奇怪。」

「那是因為我們本來就**沒在**交往。這不干你的事。」

有，有睡過。這種事不管在哪個職場都不太好，警察的話……是超級不好。

他繼續拿出證物，直到箱子變空，所有證物都上了桌。「唯一比較可疑的是這個。」他將另一張照片滑過桌面。「你對這女孩有任何印象嗎？」

她拿起那一小張方方正正的照片檢視，搖搖頭。

「她叫奧泰薇・吉米尼。不是兇殺案，是失蹤人口。不是妳的案子。」

「有時失蹤人口案也可能是潛在的兇殺案。我猜可能有人找我去調查吧。抱歉。」她滑回照片。「我不記得她。找到她了嗎？」

「沒有。」

「筆記本呢？」

「沒什麼特別重要的。」他將那個線圈筆記本遞給她。是那種孩子在學校使用的本子，各種花色、行寬，幾乎每一頁寫滿筆記和塗鴉。一字一字讀可能得花上好幾個小時——真想看個仔細的話，搞不好要花上好幾天。他讀過。沒有讀很透，但他讀過。

她瀏覽其中一本筆記本內頁，接著另一本，顯然對於這件事需要投注的時間做出了相同結論。「如果可以帶回去……」

「不可能的，妳也知道。」

「如果我回重案組呢？」

「這更是連考慮都不用考慮，因為不可能。」

「是嗎？為什麼不可能？因為我經歷過的事？因為我太笨才會被綁走？」

「不是那樣。」

「因為我殘破不堪？」

她那令人不知所措的眼神投向他，而他看得出她在瞬間下了結論。「就是這樣，是不是？」她說：「從你的表情就知道了。」

他疊起筆記本，放回箱子裡，收起照片。整段時間感覺著她的眼神黏在他身上。然後說：「重案組很可能不適合妳。」

不要看。他對自己說。

「那麼**哪裡**適合我？你覺得一個月後我會在哪裡？艾胥比警探？六個月後呢？兩年後呢？在星巴克上班嗎？還是去便利商店站櫃檯？」

她聲音中加入的語調破壞了他的決心。他看了——她氣得快瘋了。也許這是好事，因為這取代了她過於詭異的無感情狀態。「總之不是這裡。」他平靜但堅定地說。

「是嗎？我倒認為除了這裡我不會去任何地方。」她往後靠著椅子，雙臂交抱。「你到底覺得我會在哪裡？我想知道。」

「享受人生。去看電影、看看書，培養個興趣。如果那些聽起來太奢侈，不妨去婦女庇護所或遊民庇護所當志工——搞不好動物庇護所吧，我不知道。」他翻找照片，終於找到他要找的那張——其中一張有著她露出戲謔微笑的臉龐。他兩根指頭夾起那張照片，轉過來讓她看。「為什麼不試著找到這女孩呢？」

她根本看都不看一眼。「那女孩不存在了。」

「很可能還在。」

「不在了。」

「妳好像很恨她。」

「搞不好我真的恨她。」她揚起眉毛，似乎被自己的話嚇了一跳。「你使用女孩這兩個字，而不是女人。用字倒是沒錯。」

「妳得讓自己休息一下。」

「因為她將我丟在那裡整整三年，所以我恨她。」她對著他還拿在手上的照片努了努下巴。「你知道嗎，我以前個性很有趣的。」她說：「真的很有趣。我總是能讓大家笑出來。」

「這我聽過。」他暫停半晌，思考著下一句話。「妳可以再成為那個有趣的人。」

「我不這麼想。我不認為我還可以回到過去的我。」

「她說不定真的可以回來，至少一點點吧，我想。」他直視她的雙眼——他做得越來越好了。「但妳希望嗎？」他問：「妳希望她回來嗎？」

「有一點吧，也許。我不知道。」她遲疑著。「以前的茱德很軟弱。」

「她不可能軟弱，她活下來了。」

「這倒是。」

「我常忍不住想，我們為什麼會輕視過去的自己。」烏利亞說：「我們應該對過去的自己心懷感謝，而不是引以為恥。」

他將所有證物放回箱裡後重新蓋上蓋子，站起來。椅子刮著水泥地面。「我會簽名歸還，然後帶著妳上樓。」雖非他本意，但「帶著」兩個字似乎足以強調她只是訪客，而他讓她看一眼那箱證物算是給她人情。

她嫌惡地哼了一聲，站起來。「你看錯我了。」

「是不是這樣我不清楚。不過我的確認為妳有點可怕。」一陣子後，他才會思考起「可怕」兩個字是否恰當。「聽著，茱德，」他將箱子擱在自己肚子上靠著。「妳需要時間重新調整。妳很可能感覺像過了好幾週，但妳不過出來外面幾天而已──**就幾天**。這真的不算什麼。妳就像剛從戰場歸來的士兵，處於過渡期，需要心理諮商，需要學習重回社會。這才是妳現在應該專注去做的事。我帶妳下來是因為我想要妳知道，一切都在我掌握中。」他希望自己的話至少能給她一點安慰。「回家去，好好照顧妳自己。」

他靜靜等待。

然後──老天──她又那樣盯著他。

「你用的是什麼肥皂？」最後，她這麼問道。

「什麼意思？」起先他以為自己聽錯了。

「我不知道，就是隨便從架上拿來用，希望不會太難聞。」他皺著眉頭。「妳聽懂了我的話嗎？」

「我好像聞到了一些甜甜的味道，可能是杏仁。」

他慢了幾拍才搞懂。「啊，妳還在感官高度運轉的狀態。」

她點點頭。「實在很怪。」

「假使妳不喜歡我之前的建議，也許可以考慮香水產業。極度敏銳的嗅覺是一大加分。」這是玩笑，但他不確定她對於他試圖表現幽默會如何反應。畢竟，讓她鼻子變這麼靈敏的原因實在令人笑不出來。

她搖搖頭——好像差一點就要微笑了。很難說。不過她（面無表情地）說出致命一擊，而他**中箭落馬**。

「我待過箱子，別又將我放進另一個箱子。」

他口中傳出彷彿被掐住滯悶的聲音，可能是（也可能不是）一聲呻吟。

「我絕對不可能就這麼回家織起毛線，」她對他說：「我要去靶場訓練射擊技巧，我要去進修自衛術，還有……」她停頓一會。

「我要去學騎摩托車。」

他絕對沒有性別上的偏見，但他知道自己的表現在別人看來就是，例如叫她培養一個嗜好。「我不是暗示妳應該回家閉上嘴。」

「是嗎？」她說：「在我聽來就是那樣。但別擔心，幾個月後我就會回來，我不會再拿這些你可能會查、也可能不會查的案子煩你，我要拿回我的工作。」

7

他的女孩

他叫她「他的女孩」。

綁架她的第二天，他發現她會寫日記，於是帶給她一疊空白筆記本。是那種十元商店買得到的便宜貨；筆也很爛，不是她喜歡的中性筆。她最喜歡寫字時，高級中性筆滑過紙面的觸感。

但是，當她被囚禁在一個沒人能聽到她尖喊救命的無窗監牢，墨水優劣又會帶來什麼不同？

空白筆記本的數量令她感到驚慌，那表示他計畫關她很長一段時間。但也是好的徵兆，因為她將那當成他可能不會殺她的跡象。只要他繼續帶筆記本給她，她就繼續將它們填滿。

一開始，她不停地寫，記錄下每日經過，忠實跟隨著打從在這塊床墊上醒來的第一天，就在角落時鐘上滴答溜走的時光。當她十七歲的生日即將來臨，她寫下如果在家會怎麼慶祝生日。

後來她甚至寫了流產的事，還有他讓她吃避孕藥，以免這種事再發生。她猜想著不曉得他怎麼處理那胚胎，拿去埋了嗎？她對此十分痴迷，在腦中不斷想像各種情景。

她全寫下來了。

在外面的世界時，她算是怪胎。她喜歡詩，喜歡政治，喜歡動物。高中最後一年，她幫「為動物而走」募了一千元，還參加婚姻平權遊行。她也寫了這些。

某天她突然發現其中一本日記不見了。

是他拿走的，他在讀。

讀她腦海深處的念頭。

有一陣子，她完全停止書寫。但是，將腦中念頭傾倒出去是她唯一能防止自己發瘋的方式，所以她又繼續寫——這次她知道自己有個絕無僅有的讀者。

她會陪他玩。

這成了她的計畫，她存在的目的。她要攪亂他的腦子，讓他為他以前幹過的事和現在幹的事痛苦自責，說不定還能加深他的罪惡感，讓他放她自由。

那是她的美夢、她的幻想……

他聲音很好聽。這樣想挺奇怪，但是實話。還有他的體態，即使並不屬於青少年，卻也不噁心。他聞起來總是很乾淨，但她無法得知他到底長得什麼模樣。當他帶食物給她，當他來回收尿桶，都戴著黑色滑雪面罩。

即便她從沒看過他，也不禁想像起一張俊帥的面孔。接著她迷戀他的來訪，還有能如何取悅他，以及該用什麼方式讓他與她共墜愛河。

她寫下自己的愛慕之情，他對她有多重要，她活著只為聽見鑰匙在門鎖中的聲響，還有他的聲音，他的手碰觸她身體的感覺。但這招數只對她起了作用，因為她相信自己所寫的文字。沒多久，墜入愛河的是**她**自己。

那個她也寫了。

她也寫下**他**愛**她**有多深，還有對於流產多麼悲傷。她寫下關於他的詩句，畫下兩人相依偎的圖畫。她畫了好多頁的愛心。

有一天，她膽子終於大到敢問他叫什麼名字。

他問：「妳希望我叫什麼名字？」

「哈里森。」她想了一下。「不要，柯林好了。」

「那麼那就是我的名字。」

當他們做愛——她後來稱之為做愛——他會關掉手電筒，拿掉面具。然後她會碰他，因為他准她這麼做。手指輕拂他臉上冒出鬚鬚的皮膚。他的頭髮不長，嘴唇柔軟，身體堅實強壯。右邊二頭肌上有一道疤。

「你怎麼會有疤？」某天，她問他，手指沿著隆起的皮肉撫摸。

「妳希望我是因為什麼有疤？」

「槍戰，銀行搶案，一場只有你活下來的車禍。」

「墜機怎麼樣？」

「也可以。」

那個她也寫了。墜機，還有他是如何墜落在賽斯納的山中，並且徒步走出事故現場。那花了他好幾天，赤著腳踩進雪裡，沒有食物，但他來到一座小村落的事蹟讓他成為當地的英雄。

這是她為他們兩人創造的故事，為她自己，為了活著。

他是她的英雄，而且她愛他。

他拿走日記，但會再拿回來。沒多久，它們就成為她記錄時間經過最好的方式，因為她好久以前就已不知年月。

日記持續疊高。它們列放在地，慢慢爬上她那無窗牢房的四壁。一疊疊變得那麼高，有時甚至倒落在地上，她得重新疊起來。小心翼翼，按照編號，因為它們全做了編號。她不是以在這個房間待了一個月或一年來計算，而是在這兒待了十本日記或二十本日記。最後，變成兩百本日記。

8

「你對於和芳坦共事有什麼意見嗎？」

警局總監薇薇安．奧特佳的問題讓烏利亞再次回神。他因為出神而頭昏腦脹，而且發現自己最近常這樣。他的眼神從辦公室窗戶和底下街道移開。身後桌子空蕩蕩的，警探們早就上街幹活了。奧特佳計畫讓芳坦晚點到，好讓她慢慢融入。她也否決了王警探建議的「歡迎回來」蛋糕的點子。

只不過是稀鬆平常的一天。

「我接受讓她在這裡工作，」烏利亞說：「但為什麼不讓她坐辦公室就好？我不認為她有辦法在高度壓力下不崩潰……搞不好壓力不大也會崩潰。而且我他媽的絕對不想和她搭檔。」他不知道奧特佳為什麼不斷為他找來一些不可能的搭檔。也許她認為這是讓烏利亞順便盯著芳坦的方法——而這正是他最不願意做的事。

「芳坦確認可以上工，」奧特佳說：「而且我們需要人力。她在每一個項目都重新獲得認可。她特別修習槍械訓練、自衛術。四個月下來媒體聲量也已遞減，轉往下一則重大新聞。」她將雙手撐在臀上。

有些人認為，奧特佳的打扮對重案組而言過於性感，加上她蓬鬆的深色頭髮，長長的指甲，緊身裙，還有露乳溝的上衣，但她能這樣照自己心意行事，烏利亞也很佩服她。此外，說到在生活與這絕對黑暗的工作之間找到平衡，奧特佳是值得尊敬的典範。

儘管面對這一切，她仍是一個正常人的典型。住在好社區，有兩個聰明的孩子、兩隻傻呼呼的黃色拉布拉多，還有個愛她的丈夫；甚至傳出推舉她選市長的聲音。倒也不是壞主意。烏利亞想。

「還有，我也要提醒你，你一直拒絕我建議的搭檔，」奧特佳說：「所以我不會再問了。但我們的規矩就是警探必須兩兩搭配。」

「王警探呢？他搭檔不是才剛不幹？而且他和芳坦以前就是搭檔，這組合很明顯了。」

「我不需要解釋我的決定。」

「我只是想讓妳知道我為什麼這麼想，我認為這是個爛點子。我們斷斷續續交手過幾次，她的眼神還是那麼疏離。」更別提每次談話她眼神會一直掃描他。彷彿她能聞出他身上的肥皂氣味，數出他頭上的每一根頭髮。

即便這座城市好幾個月來沒斷電，外頭還是和戰場沒兩樣。人們不斷拿最近升高的犯罪率和八〇年代相比，當年明尼亞波利斯被取了別名，叫謀殺之城。那時犯罪猖獗，幾乎沒有一天得以在無槍戰狀態下度過。現在，在這個退為蠻荒的世界，烏利亞需要一個他可以相信的人，一個能支援他的人。

而那個人不是芳坦。

他對於調查不順利感到抱歉。綁架犯的衣服上找不到符合的ＤＮＡ，沒有完整可用的指紋，沒有火藥殘留，沒人通報槍響，她逃跑當晚沒有醫院收到槍傷患者。即便警局請求大眾協助，載她進城的計程車司機也沒有出面。經過數月調查，烏利亞被迫繼續前進，而茱德．芳坦再一次成了懸案。他們又辜負了她。

奧特佳若有所思地看著他。「疏離的眼神？你也可以這樣形容自己。」

「我很好。」

奧特佳不同意地聳聳肩，又回到眼前重點。「這座城市也許陷入危機，」她說：「但為了市民，我們必須盡一切努力。倘若我們做好自己的工作，就能恢復往日榮景。」

她認為他們正在恢復，認為他們可以按下「重置」鈕，烏利亞卻越來越不這麼想。人們已經來到了臨界點，這城市再也無法帶給居民安全感。要怎麼從谷底爬起來？市民——即使是那些好警察——都搬離了這個區域，烏利亞也無法責怪他們。奧特佳沒說出口的（而這很可能才更接近真相）其實是哪裡有浮木他們就得抓哪裡，即便那塊浮木是芳坦。

奧特佳的眼神掃過重案組開放的座位區。「她來了。」她是要提醒他：**態度自然一點，假裝剛剛沒在談論她。**

芳坦的身高總是令他驚訝。她高䠷，削瘦，穿著風格更像臥底——牛仔褲，老舊的摩托車皮夾克，還拿著一頂黑色安全帽。顯然她已經劃掉待辦清單上學騎摩托車這一項。

她說：「我希望出外勤。」

她難道讀出了他的心思？還是他真他媽的這麼好猜？

她將安全帽夾在手臂下，又提供了更多資訊。「我想要感受陽光和風。」

要補上三年份的陽光和風得花上不少時間。

他聽說她住在重罪區（這是愛大驚小怪的人取的別名），市中心東南。那社區一度有起色，但現在——還真要多謝斷電和逐漸上升的犯罪率——亟需更多新血與復甦的方法。這是市長正在致力的事，可她的承諾聽起來越來越空虛。體面的市民紛紛離開，罪犯留了下來。然後還有他和芳坦這種很可能無處可去的人。

但她不會在這裡留太久的。最多，他就給她一個禮拜。

9

伴著身旁一道名叫烏利亞・艾胥比、散發著不滿氛圍的陰影，茱德和奧特佳握手，並且感謝這位女士讓她以試用人員的身分回來。「祝妳回歸第一天順利，」奧特佳說：「慢慢來，和我保持溝通，隨時讓我知道狀況。」走回辦公室的路上，她說：「要記得，即使你們是搭檔，依舊由艾胥比警探發號施令。」

她被指派為他的搭檔是他最糟糕的夢魘。換作是以前的茱德，可能會覺得整件事很好笑，畢竟沒有人比烏利亞更堅決反對她回來。在過去，她會立刻證明他大錯特錯。但今日茱德只是接受這樣的安排，完全不認為需要向任何人證明任何事。

「妳可以坐那裡。」烏利亞指向塞在角落的一張灰色鐵桌。那個位置可能本身就是某種形式的懲罰或侮辱，但她的確也不會想要獨自坐在眾人之間的舊桌子。

她走向角落，他繼續說：「剛收到一具女屍漂在群島湖上的報告。」

還真是慢慢來呢。他在測試她。她甚至還沒拿出筆記本和迴紋針，就出現了一具屍體。

「那是高度犯罪區。」他補上一句。

「我不怕高度犯罪區。」不知怎麼，她知道這對他來說不是新聞。她在桌上放下安全帽，將警徽別上皮帶，轉過身，面對他說：「我就**住在**高度犯罪區。」

「這樣好嗎？」

「我需要空間，那種空中走廊不適合我。」她無法想像自己住在某個四面玻璃的人類鼠籠，即使那些架高的走道的確能連通大部分市中心建築。「郊區也不適合我。」

他問：「所以妳寧可在那種地方和罪犯混在一起？」

她點點頭。「對。」眼睛一眨也不眨地看著他。

「我**不是**住在空中走廊，」他說：「我的複合公寓連接到空中走廊。很輕鬆、很方便，而且我不喜歡冷天氣。」

「如果你不喜歡寒冷，明尼蘇達不是個好選擇。」

「我是調過來的。」

「從哪裡？」

「明尼蘇達南方。」

「農家男孩？」

「農場鄉下。」

「明尼蘇達南方也冷。」

「沒明尼亞波利斯那麼冷。」

他們離開辦公室，沿著走道並肩走向電梯。兩人之中一人穿西裝、一人牛仔褲加皮夾克，呈現出奇妙的對比。「妳知道我真正的想法嗎？」烏利亞問：「我不喜歡訓練新搭檔，這表示我想找的是長期的搭檔。倘若妳住高度犯罪區，那麼這件事就不會發生——何必自找麻煩呢？」

她有個感覺：她選擇住哪裡並不是他最不滿之處；他只是希望她失敗。他預期她沒過幾天就會閃人，而且他相信越是給她壓力，這件事會越快發生。「我並不急著去死，也不需要向你證明什麼。如你點出的，我被監禁了三年，還是有足夠的機智逃脫那裡。假使你真想看我的履歷，我會說這已經很夠了。而且『那種地方』沒有你想得那麼糟。」

「我知道那有多糟，而且四個月的恢復期一點也不夠，」他補充：「就算過了一年我還是存疑。」

但要她誠實說，她也有她的疑慮。假使有人能看進她腦中，他們可能會認為她一點也不健康。說不定他就是想表達這個。一個健康的人不會住在她現在租的房子裡。「我通過精神評估了。」

他輕輕一笑。「這又不難。」

茱德和艾胥比不同，這一點她很清楚。不只是因為她的身分、發生在她身上的事，以及這些事對她打從內心深處造成的影響——壓抑著她、削弱了她的情感，也永遠改變了她——同時也因故障的變電所導致斷電，這城市部分遭受破壞，而這竟是她得以重獲自由的主因。

烏利亞提過她的人身安全。但重點在於人們的冷漠，就像那些總愛戴上耳機隔絕一切聲響的傢伙；而她身上散發的正是一股令人困擾的氣場，一種讓他們感受到她的不同的氛圍。而這一切歸根究柢，可能來自她已無所畏懼；也許這正是她之所以不同於一般人的原因。她的無所畏懼出於矛盾的心理，不是勇敢，而是因為她撐過了一般人可能根本撐不過的黑暗。

沒什麼好希罕。

受了三年的折磨，只獲得這個爛句子。

她眼角餘光捕捉到一道模糊的動作，有個身軀猛衝向她，雙臂大張緊摟住她。她內心感到畏縮，威脅著要封閉起來。她伸手去拿腰上的槍，但又停下，突然理解到那雙手屬於她認識的人。

「茱德，我的老天，看到妳回來真好，」格蘭．王說：「我打過電話給妳，還留了言。」

「有收到。」她沒解釋從他來醫院探訪之後，她就一直躲著他；還有她失去了日常對話的技巧，而和格蘭談話會讓她不太舒服。她可能會發現自己為了他裝模作樣，試圖（為了他）找回以前的自己，而她不願這麼做。

當烏利亞站到一邊注視他們交談，格蘭稍微和她保持些距離，但雙手還放在她雙臂上。關於她和王警探睡過的事，烏利亞猜得沒錯。那是一次錯誤，在她和艾瑞克認真之前發生的。「我真的很高興你還在重案組。烏利亞說很多人離開了。」

他微笑。「我還能去哪兒？我可是在聖保羅長大的——從裡到外都是都市人。」他兩根拇指勾住皮帶。「我試圖說服奧特佳讓我們搭檔，」他說：「畢竟我們以前就是搭檔了，但她不肯退讓。」

其實是茱德的決定。她要求和一位不認識她、不會拿她和以前的茱德．芳坦比較的人搭檔。只是沒想到那個人會是烏利亞．艾胥比。

電梯「叮」一聲響起，電梯門打開。茱德想起久違的社交技巧，在與她的新搭檔踏進那座將載他們去停車場的電梯前，她勉強對格蘭說了聲「再見」。

10

他們開著一輛便衣警車出了室內停車場。能看到步行和騎腳踏車的居民還滿好的，然而這座城市比茱德印象中更為黯淡，也更悲傷。一連串的斷電竟會帶來這種改變，實在令人難以置信。話說回來，她也不該驚訝，至少在她經歷了那件事之後。**人會對另一個人做出可怕的事**。問題在於，她是否對人性失去了信心？

沒多久就抵達目的地。

群島湖位於明尼亞波利斯，在上城西北，曾是個富饒的地區，而今佇列在此的都是遭火災與蓄意破壞毀損得最嚴重的社區。一個個街區的宅邸凋零成了崩毀、燒光的空殼。斷電之前，人們會繞著那形狀奇特的湖漫步，欣羡地看著那些俯瞰湖水的宅邸。已經沒什麼好羨慕了。

「我曾經繞著這座湖散步。」茱德說。那是在另一個人生，還有艾瑞克。如雜誌裡的那種情侶，如她只能想起的部分夢境。

烏利亞在法醫的廂型車後方煞車停下、熄火。黃色的犯罪現場封鎖條高懸，一群看熱鬧的民眾已經聚集在那兒。

安全帶解開，門「啪」一地關上。

茱德首先注意到，現場的基調和以前的犯罪現場不同。那充滿敬畏且謹慎發言的氛圍哪兒去了？敬意和悲傷呢？這感覺很……低級。人們相互推擠，同時間幾名警察緊張地站在一定的距離外，試圖制止騷動的群眾。

她認出了法醫，一名黑髮長及下巴的年輕女子。看到另一張熟悉面孔讓茱德內心略顯動搖。她不喜歡那些讓她想起舊日生活的線索。

最先抵達現場的警官之一——一名年約四十歲的男性——朝他們走來。「一群孩子走在湖邊時發現屍體。年輕女性，事發時間可能是昨晚。我們還來不及將她裝進屍袋，路人就先拖她出來，所以屍體已經遭到汙染。犯罪現場團隊正在蒐集岸上的證物。」

「可能致死原因？」烏利亞問。

「先不論證物，我猜是自殺。」

烏利亞口中傳出微弱的挫敗聲，但茱德不理解。

警官伸出他的拇指指了指。「看一下吧。」

死者很年輕，可能還不到十七歲。她身上的白色睡袍溼透並緊貼著底下的赤裸身軀。嘴唇呈青藍色，長髮的顏色有如蒲公英。

一看到警探，兩名犯罪現場的警官立刻退後，讓他們能完整查看屍體。其中一人遞來黑色乳膠手套。

茱德戴上手套，在死去女孩身旁彎下身。當她專注在屍體上時，世界恍若從她身旁消失。警官說得沒錯。她沒在水裡待太久，顯然剛死不久。除了藍色的嘴唇和一抹乳白色的眼睛，她看起來就像睡著一樣。

女孩頸上掛著一條便宜的項鍊。茱德轉過墜子，是一顆心，上頭刻了名字：達莉拉。

「這是不是嘉年華會上的機器就做得出來的那種飾品？」烏利亞問。

「我想應該是。」她還記得在北明尼蘇達某個景點使用過他說的那種機器。投錢進投幣口，在鍵盤上拼出你的名字，然後隔著一扇玻璃窗觀看刻字過程。刻好之後，項鍊會掉進下方可供拿取的容器。

茱德快速掃視眼前的身軀，眼神從女孩的頭頂移到雙腳。基於一時衝動，她輕輕碰了離她最近的手背，突然一陣渴望排山倒海而來，想將女孩拉進懷中緊緊擁抱。然而，她只是非常輕柔地握住女孩的手。

「妳在做什麼？」烏利亞挨近她肩膀，在她耳邊略為抬高聲量問道。他先前顯露出的慌亂消失無蹤。

茱德說：「握她的手。」

「為什麼？」

她聳聳肩。「因為我想。」

「該死的。」他站直身體離開她身邊，這些字句隨著呼吸一同吐出。「夠了。」他揮揮手示意她**過來**。「起來吧。」

茱德沒動。「我們應該拿毯子蓋起她。」

「她已經死了，什麼都感覺不到。她不會冷，也不會悲傷，更不會覺得孤單。」

茱德抬頭看他。「我知道她死了，但她告訴了我一些訊息。」

烏利亞緊緊閉起眼睛。幾秒鐘過去，他壓下了自己的脾氣，讓注意力回到她身上。他身後的天空好藍，只有明尼蘇達的天空能這麼藍。而且遠方還有小鳥愉快地歌唱，茱德幾乎可以看見音符飄浮在空中。

烏利亞說：「目前只有我聽到妳剛說出來的話，妳最好感到慶幸。」

他們搭檔的第一個小時還真是不平靜。茱德說：「我不覺得是自殺。」

「妳聽好，」烏利亞蹲到她旁邊，展現耐心包裝他的不耐。烏利亞將一褶溼布掀到一邊，露出屍體身上凌亂不堪的睡袍上的口袋。女孩幾乎就像明尼亞波利斯美術館裡一座美麗的大理石雕像。「石頭，」他說：「她口袋裡裝滿石頭。」

茱德專注在女孩身上，以現在的她的角度來感受犯罪現場——而不是以前當警察的她。她逃脫幾個月以來，拚命想忽視那些增強的意識、炸彈般轟炸她的景象、聲音與氣味，這些高度運轉的感官妨礙她的日常生活。現在，她明白自己正以她從烏利亞身上獲取訊息的方式來獲取訊息——也是她從囚禁她的人身上獲取訊息的方法。那死掉的女孩有話要說，而且正準備對茱德說。

「不是凶殺案，」烏利亞說：「不是我們的案子。」他站起來，繞過她離開，然後又走回來。「不是所有的死亡都是謀殺。她在口袋裝滿石頭，走進湖中。有石頭，還有湖。」

「我認為現場經過刻意安排，讓她看起來像自殺。」茱德注視著他，估量他的反應。

「妳是如何在兩分鐘草草檢查之後做出這個結論？」

「她告訴我的。」

「老天，」他回過頭瞥了瞥。「這種瘋話別說得那麼大聲。她死了，」他說：「**死透了**。」

「是，但是她死前感受到的一切全寫在她臉上和肌肉裡。現在還在，**我**看見了，我可以**讀到**她。」

他從鼻子哼了一聲。「她還說了什麼？」

茱德想梳梳那女孩的頭髮，給予安慰，但忍住別那麼做，才不會汙染證物。「恐懼。她死前非常害怕。」茱德知道也理解那種恐懼；那是來自對他人的恐懼。

「假使她真他媽的告訴妳這麼多，搞不好還會告訴妳全名和地址。」

茱德無視他的諷刺。這無所謂，屍體才是最重要的。她輕輕將女孩的手放回身側，站起來望向遠方，看陽光在湖水彎弧處的表面照出重複的圖案，看白色船隻以游刃有餘的舞姿移動。今日天氣美好，而這讓死亡更顯悲傷。

她對烏利亞說：「你名字的意思是**光**，」這話來得奇怪又突兀，然而，這是因為她想暫時將他的注意力轉移到別的事物上，拋下惱怒，讓腦子有新的事可煩。她轉過身。「你想過這件事嗎？」

他的表情經歷數次轉折，直到肩膀終於垮下。「茱德，該死的，」他平靜而鎮定地說：「我沒有辦法理解妳到底經歷了什麼，但妳還沒準備好面對這一切……很可能永遠無法準備好面對這一切。妳該回家。局裡會給妳遣散費，就接受吧。妳現在並不需要這麼做，為什麼要勉強自己？」

「那**你**為什麼要做這行？」

起風了，傳來燒焦木頭的氣味。他注視了她好長一段時間。「我只會做這行。」

「我也是。」

他們又打量了彼此一陣子。

「這聽起來沒那麼瘋，」最終她解釋，她決定還是稍微和他分享一些事——只有一些。「我讀到的不是她死去的心智，這和通靈沒有任何關係。我被囚禁了三年，沒有書，沒有音樂，沒有電影，那個世界沒有顏色。我只有一名邪惡男子的臉與身體，解讀他成為我存在的一切意義。我為了他的來訪而活，為了獲得那麼一點刺激。每一句話、每一點細微差異、每一次肌肉收縮、每個一閃而過的念頭，我都去解讀。即使眼前這女孩已經死了，我卻能讀懂她。我知道這聽起來很荒謬，但她所經歷的回聲就凝結在她的臉上和肌肉裡。」

她的解釋稍微安慰了他，而她也覺得自己的話聽起來似乎合理多了。他問：「妳能讀活人嗎？」確認心中已然成形與未成形的念頭。「妳能讀我嗎？」

但茱德知道，如果她告訴他，稍早第一位回應現場的警官說出**自殺**兩字時她就讀了他，並不是明智之舉。茱德察覺烏利亞迅速壓抑下來的哆嗦。她沒告訴他每回在警局和他碰面，她都會讀他。她沒告訴他，她知道他此時此刻又再次為她感到虧欠，她的經歷帶來的衝擊正持續卻緩慢地刻進他心底。也許這就是他不願和她搭檔的部分原因。她是個難以忽視的提醒，也關乎某起不能言明的事件及傷痛，累積下來成為他未能尋獲她、也無力破案的證明。

「善良，」她說：「我看到的是善良。」

「真假？善良？」惱怒再次回歸。「這特質還挺沒用的。」

「你會說我形容得不準確嗎？我想知道。在那個地下室時，我腦中的線路彷彿重新接上，在我看起來如此，實際上很可能是另一回事。」

他接了話：「善良是個缺陷，尤其在今日，尤其對一個警察而言。」但沒有回答她的問題。

他是對的。假使她能更有韌性、更強壯……「但善良是我們不能失去的特質，」她皺起眉頭、專注心神。「那可能是身為人最重要的特質之一，甚至可能比愛還重要。」

他又意味深長地盯著她，雙眼間出現深深的皺紋，就像他也試圖讀出她的心思。「我真不敢相信我們竟然在這裡進行這種對話。妳真的合格了，對吧？」

11

那天傍晚一如無數個傍晚，茱德騎著摩托車，在她已來回巡了上百趟的大街小巷尋找曾被囚禁的那棟房子。她並不是想再度造訪那個她寧可不要想起的地方，而是因為她必須走進那扇門，看見那男人躺在地下室地面的腐爛屍身。

一定要確認死亡。

斷電那晚，太平間進來了五具男屍，沒有她要找的那個人。所以她不斷嘗試找到那房子，並持續擴大搜尋區域：依舊一無所獲。這使她深信那具屍體還躺在樓梯最底層，又或者已被悄悄處理掉。

又或者那男人還活著。

她要一個名字，她要一張犯罪紀錄。只有這樣，她才能著手拼湊出他綁架她的前因後果。她內心深處並不認為那只是一種病態的迷戀或隨機犯罪。

她迫切需要這份死亡證明，不禁想像起自己貼傳單的模樣，上面寫著**你聞到鄰居家傳來不祥的惡臭嗎？**下方還有可撕走的電話號碼。得過多久那號碼才會被撕光？幾天？幾小時？畢竟誰沒有形跡可疑的鄰居呢？

她搜索特定風格的建築，因為數年來，她已然在腦海中建構出屋內的配置與設計，但那房子可能是木造、磚造甚至灰泥或稻草；那可能是一層平房，也可能是兩層樓房。她全然沒有自己進入屋裡的記憶；而她是在黑暗中逃走，天空中一顆星星也沒有。當時她的心智一團混亂，身體極度虛弱，光是一步接著一步前進都極為困難。記下任何微小的地標並非她的第一優先；逃亡、回家，才是第一優先。可是現在……

她並不知道房子的外觀……即使如此也阻擋不了她。她每天傍晚騎過街道，然後返家，將以膠帶黏貼在公寓牆上那張詳盡的城市地圖區域一一劃掉，以便搜尋行動循序漸進，推進下一個尚未探索的區域。然而每個傍晚，她依舊找不到任何符合她感覺的建物。

儘管她的追尋如此嚴酷，依舊受到她所經過、受斷電影響的社區所激勵，也因那些文明回歸的徵兆有了感同身受的驕傲：街邊小販與快餐車、波希米亞風咖啡館、餐館、酒吧，還有人行道上的植栽。

晚上回家時，她在走廊碰到威爾。

「摩托車騎得怎麼樣？」他問。

「完全沒問題。」威爾賣給她摩托車之後，還幫她找課程、拿到駕照。他也教了她幾招保養車輛的方法。但她知道，他只是想透過摩托車與她互動。她盡到該有的禮貌，但不會過度友善。

回到公寓，她吃了雜貨店買的壽司做為晚餐（槍還在皮帶上沒拿下來）。她吃完、也洗好盤子後，便去洗臉刷牙。回廚房時，她替她在餵的野貓從櫥櫃抓了一罐貓食，臂下塞一顆枕頭，一根手指勾著捲起睡袋的尼龍帶子。她離開公寓，在身後將門鎖上，鑰匙放進口袋，朝著通往屋頂的窄樓梯而去。

她在外頭鋪開睡袋、丟下枕頭，躺在夜空下。

底下街道傳來車聲，遠方人聲喧嘩。街區盡頭開了一家餐廳，而她可以聞到燒烤排出的廢氣。

屋頂上並不黑，而她幾乎沒有哪個晚上能看見漫天星星。城市燈光太多，並為了抑止犯罪而不斷增加。但是今晚看得見月亮……至少一半吧。

她讓槍從槍套滑出，放在睡袋旁邊，接著打開那罐貓食的上蓋。她伸展身體，罐子就放在幾英尺外，翻成仰躺，仰頭凝望月亮，開始想著那個湖中的女孩。

12

穿上防護衣，面罩就位，烏利亞和他的新搭檔跟著海尼平郡驗屍官進入解剖室，那個年輕女孩的屍體正蓋著白布等待他們。

現在，他們已經得知死者的身分：達莉拉．瑪斯特，來自富裕家庭，上私立學校。

烏利亞的塑膠面罩後方傳出喉頭被堵住的悶哼聲。法醫是一位體型高大、約五十歲的金髮女子，名叫英格麗．史蒂文森。對於室內橫流四溢的誇張惡臭，她連眼睛也不眨一下。茱德似乎也沒注意到，但話說回來，除去她哥哥來訪那次，他簡直不記得她對任何事產生任何肢體上的反應。目前她對氣味缺乏反應透露出的暗黑事實，是因受虐而生的條件反射：受囚禁者學會不做出任何反應，以避免可能隨之而來的虐待暴行，或任何施虐者所能感受到的惡趣味。

「我對於這種空氣品質鄭重道歉，」英格麗說：「我們的空調系統出了問題。昨晚我從車庫走進屋裡，我先生還叫我先脫掉衣服。都洗過澡了，他還是抱怨個沒完。」

烏利亞努力張嘴輕淺的呼吸，這使他感到頭重腳輕。

「我知道不太舒服，但不會太久。」英格麗說：「我發現一些東西，我認為應該讓你們看看。」

她往房間深處走去，作勢叫他們跟過來。「我想讓你們看的是……」她掀開布，露出那個有著蒲公英色頭髮的女孩。「割傷，」她指出。「自殘。」女孩的腹部縱橫交錯著傷疤。

「最近的嗎？」烏利亞問。

「有些很新，有些比較舊。」

「多舊？」

「幾年了。除了割傷，我還找到性侵的證據：瘀青，以及組織挫傷。有一些舊疤，還有一些時間較近的，也許不到二十四小時。」

烏利亞看了看茱德。他看得出來，她認為自己的理論還是有意義的。但從現實來看，這代表自殺的機率大得多。這可憐的女孩長久以來遭受精神層面的痛苦，再加上受到性侵……

「還有，她肺裡裝滿水。」

烏利亞說：「溺死。」一點也不意外。

茱德問：「湖水嗎？」

「我很高興妳提到這點，」英格麗將頭頂上的燈推到一邊。「我們在她肺裡找到的水含有大量的氯。」

意料之外──「有意思。」烏利亞很可能得將心中關於自殺的一切推斷都丟在腦後。不過茱德依舊不帶一絲得意的表情。他必須為她拍拍手。噢，她也沒提到什麼屍體解讀，這也要給她拍拍手。此時此刻，這似乎成了他們的小祕密，而他希望可以一直是祕密──基於他一開始對茱德回重案組的感受，他自己也對這反應有點驚訝。但是，只要外頭出現任何一點關於她這種「天賦」的流言，她就非走不可了；而奧特佳會將其視為茱德狀況不穩定的鐵證。

他說：「所以她是溺死，或被淹死，最可能的犯罪現場就是游泳池。」

「正確，她肺裡沒有清水。她被丟進湖裡之前就死了。」

「還有別的線索嗎？任何反抗跡象？」

「指甲底下什麼也沒有。但雙臂有瘀青。這可能很重要，也可能不重要。」

「藥物？」

「沒有注射痕跡，但已經送毒理實驗室了。」英格麗再次拿布蓋起屍體。「過兩天應該就會有結果。」

「謝謝。」

烏利亞從那房間逃了出去，扯掉面罩、大口吸氣——但馬上就後悔了。因為準備室的氣味和解剖室差不多糟。茱德踩著悠哉的步伐跟上來。

「妳是對的。」一到外面，上了那輛便衣警車，前往女孩的家與父母進行訪談時，烏利亞立刻對她說。他們沒預先通知死者家屬，沒有人知道他們要去。

「你怎麼想？親戚？男友？」茱德問：「那人侵犯她，擔心她告訴別人，所以又淹死她，在她睡衣口袋裡裝滿石頭再將她丟進湖裡，讓一切看起來像自殺？」

「這是可能的理論。」

GPS叫他轉彎，於是他轉彎。

茱德問：「至於我的穿著，你覺得可以了嗎？」

一如她的一切，無預警的提問總是令人驚慌。她今天早上來到警局的打扮可說十分有型，他因此驚訝不已：黑褲子、白襯衫，外搭黑色合身外套。烏利亞對穿著沒多大興趣，但就他們的職業而言，風格一致相當重要。西裝能替這個位置帶來一定程度的敬重。

「對妳昨天的打扮我可一個字都沒說。」

「你也不用說什麼。」

「當然。」

「我一直打算看看我前男友究竟怎麼處理我的衣服，但總是拖著沒去。然後我領悟到，那些衣服已經沒有一件我能穿的了。」

「妳可以拿去改，我在上城認識一些人。不管妳信不信，我這件西裝是古著店買的，他讓它變得很潮。」

「我認為從頭開始更好。新人新衣服。」

他想說從頭開始不見得永遠是正確答案，或者這麼做其實並不容易，而且不一定真能修正一切；從頭開始也可能只是個幻覺——但他逼自己閉嘴。

「你沒事吧？」茱德問。

她解讀他的行為。自殺一事讓他不知所措，而且她明顯看出有些不對勁。她一定會知道他是否撒謊，因此他不曉得該說謊話還是真話——那件事實在無法說出口。但話又說回來，反正她遲早會知道關於他的一切。

「不太好，」他說，決定說真話。「但我還不能討論這些。」

他沒說出口的是，之所以不能討論是因為芳坦的經歷。他根本不值得她的一點憐憫，一點都不值。他很清楚，但……媽的。

現在換她皺眉看著他，從他臉上注意到些許線索。她問：「是我說了或做了什麼嗎？」

「不是。」

「我感覺你有話沒說。」

「我們是搭檔，但不代表什麼都要分享。」好像太冷酷了。才說出口就立刻後悔。

受害者來自明尼亞波利斯的坦格鎮。中上階層社區，每一戶都有漂亮草坪，大多房屋是都鐸式或愛倫口中的女巫房。銅蛙模樣的門把敲在酒紅色的大門上，傳出悶鈍的聲響。達莉拉的母親珍妮薇．瑪斯特前來應門。她的頭髮不是蒲公英色，經過漂色和一些昂貴的處理。她的髮根可見到深金色澤。

茱德致上慰問時，烏利亞亮出警徽並自我介紹，並且因為她真誠地想與眼前這名女人交談感到驚訝。而且她還不只做到這地步。茱德問：「介意我們進去嗎？」

在那女人消化完這句話、退後一步稍微打開門之前，他們被狠狠瞪了許久。

「我不懂。」瑪斯特太太說：「達莉拉是自殺，怎麼會是重案組的人過來？」

一個年幼的男孩從轉角冒出來。「我們還沒要出門嗎？」他問，手臂下夾著滑板，頭髮太長了點。

「親愛的，再一會兒，」他母親說：「警察要找我談一下。」

「他們已經談一下了。」

「沒事的，先去外面。我們再幾分鐘就走。」

男孩一消失，她就轉向他們。「他可能沒辦法接受，我想去朋友家可能是個不錯的主意……」她顯得有點遲疑，音量漸漸變小。「別讓他待在這屋裡。」

烏利亞說：「沒問題。」

女人慢慢走到沙發坐下。烏利亞和茱德跟過去，在兩張塞得鼓鼓的椅子上坐下。他們之間有一張橢圓形的桌子。

瑪斯特太太似乎正努力翻出記憶中身為女主人該做、該說的事。「你們要喝點什麼嗎？」茱德和烏利亞搖頭，她似乎鬆了口氣般垮下肩膀。

「首先，」茱德說：「對於您痛失愛女，我們深感遺憾，」她瞥了烏利亞一眼，他對她緩緩眨眨眼。最好還是由她來公布消息，而她目前為止也做得不錯。他有一種感覺：從女性口中聽到這消息，瑪斯特太太會比較容易接受。

「您問我們為什麼會過來，」茱德向前傾身，兩肘放在膝上，雙眼定定望著那名剛剛失去孩子的母親。「我們有理由相信您的女兒並非自殺。」

珍妮薇．瑪斯特的思緒以極緩慢的速度去理解，她腦中的跑馬燈仔細將過去二十四小時處理的每一件事掃過一輪，拚命想釐清這個全新的資訊。「我不懂，昨天他們通知我是自殺。」

「我們剛結束解剖，」茱德說：「初步證據指出，她很可能不是自行結束生命。」

空氣彷彿被抽離了房間，瑪斯特太太緊緊抓住喉嚨，面帶恐懼地瞪著茱德。

真怪，不久之前，自殺似乎才是最令人無法接受的事。現在死因驟然翻盤，從達莉拉的母親早該預測到的事——亦即母親本應有機會阻止的事——演變成一個全新的狀態，一個更令人難以接受的狀態。

「什麼？怎麼會……」

但她不是真的想知道。他們從來就不想知道。

茱德瞥了烏利亞一眼。他在她眼中看見瞬間閃過的一抹自我懷疑，接著便低頭看向緊握的雙手、保持鎮定。畢竟他們怎麼樣並不重要。他們的職責是盡可能同理地傳達消息，也要穩定現場的氛圍。他真心希望男主人在家。他們應該晚點再回來，先讓她將孩子帶去他朋友家。多等幾個小時會怎麼樣呢？然而茱德做得相當好。倘若他們等待，別人可能會來傳達消息。一些不那麼擅長此事的人，例如記者。

「她並非溺死在湖裡，」茱德說：「因此我們認為妳女兒很可能是被殺害的。」她沒提到性侵，很好，那個晚點再說，等瑪斯特太太先消化這個新訊息。

烏利亞問：「您知道誰可能想傷害達莉拉嗎？」太唐突了，但有時直接的問題可以起到一些效果，讓嚇壞的倖存者能停下來思考。

「沒有。」她皺起眉，不認同地搖著頭。「大家都喜歡她，她是個小天使。」

這話可能是真的，也可能不是。

「她有敵人嗎？」茱德問：「說不定是在學校？」

「我可以肯定地說，達莉拉不是和所有人都處得來，但很受歡迎。她很友善，人人都喜歡她。」她看著茱德，再看向烏利亞；他看得出來，她的思緒正漸漸清晰。「她口袋裡有石頭。」是自殺。

「我們知道。」烏利亞不慍不火地說：「我們認為是別人放進去的。」

「警探，你有孩子嗎？沒有吧？你們兩位誰有孩子？我不認為你們有。」

多半會朝這方向發展：出言攻擊。這也沒關係，沒問題的。雖然烏利亞對於讓茱德此刻還得承受攻擊略感罪惡感，但負責傳達消息的人向來無法毫髮無傷地離開。

他們問了瑪斯特太太一些制式問題，並且請她提供女兒可能較親近的人的姓名與地址。

茱德摺起一張同學清單時問：「達莉拉有打工嗎？」

「沒有，但她當過志工。」

「在哪裡？」

「療養院。」

他們得知這家的男主人最近才搬出去，住在伊代納的一間套房。接著他們請求搜查達莉拉的房間。瑪斯特太太帶他們上樓，走在一條鋪了東洋風長地毯的走廊上，然後在一扇白色門前停下腳步。她推開門，是個典型的青少年房間。

她突然一怔，望進那個空間，然後低聲說道：「我沒辦法進去。」她顫抖著聲音。「我得離開，請盡量不要弄亂任何東西。」她從房間退出來。「我希望它可以保持原樣。」

死去孩子的母親多半傾向供著房間，烏利亞也曾在成年受害者的親戚身上看過這種行為。與供著房間相反的行為，則是密封藏起所有記憶，又或是重新裝潢房屋，或是搬走。

烏利亞說：「我們會小心的。」

他們查看梳妝臺和床鋪。茱德讀著達莉拉的日記，烏利亞轉而打開她的筆電。一切的一切似乎再平凡不過。茱德報告日記裡寫滿意料中的內容：朋友，男孩子，上課，電影，音樂，還有樂團。

十五分鐘後，烏利亞正要宣布搜索失敗，茱德卻以一種吸引他注意的方式喊了他名字。她敲敲日記、低下頭，他從電腦上抬起眼神，看向她。

「她一直提到一個沒有名字的人。」茱德大聲唸出日記的段落：「『我們終於做了，』然後她說『他想再見我。我昨晚偷溜出去，蘿拉也喜歡他，但我認為那只是因為他老得可以買啤酒給她，更別提還可以買別的。』配上一個皺眉的臉。」

「啤酒？」烏利亞說：「所以不是同學。」

兩人將筆電和日記裝袋上標籤。走下樓時，他們問了達莉拉的手機。

「我沒看到，」珍妮薇說：「我甚至沒想起這玩意兒。」她將女兒的手機號碼給了烏利亞，承諾會找找看。

他們問起那個買啤酒的男人。這問題讓瑪斯特太太很驚訝，顯然母親什麼也不知情。在外頭，他們走向車子，烏利亞打電話到市中心，要他們的個資專家拿到達莉拉．瑪斯特的通聯紀錄，並且確認能否定位她目前的手機位置。

手上有了瑪斯特太太給的同學名單，他們開車前往中學，先見了校長。名單上的女孩一一被帶來和警探個別談話。每個都來了，除了那個叫蘿拉．霍特的女孩。

校長解釋：「她今天請假。」

茱德說：「我們真的很需要和她談談。」

學校祕書給了他們一個地址，是一棟令人印象深刻的殖民式風格建築，位於富裕的布林莫爾社區，距離明尼亞波利斯市中心只要幾分鐘。一開始沒人應門。最後總算有個女人打開一條小縫——只夠他們秀出警徽自我介紹。空氣聞起來是剛割過的草、木片和肥料氣味。

「我知道你們是誰，我要你們離我女兒遠一點，」那女人說：「她不想和你們說話，她什麼都不知道。」

「就我們了解，她是達莉拉．瑪斯特的朋友。」

「她們不是朋友。我們不准蘿拉和達莉拉去任何地方。達莉拉是壞朋友，她們好幾個月沒聯絡了。」

茱德問：「她為什麼是壞朋友？」

「她喝酒、抽菸又吸毒，而且這還只是我知道的部分。你們不是警察嗎？去查一下啊。」門啪一聲甩上。

他們走回人行道，茱德又望了望房子。「蘿拉在屋裡，我剛看到樓上窗簾晃動了一下。」

「她嚇到了，」烏利亞說：「給她一點時間，我們之後再回來試試。我希望盡量不要勉強她回警局問訊。如果她願意主動配合，可以得到更好的證詞。」

回到辦公室，他們這天剩下的時間都在追蹤線索，等所有同事下班很久之後才收工。回家。

那已經不會讓烏利亞感到歸心似箭。公寓怎麼可能有家的感覺？雖然他住在市中心沒多久，但即便找得出各式各樣的藉口，他還是不知道自己那時在想什麼。他在心中追溯過往，知道自己做的是與供著那地方完全相反的行為。他將所有物品裝箱，賣了房子，搬走，將傷痛全拋到腦後。但是那決定如今想來大錯特錯，而且更強化了他的悲傷與失去。

13

烏利亞一直很喜歡艾默生大廈，這棟市中心大樓曾是明尼亞波利斯最高建築之一，但他從沒想像過自己住在裡頭的模樣。裝置藝術、極盡奢華的飾條、義大利大理石、非洲紅木、鍛鐵、鍍金門把。結構承自華盛頓紀念碑，每上一層，房間就小一些。

變電所被擊中、犯罪變得猖獗之後，艾默生的旅館房間改建成公寓。讓旅館轉為居住空間是市長「留居於市」口號的一環。他的理論根據是：警察巡邏頻繁，住在城市心臟地帶會更安全。烏利亞同意，但目前為止，這計畫似乎一點屁用也沒有。即便這些房子都在負擔範圍內，艾默生半數公寓裡依舊空盪無人。

他記得自己還是孩子時就來到明尼亞波利斯這區。他父母一面抓著他的手，一面警告他要跟緊他們。他們的緊張也感染到他了，但他從來不覺得害怕。他很興奮。無論這感覺打哪兒來的都無所謂。不管是在角落自言自語的男人；沿路爬行、不住咆哮的傢伙；妓女，或街上遊民。這個陌生的國度使他興奮，這裡和他的家鄉是那麼不同——那裡是個表面保守、安全到乏味至極之地。當然，如今他知道沒有任何地方是安全的。但以孩子的眼光看來，他的家鄉就像復刻版的美國中產階級縮影。

每當親戚來訪，他父母會覺得一定要帶他們去大城市——那黑暗的城市，滿是犯罪、汙穢、性與毒品……還有那名叫做王子的流行歌手。

接著E街購物中心興起，算是一種連根拔起的態勢。流浪漢、遊民、毒蟲、妓女、乞丐、街頭音樂家、嬉皮、硬殼龐克——他們全給趕走了，換成大型購物中心，根本沒人去的電影院，以及沒人停車的室內停車場。所以這個……這個全新的明尼亞波利斯實際上退化了，也許甚至遭到懲罰。烏利亞永遠不會大聲說出這些話，但一部分的他樂於見到這城市打回原形，逆轉這段中產階級化的過程。

而今，這座城市是他的家。曾經籠罩他幼年的龐然建築成為他的棲身之所。倘若試想他多年前家族旅行時就察覺自己的未來，實在既詭異又撫慰人心。

與茱德在解剖室見過達莉拉．瑪斯特後十小時，烏利亞經由將他吐進夾層的天空走道旋轉門進入公寓。往下一層的一樓大廳荒寂無人。意料之中。畢竟已經很晚了，小販和攤商也陸續收起推車回家。

這天太長太瘋狂，回到這棟建築讓他產生時間扭曲的異樣感，彷彿他已離開了一整個禮拜。

烏利亞走過電梯，轉而走樓梯上十七樓。他越走越快。

咖哩和大蒜的氣味瀰漫整條走道，那是緊閉的門扉後人們生活的跡象。他進門，在狹小的公寓中掛起西裝，套上一件破牛仔褲與幾乎穿爛的T恤，從冰箱抓了罐啤酒，再拎上裝了地瓜薯條的外帶容器。他在沙發上坐定，朝咖啡桌上的筆電俯身，吃冷薯條配啤酒。他點開臉書，在搜尋欄打入達莉拉．瑪斯特的名字，將死去女孩的檔案瀏覽過一遍。

和大多數青少年的頁面一樣，她的社群頁面滿是自拍和閨密的照片。烏利亞對團體照特別感興趣。大部分人都被標註，他拉近一疊紙。

她的好友數不到三百人，烏利亞一個一個點入他們的頁面，匆匆寫下可能值得一訪的姓名。

她班上有些同學的發文似乎含有暴力內容。他也寫下那些名字。家庭成員中，他找到達莉拉的父母和弟弟，還有一些親戚。電影和音樂的喜好對一名十七歲少女來說毫無特別之處。很多小動物的照片，多半是貓，但也有狗。而一如預期，人們不是前來留下給她家人的慰問，就是直接留言給達莉拉。

烏利亞也一一看過，尤其是留言串中多次出現的名字。最常出現的臉孔屬於他們稍早沒能問話的女孩：蘿拉．霍特。儘管當時霍特太太堅持兩人已不是朋友，但顯然達莉拉死前不久她們才相偕遊玩。

他寫下筆記：記得聯絡珍妮薇．瑪斯特，詢問如何登入她女兒的臉書，好讀取她的私人訊息。如果她無法立刻提供，就得申請搜索令了。

處理完瑪斯特的事，他打算闔上筆電，但一手停在螢幕上。

他沒有很愛臉書，實在太忙了。而且對於向老朋友、新朋友、他不認識或不太熟的人分享自己，他也不感興趣。身為警察，他得小心。

但是，多年前愛倫不顧他反對，幫他建立了一個頁面。不管他做什麼，都和任何人無關——當時他是那麼說的。

她對他說：「每個人都該上臉書。」

現在他登入了。他的照片，打赤膊，在碼頭上抓著一隻鯰魚，大頭照底下寫著**穩定交往中**。

他的檔案相對於多數臉書頁面十分空盪。沒有電影，沒有音樂，零星的臉友。他在左側欄位點擊「家庭成員」標籤，找到意料中的項目：他父母和兄弟。

愛倫。

他點擊她的名字。這個動作讓他連上她的頁面，她就在那兒對他微笑。

他吞嚥著口水，直盯著看。他喝了口啤酒，然後又一口，最終喝完整瓶。他注視著螢幕，終於點入「相片」標籤，捲過所有畫面。大多是愛倫，但更多是他們兩人的合照。假期，家庭活動，或只是出去走走。有一張是在他父母家拍的。愛倫懶懶地在他腿上攤開四肢，對著他笑。

在那之後不久他們做了愛，就在他童年時睡的那間臥室，一邊努力不出聲，一邊笑著。看見那些照片、想起這一切，他感到疼痛——但是以一種好的方式。他突然理解達莉拉．瑪斯特將剃刀刀刃橫過肚腹時的感覺。

雖然花了一段時間，但他一一看過每張照片。痛感一旦消退，麻木一旦再度籠罩他的心，他就去讀那些留言。和達莉拉．瑪斯特的頁面很像，大多是直接寫給愛倫的：

我想念妳。

英年早逝。

我想念妳甜美的笑容。

大部分來自他根本不認識的人。

沒人提到自殺，完全沒人提起。而也許那根本不重要，也許只對他重要。那個**原因**。

她感覺起來很快樂。他最困擾的就是這個。

警局的心理醫師嘗試告訴他不是他的錯，最終要為自己的選擇負責的，是愛倫。

但真正快逼瘋他的是：他完全沒想到。

連個徵兆都沒有，**他媽的**連個徵兆都沒有。是怎樣的丈夫會對深陷痛苦的妻子渾然無感？

答案是很爛的丈夫。一個全心全意投入工作的丈夫。

得知瑪斯特家的女孩不是自殺，他其實鬆了一口氣。這反應很蠢，因為凶殺案的可怕完全不亞於自殺，可是被留下的人必須以全然不同的方式來調適。他之所以鬆一口氣，是因為那代表他不用面對可能因此想起愛倫的結果。當他們找上瑪斯特太太談話，他發現自己差點說出**至少不是自殺**。因為這麼一來，她就能將自己的痛苦轉嫁給外人，而不是自己吞下。責任不會在她身上，而是這混亂無序的社會的錯。事實上，失去心愛的人是永遠不會停止的痛，不管發生的原因，不管誰才是幕後黑手。

他讀了愛倫頁面上所有發文。早從她一年前死去之前，他們由明尼蘇達南部搬到明尼亞波利斯前，她去大學上課前。那些文字有如現在進行式，照片也一樣。那些該死的照片……

烏利亞和我在溜冰。

明尼蘇達大學上課第一天，傅威爾大樓。

當他滑到她第一次使用臉書那天，對於這趟已到盡頭的走訪還沒做好心理準備。他不想離開，不想被扔回愛倫已不存在的世界。也許還有更多，也許還有一些他看不到的發文，因為他沒有登入她的帳戶。

他登出，試圖登入愛倫的帳戶。她有最愛的密碼——但沒用。放棄前，他又嘗試了三次。

真的想不到。

他抓起一瓶伏特加，直往樓上去到觀景臺——這住處的另一個好東西。透過曲面玻璃，他看向遠方，看著天空，看著星星。

他在雙筒望遠鏡投入二十五分錢。

完全沒想到。

他透過望遠鏡的玻璃隔離罩掃描天空，錶上的時間滴滴答答，開始計時。他看著一連串車燈蛇行過城市，將望遠鏡轉一百八十度，望見月亮映在哈利特湖上。他推斷茱德就住在湖街以南某處。

他轉回另一個方向，來到房屋不再如棋盤格配置的區域，而是沿著溪流和湖水，街名則是快樂谷圓環、楓樹道、公園區之類的名字。

他找出他和愛倫住過的地方，盯著那裡看了很久很久，直到雙筒望遠鏡時間結束、鏡頭變黑。然後，一如搬進艾默生大廈後的許多夜晚，烏利亞在一張躺椅坐下，繼續將自己灌得爛醉。

警局心理醫師說喝酒沒有幫助。她錯了。這是**唯一**的幫助。

14

茱德的手機響起。她在攤著睡袋睡覺的屋頂上到處摸索，找到了手機，檢查螢幕，看到烏利亞的名字，按下「接聽」，沙啞地「喂」了一聲。

「是芳坦探員嗎？」

不是烏利亞。是年輕女性的聲音。茱德撐起手肘，突然清醒過來。「是的。」

「我是里歐娜．法蘭克林，我不太確定該打給誰，但出了一點狀況。」然後停頓半晌嘆了口氣。「約一年前，我們夫妻在杜松街買了一棟房子。」

茱德再次瞥向螢幕：**烏利亞**。誰向他借了電話嗎？她按下「擴音」，很快又開口：「我想妳打錯了。」

「先聽我說。我們當年向艾胥比警探買下房子，妳認識他嗎？我們找到他的手機，在妳的名字前面看到**警探**兩個字，所以認為妳可能認識他。」

「他是我的搭檔。」

「他現在在這裡，**在我們家**，在酒窖裡。因為他是警察，所以我們從沒有換鎖。很顯然他就自己進來了。」

茱德完全清醒了。她站起來，抓起睡袋和槍。「地址是？」她問，並朝屋頂的階梯走去。

女人給她門牌號碼。

「我盡快趕到。」

茱德進了公寓，丟下睡袋，迅速套上牛仔褲和靴子，在腰上繫好槍套和槍，iPhone順手滑進後口袋，隨便披上一件外套。她臂下夾著安全帽，快步走出，將門在身後鎖上，接著重重踏著樓梯下到車庫，雙腿一跨、坐定摩托車，戴好安全帽。她發動引擎，接著按下鑰匙圈上的遙控。電動車庫門捲動敞開。

上了街，她經過一個個交通號誌，駛過掛著霓虹招牌的暗燈店鋪，她拉緊離合器，腳踩排檔，朝著電話中的女人給她的地址奔去。

烏利亞以前住的地區是典型的明尼亞波利斯樣貌，沿線林立樹木的街道、灰泥外牆的屋子。當她瞥見那棟亮著灼目燈光的建築，就明白自己找到了。她停進車道時迅速確認過，頭燈掠過前門上方的號碼。

她將摩托車熄火，踢下腳架讓它立好，摘上安全帽掛在龍頭上，接著走向那棟房屋敲門。一對年輕夫妻來應門：一個是肚子非常大、穿小花睡袍的女人，另一個是穿T恤與睡褲的男子。

這房子……懷孕的女人……一切再正常不過。她很難想像某個週六烏利亞曾在這種地方進行油漆、修繕或除草這些百無聊賴的事。

女人輕輕開口：「妳知道他太太自殺了吧？」

豁然開朗，茱德彷彿肚子遭到重擊一拳。酗酒、對湖中屍體的反應……

「他再也沒辦法住在這裡，所以賣了房子。妳真該看看我們簽合約時他是什麼模樣……

真的是傷心欲絕。我還必須暫時離席，因為會忍不住掉淚。」

她突然想到，她和烏利亞以些微不同的方式失去了他們的身分。現在的他是曾經一帆風順、而今遭悲傷重創的鰥夫。而那曾一帆風順的生活就是在這裡度過的。

女人帶茱德通過起居室和廚房，來到灰色的地下室門前。

地下室。

站在樓梯最上方，茱德的心跳聲在耳中咚咚狂響。這是某種詭計嗎？她被誘到陷阱了？這對夫妻感覺對她很親切，但她能相信自己對於眼前處境的判讀嗎？她能嗎？

她將手移往腰上的槍，喊了烏利亞的名字，聲音傳下樓梯。

他的回應從地下室深處傳來。「茱德？是妳嗎？」

雖然鬆了一口氣，但她依舊不想加入他的行列。茱德問道：「你在底下幹什麼？」

「檢查藏酒。」

她深吸一口氣下樓，發現他坐在角落，背抵著牆，曲起一膝，旁邊有個酒瓶，酒杯握在手上。他一身T恤、牛仔褲，茱德從沒看過他沒穿西裝的模樣。

他說：「顯然二〇〇五這年分不錯。」

他似乎沒那麼醉，沒到真會讓自己癱倒在地的程度。最會喝的人往往是場上看起來比誰都清醒的人。

茱德也在他身旁坐下。烏利亞將手中的杯子遞給她，她接過去，啜了一口。「滿不錯的。」

「是吧。」

他們在靜默中喝著酒，交互共用杯子，然後她說：「該走了。」

「我在這裡感覺滿自在的。」

「這不是你家。」

「媽的當然是。」他伸出手要拿杯子，她遞給他。

「已經不是了。你賣掉了。」

「真的嗎？這倒是解釋了樓上那些人。」

「我們出去吧，讓這對有孩子的好夫妻可以回去睡覺。」

這話似乎說動了他。因為茱德知道，烏利亞心中富含對人們的同情心。

她移開杯子和酒瓶，幫他站起來。他才站直就晃了一下，接著又穩住身體，指指樓上。

「你們可能得換個鎖。」茱德和烏利亞在走廊經過那對夫妻身旁時，她對他們說。

「明天一早就換。」年輕丈夫鬆一口氣，低聲說道。

茱德和烏利亞站在外頭人行道上。身後門廊的燈熄滅。她問：「你怎麼過來的？」

烏利亞打量著街道。「我不曉得。」他稍微思索了一下。「我想是坐輕軌或計程車。」

茱德跨上摩托車，調整方向轉過來面對街道，準備發動。「上來。」

「妳先上去。」

烏利亞單腿跨上車，穩穩坐到她身後，雙手抱住她的腰。這樣的碰觸並不帶私人情感。

油門、組氣門、發動。她用力一踩、發動摩托車，並在上路時轉到一檔、催了油門，朝著市中心方向駛去。十分鐘後，她在馬凱特大道減速右轉。這副沉重的機械加上烏利亞的體重，顯得笨拙又不穩。到了艾默生大樓，她在大樓前方找到停車位，熄了引擎。

他們兩人下了車，她拿下安全帽。

烏利亞轉過身，朝雙開門邁開步伐。「謝謝妳載我一程！」他回頭高喊。

為了確保他平安回到公寓，茱德跟在他身後。來到大廳，她注視著他一臉嚴肅努力敲中電梯往上的按鈕。綠色箭頭叮一聲，雙開門分開，烏利亞踉踉蹌蹌走進去，重重往電梯壁上一靠。「我通常走樓梯，」他坦白說，小心地在控制板上選對數字，以嬰孩般的專注姿勢按了下去。門抖著關上，電梯移動。「我的紀錄是兩分二十三秒，」他深長地看了她一眼。「我們有空應該來比賽。」

「我運動不太好，就是打槌球那種人。但沒問題，我們來比賽。」反正到了早上他也不會記得。

他點點頭，喃喃地說——像是對自己而不是對她說話——「一言為定。」

十七樓，電梯停下，門打開，烏利亞小心地踏上走道。接著他冷不防停下，靠牆撐著，閉上眼睛。看來夜色與酒意終於湧上。

茱德翻找他的口袋，找到一副寫著號碼的鑰匙，打開門。烏利亞側身以肩膀稍微抵了牆壁，回到正軌，跟著她進去。

今天之前，當茱德花起心思想像烏利亞這個人的生活，腦中會浮現兩種環境：第一個——也是最先想到的，是極其時髦的單身男子公寓；第二個則是只有生活必需品的空間。

沒有鋪床，搞不好只有床墊。淋浴間，電烤盤。基本上只是個給長時間工作人士睡上一覺的地方。沒錯，比起單身男子公寓，後者的可能性大得多。劃掉單身男子公寓吧。

現在，空蕩蕩的房間也劃掉。

她關門，按下牆上的開關。頭頂上固定在天花板的華麗玻璃燈稍稍點亮了空間。

這黑暗的公寓聞起來像一家古董店。氣味混合舊紙張、老舊木頭，以及那些許久以前居住於此的人們的故事。腳下是東方風格的地毯，酒紅與森林綠色澤。窗戶覆蓋厚厚的紅色布簾。但最大的驚喜是什麼呢？是由地面直達天花板的書，大多是皮革書脊，並包覆著透明封膜保護。

每樣東西都很古老。立著深色燈罩的古董檯燈，角落中一張六〇年代綠色沙發附近，擺著一架架黑膠唱片和唱盤。

公寓不算很大，又或者只是看起來不大——因為塞在這裡頭的所有物品。從她站的地方可以看到一個開放式廚房，以及一條應該是通往臥室和浴室的走道。

這團凌亂教人感到負擔，又覺得自在，猶如世界中的另一個世界。她訝異地發現，這房間並不會予人受困或遭囚禁的感覺，反倒像顆安全的繭。

烏利亞的步伐透著酒醉後的小心翼翼，順著走廊飛快向前。她跟在後頭，發現他坐到床上，雙眼無神，接著馬上往後一倒，閉上眼睛，雙臂大張。

倘若是一般人，可能會幫他拔掉球鞋，翻成側身，以免他嘔吐時噎到。但現在的茱德不是一般人，而這也遠遠超出她願意做的限度。然而，她發現自己並不想將處於這種狀態的他獨自丟在房裡。

她從床上抓過一顆多出來的枕頭，回到起居室，丟在沙發上。但她沒有躺下來，轉而從書架抽出一本書，翻開到版權頁：初版的《鬥陣俱樂部》。她放回去，又抽出另一本：初版的《寂靜的春天》。

她還記得熱衷於某樣事物的感受。對於自己失去了這般的熱情，她兀自哀悼，並且因為一名每天得面對死亡的警察竟能如此生活，讚嘆不已。

她放回書，拿起一張裱框相片，是典型的情侶快照，在典型的約會地點：沃克藝術中心前的「湯匙橋與櫻桃」雕塑。她和艾瑞克不也曾經站在一模一樣的地點？不也留下了一模一樣的相片？相片哪兒去了？那是屬於已然消逝但存在過的生活所留下的證明？

她以為自己再也不想和她與艾瑞克共有的房子有任何瓜葛，但那是謊話，是她保護自己的方式。而今，她不禁猜想什麼東西留了下來——倘若有的話。又或者當新女孩搬進來時，他就扔掉了所有可能提醒她存在的物品？

如果情況不同呢？如果去年冬天那寒冷的夜晚，他身邊並沒有站個新女友呢？如果他如她一直所想像的歡迎她歸來呢？她的人生現在會變得如何？因為真相是：她重新融入得非常辛苦，而且大多時間都彷彿站在一道厚厚的玻璃後方，而這片玻璃將她和這個世界隔絕開來。

她將照片放回架子上。十分鐘後，又回臥室待上許久，久到願意將烏利亞翻成側睡，並在他背後墊了顆枕頭。

15

茱德被煮食的氣味喚醒。她從沙發上伸展蜷縮的身體，起身略顯僵硬地晃到廚房。烏利亞站在放置公寓用小爐的臺前，手裡拿著一根鍋鏟，攪著一小鍋炒蛋。「感覺很好，」他說，但沒看她，隨意將一條毛巾甩過肩膀。「起床後不只幫自己做炒蛋。」

她交叉雙臂，靠著門框。「我很驚訝你還能站著，頭應該痛得要死吧。」

「沒那麼糟，但話說回來，我覺得我很可能還在宿醉。」

她拉開一張復古椅坐下（鐵製，紅色椅墊），抬起一隻腿抱向胸前。「你記得發生了什麼事嗎？」

「很不幸，我記得。」她在他聲音中聽見一絲畏縮。

「他們要裝新鎖了。」

「好主意。」他繼續專注在面前的鍋子。是尷尬嗎？也許吧。可能。

「盤子。」他指指水槽上方的碗櫥。

她站起來，抽出兩只藍色盤子，放在窄桌上，又坐回去。他拿鍋鏟將炒蛋從鍋裡鏟起，在盤子上各堆起一座小山，又變出兩個馬克杯，拿起法式濾壓壺倒滿咖啡，坐在她對面。

烏利亞不經意製造出一個時刻。在人生中——在**真正的**人生中——那許許多多言語難以形容的時刻之一。而這使得一切感覺更美好。讓她思考起在這全新的世界，是否真存在一個屬於她的真正人生。

他們拿起叉子用餐。

嚐了幾口之後，烏利亞打破沉默。「我對那對夫妻印象不深，但我記得我上了妳的摩托車，然後在這裡醒過來。」

「差不多就是這樣。」這早餐——即使非常簡單——嚐起來竟驚人美味，茱德甚至很難停下叉子多回應他一點。「我留下來過夜，是因為覺得留你一個人不是好主意。」

烏利亞終於看了她，**真的**看了。然後，毫無預警，他將手伸過桌子，抓住她的手。只是一般人會做出的反應，一個表達感謝的緊握。但是，當他的手碰觸到她的手，她猛地抽開——一道直截了當的提醒，暗示著她遭囚禁的經歷，以及她究竟哪裡出了問題。

他迅速別開眼神，直直盯著自己盤子上的炒蛋。

她似乎欠他一個解釋。於是她說：「我不喜歡任何人碰我。」

「我會記得，」他不看她了。他們繼續用餐，努力撐過尷尬感持續上升的時刻。

終於，她開了口：「我媽也收藏書。」

「算是我的一種癖好吧，」他坦白。「大多是初版。」眼神終於接觸。「妳為什麼這樣看我？這麼奇怪嗎？」

「就這麼奇怪。」

「為什麼？」

「我不知道。只是出乎意料，就這樣。」

他抬了抬眉毛。「妳應該看看我收藏的填充娃娃。」她沒有回，他繼續說：「填充娃娃是開玩笑的。」

「噢。」

「就一個聲稱自己能解讀屍體的人而言，妳和還在呼吸的活人相處起來真的偶爾會怪怪的。」

他說得沒錯。她犯下的錯就來自於對他的假設。「我有時會想，一個人的形象中不知多少部分其實是由別人編造出來的，」她說：「你想想，我們並不會從一模一樣的角度去觀看同一個人。我們都將自己代入了等式，因此所謂獨立個體從來**不真的是**獨立個體。」

「這對宿醉的人來說可能太深奧了。妳是指我們不僅是環境製造出的產物，也是被他人精確、或並不精確的觀察所形塑出來的？這可讓我頭更痛了。」

「至少我清楚一件事。我被抓之前，我透過所有人的眼睛觀看自己——倘若這邏輯說得通的話。每分每秒，與我交流的每一個人。我解讀他們對我的反應，看他們所看，無論正確與否。但我逃脫之後從未如此。我不曉得這個全新的我到底是正常或不正常，但那扭曲的自我投射再也不存在了。雖然這感覺很棒，卻好像有什麼也消失了。」

妳變成了他所見的那個人。

在那瞬間，她領悟到發生在自己身上的就是這件事。整整三年，除了一名殘酷施虐的人之外，沒有任何事、任何人能投射出她自己。她別無選擇——真的沒有。她變成他眼中所見的模樣。

他花費多久時間才攻破她？幾天？幾週？幾個月？她花費多久時間放棄，變成一個馴服且滿足的人？不管他說什麼她都願意做？不但願意還期待見到他？

也許花費多久時間攻破她並不重要。重要的是她屈服了。她放棄抵抗，放棄逃脫，放棄試圖擊敗他。她的恥辱感來自於此。而她不確定是否會有原諒自己的一天。

吃完了，她將盤子拿去水槽，在水龍頭下洗乾淨。「我在咖啡桌上看到一張列著名字的清單，」她回過頭。「達莉拉．瑪斯特的同學？」

「我昨晚從臉書抄下來的。我建議今天再去拜訪達莉拉的學校，多訪問幾個孩子，還有一些老師。說不定蘿拉．霍特也在。」

他在花時間調查臉書時喝個爛醉？事件發生的順序似乎有點奇怪，直到她判定他可能也看了妻子的頁面。她關掉水，轉過身，然後坦承：「我以前也收藏填充娃娃。」

「實在教人難為情，」他站起來，椅子刮過木頭地板。「我有一個會說話的華斯比泰迪熊，但麻煩就讓這個祕密留在房間裡吧。」

16

達莉拉．瑪斯特的葬禮隊伍以海尼平大道為起點，朝湖木墓園的方向前進。太平間一出來就看見人們三三兩兩站在街道兩側哀悼，有些很安靜，有些在啜泣，有些只是看了這幾天的頭條新聞而來。這種等級的媒體關注度就是會吸引群眾——少不了激進主義者。昨晚，一群憂心的家長才完成一項祈福儀式，將數百只乘載小蠟燭的紙船飄過群島湖平靜的水面。

這不但在視覺上很震撼，而且新聞性十足，再加上那些憂心自家孩子安危的父母。死亡向來悲傷，但當死亡牽扯到一名正邁入成年的美麗女孩，更是令人痛心的悲劇。而這起偽裝自殺的謀殺案件也進一步登上城裡的超級大新聞。還有茱德．芳坦。這表示全國的電視頻道都會報導，開啟她名字的瘋狂反饋。

茱德和烏利亞步行跟上，但仍隔開一段距離表達對遺族的尊重，待在人群最後方。行進時，茱德注意到一群女孩在人行道邊欄觀望。那些是他們面談過的女孩，但還是不見蘿拉．霍特的身影。她依舊躲著他們。茱德希望葬禮最終能引她出來。

他們兩人穿一身黑，烏利亞身上是幾乎成為他一部分的西裝，而茱德穿了她從百貨公司找來的無袖洋裝。正式的皮鞋似乎屬於她的舊人生，所以她決定，那雙黑皮靴應是較實際的選擇，雖然就美感而言不太及格。

因為那些湖，明尼亞波利斯的路並不好找。主要街道路面都結束得很突兀，而海尼平大道的盡頭接著湖木墓園的大門。一穿過這扇門，地形就從平地轉為丘陵，有著陰暗的低谷及參天巨木，搖曳的陰影籠罩住所有事物與人。

茱德和烏利亞並非現場唯一的警察。數名警官，包括格蘭・王和卡洛琳・麥金塔都在移動的人群中，他們全睜大了眼，注意四周不尋常的狀況。凶手往往會參加死者葬禮，品嘗這類儀式所誘發無人知曉之惡的快感。葬禮結束後，警探們會注意是否有可疑之人造訪墓地。但在今日，很不幸，凶手能輕而易舉混入人潮中。

在低谷位置，行進暫停，讓人們有時間看看天空。湖木墓園坐落在明尼亞波利斯聖保羅機場的飛行路徑上，可見到飛在不同高度的飛機於無雲的天空留下的白色軌跡。

茱德不禁猜想，搞不好有兩百人正走進墓園，散落在山丘，聚集在那些樣貌悲傷的石天使像周遭。主持葬禮的牧師翻開聖經，遠方奏起長笛，美好卻駭人的音符觸動茱德意料之外的反應。她的雙眼湧出淚水，喉嚨一緊。有一瞬間，她忘了自己來葬禮的目的。在被死亡環繞的墓園中，茱德感覺到一絲生命的火花。她不喜歡這樣。這讓她悲傷，而且感受到她不想感受的情緒。

那些活過與未活過的片段如快照般閃過她腦中。在地下室度過的片段，那些聲音，那些手，對於接觸人類的渴望。還有最重要的大哉問：她經歷了那麼多之後，究竟還有沒有建立新人生的可能？

這些思緒沖刷著茱德，她驚覺到自己的世界竟如此停滯不前。她再也無法感受近在周遭、更美好的事物所帶來甜美而虛幻的希望。沒有這些，人也能活嗎？她難道得永遠背負詛咒，僅嗅聞著他人心中的火焰？

儀式結束，參加葬禮的人慢慢朝自家和車子走去。警探全站在一棵參天橡木下，在消散的人群中，以及掘墓者等人員在樹蔭下準備掩蓋棺木時環顧現場。

茱德正思考著自己聽到長笛後的反應，此時烏利亞低聲說：「妳看。」

他緊握雙手，低下頭，透過垂在前額的鬈髮窺看人群。她跟著他的眼神，停在一名身穿藍色洋裝、一頭柔順深色頭髮的年輕女孩身上。

蘿拉．霍特。

這名行蹤難料的女孩朝著通往主要大門的方向走去。烏利亞和茱德有志一同邁開步伐，僅比普通步速稍快一拍——但或許還是太快，又或許他們的急切不知怎麼也感染了那女孩，她回頭瞥了一眼，看見他們，立即轉身，鑽進那列正穿過大門的人群中。

茱德和烏利亞追在她身後，一面在人群中穿進穿出，一面頻頻向出席葬禮的人道歉。

他們在街上追逐、雙腿疾奔，雙臂前後甩動，追在那深色頭髮女孩身後。

蘿拉．霍特突然改道，轉進一條小巷。他們也跟上。

又一個轉彎，看到她了。

「重案組！」烏利亞大喊：「在那裡別動！」

女孩其實可以擠進兩棟磚造建築物之間，但她應該很清楚逃也是白費功夫。

她轉過身，面對他們，大口喘氣時雙手垂在身側。「你們想怎樣？別來煩我！」

烏利亞亮出警徽，證明自己和茱德的身分，再將警徽塞回外套。「我們只想問妳幾個問題。」

「我不想和你們談，我什麼也沒做，什麼都不知道。」

烏利亞說：「那就沒什麼好怕的，不是嗎？」

茱德說：「妳是她朋友。」

「我們曾經是朋友。」

蘿拉是極富魅力的女孩。她不是那種漂亮的孩子，但長相出眾：深色眼睛被粗黑眼線凸顯得更強烈，高起的顴骨，還有線條凌厲的眉毛。

茱德問：「妳們從什麼時候開始不再來往？」

蘿拉搖搖頭。「我不知道，可能六個月前吧。」

「發生了什麼事？我們看了達莉拉的房間，那裡還有妳的照片，看起來妳們當了滿久的朋友。」

「我們漸行漸遠。」她聳聳肩。

「可以詳細說明嗎？」烏利亞問：「為什麼漸行漸遠？」

「不是只因為一件事，是很多小事。你知道，有時就是會這樣。我和小學的朋友現在也沒玩在一起了。」

烏利亞拿出他的 iPhone，滑動畫面，停下來，將螢幕轉向女孩。「我們找不到達莉拉的手機，但拿得到她的簡訊。因為我們是警察。」

蘿拉看了一眼螢幕，臉色一白。

「根據簡訊，」烏利亞說：「妳一週前曾聯繫達莉拉。」

「我叔叔是律師，他說我不必和你談。」

「就某種層面來說是這樣沒錯，」烏利亞對她說：「但我們可以帶妳進城偵訊。」

「我什麼都不知道！」

儘管她外表上強悍獨立，但不需要高強的洞察力也能看出這女孩嚇壞了。「我們只是想找出真相，」茱德平靜地說：「倘若妳陷入危險，我們希望能保護妳。但我們不知道發生什麼的話，就保護不了妳。」

「妳自己不就是被綁架的警察嗎？我在新聞上看過。妳連自己也保護不了，要怎麼保護別人？」

茱德試圖忽略藏在這些話語中的尖刺，拿出一張名片遞給女孩。她滿腹懷疑，細細打量那張名片，毫不退讓。

「收著吧，」茱德將名片推向她。「我們站在妳這邊，是來幫妳的。妳覺得害怕或需要找人談話時，或覺得自己陷入危險，打給我。早晚都可以。」

女孩不甘願地收下名片。但也許當他們消失在視線之外，她就會立刻扔掉。

「至少讓我們陪妳走到妳車子旁邊。」烏利亞說：「我們不會單獨留妳在巷子裡。」

蘿拉不住咕噥，埋怨明明就是他們讓她跑進巷子，但還是忿忿不平地隨他們走回文明世界。

「你們不需要陪我走過去。」到了海尼平大道，人行道上滿滿人潮，蘿拉立刻開口。兩名探員還來不及回應，她溜進停著的兩輛車之間，在車水馬龍之間尋找空隙，一下子衝過街道，乾淨俐落地甩掉他們。

「她很害怕。」烏利亞和茱德一面往回走向停在幾個街區外的車，一面說。

「害怕還算委婉了。」茱德瞥到他們的車，指了指。「她嚇壞了。」

「我想對她下保護性監視令，」烏利亞說：「但沒有正當理由的話，申請永遠不會過，尤其現在人力如此短缺。」

「至少我們接觸過，」茱德說：「不是什麼都沒做。」

來到車旁，烏利亞繞到駕駛座側前方觀察路況，然後按下感應器上的「解鎖」按鈕。茱德打開副駕駛座的門。「也許我們種下了一顆信任的種子，」滑入座位時，她補充道：「如果她沒扔掉。至少她手上有我的名片，希望她打來。」

17

他的女孩。

一開始，她日記中的故事包含拯救。套著黑色皮繩的德國牧羊犬帶領警察穿越樹林，來到她的藏匿處。他們會破門而入，她會掩住雙眼，避開那不習慣的光源。很多雙手會將她拉到外面，在外頭，她能深深呼吸。她會聽到女警的聲音，告訴她一切都會沒事。會有人遞給她一支手機，然後她會聽見母親的聲音。

她們都會哭。

但她再也沒做這些夢了。

她終於理解到人是多麼容易習慣的動物。不管她遭受什麼，心理上都能調適過來。不管多麼難以忍受，不管現實多麼超乎想像，她的腦子都能學會眼前就是日常。

她聽過斯德哥爾摩症候群，聽過許多挨揍、遭羞辱卻死也不願離開配偶的女人。人們總說無處可去。而她不禁思索，到底是否有人提過大腦如何讓人安然自處，到底如何在承受這些虐待之後，還能夠安然無恙。

將黑暗轉變為光。

因此，在她腦中和夢中，不再出現帶著警犬的警察。相反地，她等的是他。等待那個會帶給她食物、在黑暗中與她做愛的男人。

她等待的時候，會花時間創造出房間之外的世界。有時她想像自己深入明尼亞波利斯的核心，也許在某個廢棄的巨大倉庫裡；有時她站上摩天大廈最頂層，房間由雲朵包圍。而更多時候，她在森林深處。

她的心靈成為她的同伴，因為早在許久以前，她就堅信不會有人來救她。她再也不記得父母的模樣，也不記得陽光照在身上的溫度，還有雪的觸感。她只知道那男人。他就是她的全世界。

18

葬禮之後，收拾好情緒，又花了一整天躲避媒體，茱德以光速逃出警局停車庫。明尼蘇達每年的這個時候天都黑得晚。已經過了八點，街上慢慢從工作狀態轉換成玩樂氛圍，暮色卻還沒降下。她喜歡一天之中的這段時間，黃金時刻，那時她和艾瑞克還會在湖畔散步。

她穿梭在住宅區進行慣常的搜索，一面有條不紊地往西推進，一面在腦海中的地圖加入一塊新街區。

今天感覺不太一樣。今天，她發現自己慢了下來，發現雙眼被一棟一層樓半的灰泥房屋吸引。房子位於一條兩旁林立樹木的路上，而且看起來好像早在這座城市連續斷電前就極度破敗。

她停下摩托車，雙腿撐著車子。

房屋的閣樓開著扇破窗，還有個無人照料的院子，再搭配高高的雜草（上頭還沾了一只塑膠袋）。這房屋的狀況和街區中其他屋子相比並不算特別糟，卻給她極為不同的感受……

她的心臟在胸口狂跳。當她將所有細節收入眼底，感官立刻進入高度運轉模式：人行道的裂縫，電力公司砍掉的枝幹，鐵絲網上的鐵鏽，被吹得卡進碎裂地基一角的街頭垃圾，還有鄰居花園中那一抹甜甜香氣。

曾有句話說，那些不好的場所，你所踏足最悲慘之處，它們會呼喚你。也許是因為好奇，也許只是那些不好的回憶被蓋在保護層底下，藏匿得如此之深，好像不再是你人生的一部分，成為你曾讀過又闔上的某篇故事，或可能看過的某部電影。你察覺自己需要回到那地方，去碰觸、去觀看那個所在。並不是要確認那的確為真，那件事曾經發生。而是在心理安全的狀態下，保持一段距離重新審視，並因這件事你所經歷的遭遇、最終你活了下來，讚嘆不已。

她對地下室時光的記憶在過去幾個月來改變了，逐漸扭曲著將現實與超現實合而為一。但那做為保護的心理距離沒能阻擋她多久，沒能擋著她不重訪過去，不去尋找地上那具屍體。又或者——至少至少——是屍體躺過那片地板上的一抹油漬。

她將摩托車熄火，以腳架讓它站好，下了車，走過草坪，站到屋前。她檢查繫在腰上的皮帶，確認她的槍安好。

伴著一顆狂跳的心，她靠近前門敲了敲。無人回應。於是她繞到房屋一側，那裡有通往後門的三級水泥臺階。印象中由厚厚積雪覆蓋起的臺階確實存在。透過黑暗的玻璃偷窺之前，她先敲了門，然後一手遮在眼睛上方，試圖探看屋裡。

接著她嘗試門把。

轉動了。

她屏住呼吸，肩膀一頂推開門，進入廚房。地下室階梯就在正前方。「哈囉？」

她的眼神緊張地一路檢視，直到看見她留在桌上的電擊槍，地上是曾在她赤裸雙腳旁彈跳的廢彈殼。而那氣味……沒錯，是死亡，絕對是死亡。但還有別的味道，已深深滲入四壁、天花板和地面。尼古丁、油炸食物、霉味、尿味。她從沒忘記那些氣味。就算三十年沒聞到，一樣認得出來。

家，甜蜜的家。

她有如機械般抽出手機打給烏利亞。

兩聲之後他就接起。

她很可能說了點什麼，她一定有說什麼，因為他回「到底是怎麼回事？」。毋庸置疑，他聲音中充滿擔憂。

「我找到那房子了。」她對他說，不洩漏一絲情緒，也不必解釋是**什麼**房子。

「先不要進去，給我地址。」

「我**已經**進去了。」

「那就他媽的給我快離開。」

「每個地方都覆蓋著一層灰，很久沒人進出了。」

「該死，茱德，妳在哪？地址在哪？」

她完全不專業，也毫無警覺性。「我根本不曉得街名。」

他惱怒地喊了一聲。「妳不離開房子的話，至少電話別掛。」

茱德知道她不該獨自前來，然而她也無法想像和別人一起踏進這棟房子。她必須一個人，身旁沒有人看著、沒有人聽著。

「茱德？」

地下室的門敞開著，就和她離開時一樣。「我要下樓了。」
「聽著，離開房子，去外面，去房子前面，找到地址，告訴我。」
「會沒事的。」
「茱德！」
「我得走了。」她掛了電話。
撥了兩次樓梯最上方的電燈開關，毫無反應。她轉而倚靠手機的手電筒應用程式。她一手扶著扶手下樓，每走一步，她的虛張聲勢似乎就被抹消一分；每走一步，都讓她更靠近那個她再也不想變成的人。
她在顫抖，不是輕微的，而是相當劇烈。
走到一半，她的手機響起，她跳了起來，然後確認螢幕：**烏利亞**。她沒有接，重新專注在手電筒照出的光線上。
看到了。那顆孤孤單單的電燈泡。
房間正中央是耗去她人生三年的牢籠。更重要的是，接近樓梯最底處躺著一具屍體，又或說是經歷數月腐爛後的屍體殘骸。
她只隱約注意到那簡直無法忍受的惡臭。她只專注在他衣服的法蘭絨材質；還有每回想抗拒又想求他留下時，那布料在指尖底下的感受。在那腐爛的氣味中，她嗅出他抽的香菸，也記得黑暗裡他鬍子貼著她頸項的感覺。
她終於走完這趟路，側身閃過屍身。牢門是開的。她往裡瞧，看見一條髒兮兮的毯子，一只缺口的瓷盤。她瞪著上頭的玫瑰花樣，想起來自己曾好奇這殘酷又邪惡的男人竟擁有如此精緻的玫瑰花盤。

她轉身離開。

她沒有檢查其餘空間，而是走上樓梯，從側門出去，繞去房子前面，找到出入口上方已褪色的門牌號碼。她瞥了一眼最近的路牌，拿出手機打給烏利亞。響第一聲他就接起。

他問：「找到屍體了嗎？」語調十分緊繃。

「找到了。」她給他地址。「在地下室。讓刑事逮捕局的人過來，也叫上犯罪現場鑑識組。」

「幹得好。」接著停頓半晌。「妳還好嗎？」

照理說她該鬆一口氣。讓她能繼續走下去的原因就是對這一瞬間的期待——她直到現在才明白。這一瞬間——無論她是否有自覺——都成了她這段時間以來的動力：找到那個房子，找到那男人。

可是她非但沒鬆一口氣，反而感到恐懼，隨之而來還湧上一股病態的衝動。她想再次下樓，將臉貼上那片法蘭絨布。

那樣才能證明。

她逃走了，脫身了。為什麼不能這樣就好？難道這還不夠？為什麼她無法像烏利亞建議的就此放手？囚禁她的人已經死了，死好幾個月了。可是他的死亡什麼也改變不了——**一點也改變不了**。那不會抹去她曾受過的暴行。相反地，找到屍體又再次清晰無比地喚回她受過的折磨，這是無上的酷刑。

現在……**現在**他又活過來了。即便他就躺在底下那灘油漬與白骨中，卻似乎比她脫逃以來更加生氣勃勃。好像她親手將他挖了出來，將生命氣息吹入他體內，將他帶回她身邊。過往受害者不願對本應關進牢裡的罪犯提告時，她曾因此感到非常沮喪。可如今她理解他們的想法了。「承認」這個舉動會召喚回一切。那表示他們再也不能逃避，無法重新出發。

一部分的她想跑回家。甚至不騎摩托車——只是奔跑，感受腳下的人行道，感受雙臂前後擺動、肺臟灼燒；一部分的她想繞過房子，再次走進屋裡，回到地下室，將自己鎖回那道牢籠裡。

兩個選擇之中，回地下室似乎最吸引人。

「茱德，和我說話。妳沒事嗎？」

她忘了手機還在通話。烏利亞又重複一次他的問話。她想向他訴說自己現在的感受——但實在太難解釋了；同時她也在思索，要是說出口，向別人分享她的心情，會不會將這樣的真實感帶進另一個層次。然而此時此刻她無法承受更多真實。

她想過先離開現場，卻也猶豫著是否該留下。犯罪現場小組來到這裡要多久？她應該和他們談話，又不想和他們談話。她不想看到他們對這房子的反應，不想看到他們對那她住了三年的地牢的反應。從現在起，不管他們在何時看見她或與她交談，都會想像她待在那裡的模樣。而且他們的關注會進一步將這座地牢與她的身影交疊，深深印入她的骨髓。

她對他說：「我沒事。」然後掛斷電話。

19

烏利亞開著車靠近人行道邊欄，車停在茱德的摩托車後面，熄火，抓起一根小手電筒，下車。他第一個抵達現場。

屋子是菲利普斯鎮的典型樣式，坐落在鮑德霍恩以北、惠蒂爾以東的社區。紅色邊飾，奶油色灰泥，一層樓半——亟需維修。木頭爛了，油漆剝落。距離前一次修剪草坪至少兩個禮拜了。烏利亞還認出塞在前門那張市政府庭院管理罰單。顯然居民曾抱怨雜草問題。還真是令人驚喜，畢竟這區大多數居民可能根本不在意隔鄰是罪犯或怪咖，更別說長太高的雜草。

他以為會在屋外看到茱德，但四處查看後不見她的身影，他踩上碎裂的水泥臺階前往廚房，小心翼翼進到屋裡。

死亡的氣味瀰漫整間屋子。不是事發後立刻產生、難以忍受的惡臭，而是另一種：屍體的腐爛味。那是脂肪融成一灘永難消除的氣味。是與前一種不相上下的惡臭。這裡再也沒辦法住人了。

往右幾步是廚房，還有一道通往一條短走道的門，應該是臥室和浴室。水槽裡高高堆著盤子，一切都覆蓋著灰塵和髒汙。他試了幾個開關。沒電——最近無人居住打理的另一個徵兆。

後門及門口正前方就是通往地下室的階梯。她在下面？還是已經離開屋子？也可能她打算在犯罪現場小組抵達前先上街大口呼吸新鮮空氣？他的話就會這麼做。

「茱德？」他沒喊出聲，只是一般對話音量。他絕對不想嚇到她。

「在下面。」不帶情緒。

他抽出美格光牌的手電筒。「喀」一聲打開，光束掃過樓梯井噴濺上血跡的四壁。他下樓到一半停下腳步，光線照在他搭檔的身上。

她背對他站著，黑褲與皮外套，一手撐在臀部，手肘朝外，雙腿打開，低頭看著腳邊那堆布料與融蝕的血肉，好像正在確認那真的已經不會動了。

他問：「是他嗎？」

「我不知道。」

她的聲音聽起來很平靜，很怪。彷彿正回應他今天會不會下雨的問題。「也許是，也許不是。」她抓著手機，手電筒還亮著。她一邊說光束一邊移動。「衣服、牛仔褲、法蘭絨襯衫，都沒辦法辨認；頭髮……不確定，因為腐敗了，但看起來是這髮色沒錯。」

「我們有妳拿來射他的槍，彈道應該能匹配。我們可以採指紋跑資料——如果可以提取到——並且在資料庫比對ＤＮＡ。」他聽到警笛聲響。搞什麼鬼，他們竟然開警笛？「妳確定不想出去讓我們處理就好？」

「我留在這裡。」

這對她恐怕不容易。

「我感覺自己好像從沒離開過。」她轉過身，他將手電筒光束轉向地面，避免刺激她雙眼。「我無法解釋，」她說：「我知道這聽起來很瘋，但我竟然有回家的感覺。」說到最後，她的聲音變得沙啞。她陷入的掙扎似乎比他想像得更嚴重。

他輕聲說：「妳在這裡待了很久。」

「有時感覺像幾天，大多時候像待了一輩子，好像從沒待過其他地方。」她試圖檢視自身感受，臉上的表情看起來卻彷彿更往內心退縮。「部分的我後悔殺了這個怪物。他宰制我，但當時生活很單純，什麼都沒有。這不是太**詭異**了嗎？」她望著他——真真正正地望著他，她並不常這樣：單純想和他溝通，不是觀察他。「我知道這樣不對，」她說：「也知道太瘋狂。我很清楚他是個邪惡的混帳，也認為他死有餘辜，但一部分的我……部分的我想爬回那鎖上的箱子裡。」她斷開眼神接觸，將手機的手電筒光線移向地下室中央的小空間，從天花板照到地面。四壁厚實，還隔絕音源。「一部分的我想爬進那裡面，然後關上門。」

他吞了吞口水。「制約反應。」

「一部分的我想念**那個**我，」她指著箱子。「曾有一度那是我僅有的一切，而那個人讓我撐過這一切。」

他想起她在醫院告訴他的那些事。當時他很震驚，如今來到她遭受**長時間**折磨的牢籠，又再度驚愕不已。這種持續如此長時間的惡行令人髮指，還有他曾經判斷她死亡所帶來的罪惡感……

「沒事的，」她輕聲說：「會好的。」

「別安慰**我**，要安慰的人不是我。」

「但感到痛苦的人是你。」

他吐出一口大氣，搖搖頭。她傷痕累累，然而不知怎麼又靠著自己的力量振作起來。而眼前重生的警探與過去相比，顯得脆弱又強壯。「我的痛苦不算什麼。」

他們望著彼此。聽見屋外的動靜那一刻，兩人同時做出反應。

烏利亞讓茱德留在地下室，轉身上樓，走到屋外向犯罪現場組員簡報。「這裡沒電，」他說：「得有人打給電力公司。電力恢復之前，先帶可攜式照明進屋裡。」

一隊穿海軍藍外套、背上橫過刑事逮捕局縮寫「BCA」大字的組員，在房屋四周拉起黃色警戒線。警戒線會在這裡掛上好一段時間。一隔絕起院子，就會以探測器對泥土進行清查；倘若發現任何可疑線索，整片地都會被翻過來，房子也會從上到下澈底搜過一遍。

「全部錄影存證，尤其是地下室。」烏利亞對負責的技術人員說：「廚房地上的彈殼拿去做彈道測試。向測試人員確認，看是否能和我們從茱德．芳坦逃脫當晚身上的槍匹配。」

警探格蘭．王衝過人群，外套翻飛，繃緊著臉氣喘吁吁地趕到現場，然後問：「茱德呢？」

一名隊員從屋裡走出來，表情顯得不太自在。「她在裡面？」那名隊員回頭朝廚房和地下室的方向點了點頭。茱德很可能還站在屍體上方。

烏利亞看著格蘭。「看我們能怎麼幫她。」

20

茱德跨上摩托車（就停在發現屍體的屋子前面）時，天色也真正暗了下來。她伸手去拿安全帽，口袋裡的手機震動起來。烏利亞和格蘭還在地下室。她想他們才說服她離開，應該不會傳簡訊來。茱德看向螢幕，是**蘿拉‧霍特**。

簡訊上寫著：**我們約間諜咖啡屋。我得和妳談談**。

間諜咖啡屋坐落在惠蒂爾社區，並不遠。這個訊息代表的意義不只一種：茱德終於能和難以捉摸、非常不合作的蘿拉‧霍特談話；而且不用急著回家。那也表示她得以將與地下室屍體有關的思緒推到心靈深處——至少暫時先這樣。

她回覆訊息：**十分鐘內到**。

她繫好安全帽，摩托車打到空檔，鞋跟往下一踹發動車子、進檔、放開離合器，啟程上街。

茱德前往咖啡店的同時，思緒也在疾馳。她反覆回想發現房子的過程：打開後門，手機的光線投下深深的黑影，牆上的血跡彷彿仍在舞動。氣味鑽進她鼻竇。而今，那氣味困在安全帽下的密閉空間，她恨不得再從頭上扯下帽子。等她發現自己完全沒意識到已經又騎了好幾個街區後，早已過去好幾分鐘。

茱德在紅燈前停下，雙腳穩穩踩在摩托車兩邊的地面，她瞥了瞥後照鏡中突然在距離後輪一英尺外停下的黑車。燈號改變，她右轉。那車也右轉。或許這沒什麼，但以防萬一，她慢下速度，又轉了個彎，注意著那輛車。

它跟上來了，保持著相當近的距離。

她催了摩托車油門，換到更高檔數。車子往前飛衝，同時她聽見一連串巨大的爆烈聲，腦中判定那是槍響。同時間，摩托車驟然一停，後輪急轉向左。她拚了命維持立姿，卻無法控制，於是騎士和這輛大型機械一同摔往人行道。衝力外加重量的差距分離了兩者，直到最終並肩滑行，在巷口驟然停下。

她頭暈腦脹，感官和視線都受安全帽限制。她伸出手倉皇地尋找下巴的扣帶，鬆開扣環後，她將安全帽丟到一邊，翻了一圈站起來。

茱德正努力辨識周遭時，不知從哪兒冒出一具身軀，走近她身邊，將她推倒在地。她還來不及瞥到那人的臉，便聽見一群人的腳步重重踏地而來，一只布袋冷不防套住她的頭，她眼前一黑，雙手也被壓制動彈不得。她掙扎著踢起腿來，嘗試使出自衛術課堂練習過的動作，但寡不敵眾。

幾個攻擊者？兩個？三個？搞不好是四個。

即便正拚命抵抗，她內心依舊試圖歸納、判斷這起攻擊背後可能的原因。在犯罪司空見慣的地區發生的另一起搶劫？還是更糟的、她甚至難以無法思考的原因——又一次綁架？

其中一人打了她，另一人壓住她，膝蓋抵著她背脊，俯身靠近。是個男人。她很確定是男人。她可以感覺到他熾熱的呼吸透過奪去她視線的布料湊近耳邊。她努力專注在自己的五感上。是認識的人嗎？還是認識她的人？她需要線索——一些觸感、氣味或聲音。但攻擊者一手壓著她氣管、阻絕她的氧氣來源，直到她昏厥過去，過程一個字都沒說。

21

確認茱德離開之後，烏利亞再次進入那棟房子。他在裡面的臥室找到王警探，他正在搜查桌子裡的物品。

「看看這些，」王警探戴手套的手中拿著新聞剪報和八乘十的彩色相片。「這傢伙對她極度迷戀。」

烏利亞接過那疊資料，一張張檢視著。那是茱德在各種場所的照片。咖啡店，搭車，在湖邊慢跑。照片中甚至看得出季節變換。茱德穿著短褲和背心，茱德穿著牛仔褲和毛衣，茱德穿著厚重大外套、針織帽配手套。他說：「他監視她非常久。」

「制定計畫，伺機而動。」

「你怎麼想？只是個人的迷戀嗎？有別人的照片？」特別是已被申報的失蹤者。

「目前沒有。但這裡東西很多。」王警探一隻手對著桌子揮動。「也許你可以檢查右下方抽屜，我還沒找過那裡。」

抽屜塞得很緊，烏利亞又拉了幾次才鬆動，照片洩洪般湧出。

「拍立得。」烏利亞說。是那種便宜的膠卷相機。

王警探抬頭看他。「不意外。」

烏利亞撈起湧出抽屜外的照片，卻在瞬間僵在原地。他的腦袋正在努力處理眼前看到的畫面。

茱德，當然是茱德。

無論哪一張照片，她都是全身赤裸。骯髒，髮絲糾結，胸口、雙腿、背後和臀部滿是毆傷與割傷，一張又一張奪人自尊且難以想像的酷刑折磨後的結果。

神啊。

他吞了一口口水。

整個抽屜都是她嗎？

「找到什麼了？」王警探移往房間另一個區域時說。

「還沒。」烏利亞不希望王警探看到這些照片。他不希望任何人——尤其不希望茱德看到。他真正想做的是將這些全拿到外面放把火燒了。

而且——沒錯——整個抽屜塞滿了她的照片。

整整三年，最下層的照片她還相當健康，頭髮仍是棕色，雙眼還澄澈。然而殘暴循序漸進，造成她身體與心靈極其嚴重的殘害，而且全有條不紊地記錄、收藏起來。

王警探低聲呻吟著：「上帝啊。」

烏利亞嚇了一跳，縮起身體，一回頭就看見王警探踉蹌倒退半步，臉上露出一抹恐懼的神色，然後才轉身掩飾自己的反應。他背向烏利亞。「艾胥比，你至少可以警告我一聲。」

烏利亞原以為茱德和王警探之間沒有太深的感情，頂多是雙方很快就後悔、領悟到這關係是大錯特錯的「小意外」。而今，他不禁思考王警探是否一度對茱德認真。他現在還認真嗎？在烏利亞看來，他的反應並非出於一名熟識的友人或三年多前的老搭檔。當然，王警探也曾負責此案，沒找到她的罪惡感說不定也將他蠶食鯨吞。

烏利亞試探地問：「你以前多了解她？」

王警探轉回來，但忽略烏利亞手中的照片。「她曾是我的搭檔。」他聳聳肩。「**你**又多了解她？」

這是嫉妒？因為茱德不再是**他的**搭檔而覺得不快？「要了解現在的茱德有點困難。」

「的確，她變了。變了很多。」王警探「啪」地扯掉手上的乳膠手套。「我覺得……我不知道。我是說，我知道她整個人狀況很糟，但沒想過她會這麼……拒人於千里之外。我沒想到她會避開老朋友。」

「不是針對你，或我。她只是想保護自己。她做了該做的事。」

「我知道。」

「給我一個大證物箱，」在別人不小心踏入屋子之前，烏利亞說：「我會將這些照片放進箱裡封起來。我不希望茱德看到或知道這些照片存在。」

王警探將箱子遞給他。「我得去呼吸新鮮空氣。」

王警探離開後，烏利亞將所有物品裝箱，黏上證物封條，然後揣測自己接下來會昏倒還是嘔吐。他想起茱德，他現在認識的茱德，不是照片裡的女人。奧特佳竟讓她重回前線，他再次湧現怒氣。不管是誰，怎麼可能從他照片中目睹的殘暴且失去人性的折磨中復元？他媽的怎麼可能？

22

茱德的意識恢復得緩慢且充滿困惑。

短短一瞬間，她以為自己又回到了籠子裡。但沒有。她能聽到遠遠傳來車聲。還有，那是人聲吧？戶外的人聲？對話，還有笑聲？

她扯掉布袋，翻成仰姿，上方是夜空和聳入天際的大樓。

我還在巷子裡。

她轉過頭，視線慢慢跟上。她眨眨眼，讓視線聚焦，雙眼橫過紅磚巷道的寬廣區域，看到好好立在那兒的摩托車，一邊龍頭上還掛著安全帽。她停下視線。

很像搶劫，不過摩托車沒被搶。她拍了拍外套口袋，感覺到手機的形狀，錢包就在旁邊。她的槍也還繫在腰帶上。

她轉成跪姿，撐起身體。地面在眼前傾斜，她踏出一步穩住身軀，但每移動一步，地面也跟著偏移，她活像個酒測吹出零點四〇的酒鬼。茱德瞄準摩托車前進，勉力跨上那輛機器，從龍頭拿下安全帽（很沉，重得異常），隨後注意到帽帶上的黏液。

藉著街上切進巷中的光，她瞪視手中的物體，腦子拒絕相信眼前所見到的畫面。她耳中的壓力變化著。變得空洞、變得凝滯，直到心臟的狂跳聲幾乎從胸口和腦袋同時迸出。巷外的人聲、夜生活的聲響彷彿逐漸沉悶起來，光線轉暗。

她倒抽一口氣，拋出安全帽。它撞到巷子的磚塊後滾遠，留出一條血跡。

她瞪著血跡好久好久，然後拿出手機。壞了。

她轉動摩托車上的鑰匙，試圖以腳發動，除了令人沮喪的「喀」一聲外保持沉默。此時，她聞到汽油味。

她下了車，拿起安全帽，像拎籃子一樣拎著，走向笑聲的來源。

23

此時是明尼亞波利斯惠蒂爾社區的週五夜晚。酒吧、餐廳人滿為患，人們緩慢搖晃地走上街。派對公車等著將一群人載往城市另一個區域；數對情侶拚命想找到鑰匙，爭執誰該開車、誰該叫計程車。

「我的天，看看那女的。」法蒂瑪說。她是他們那群中沒那麼醉的。由於聽說最近街上變得更危險的傳聞，她原本不太願意出門。但畢竟今天是她的生日，朋友騙她出門慶生。此時，她之前的不自在都回來了。

她那群朋友也抬起頭，看見一個白色短髮的高個子女人在人行道上朝他們走來。她的步伐奇特，還不到搖晃蹣跚，更接近躊躇又彷彿微微顫抖著，好似走在細軟沙地，又或是真的非常非常疲累——或是非常非常醉。

她的褲子撕破，一眼上方劃出深長的口子，血從臉和脖子一側流下。髒兮兮的摩托車外套，黑靴子，一手拎著黑色安全帽。

她出了車禍，法蒂瑪想。她往街上看，覺得應該會看到閃爍的燈光或幾輛撞在一起的車。

幾個女孩笑著，其中一個喊出聲，並且醉醺醺地抓著她身旁的男人。「我們錯過活屍主題的跑趴了嗎？」

那奇怪的女人歪歪倒倒，越走越近，隨跑趴言論爆出的笑聲漸漸消停。法蒂瑪僵住不動，男友的手臂在她腰間收緊。

那女人走向路燈，停了下來。

「那是血嗎？」法蒂瑪的一個朋友說（就是她說服她今晚上街），指著安全帽。

那**的確是**血，法蒂瑪很確定。而且是很多很多血。

她男友靠得更近，低聲說：「叫警察。」

她朋友說：「那是假的。」

「鏡頭在哪？」有人補了一句。緊張的笑聲傳遍人群，法蒂瑪暗自希望**是**某種噱頭，有人在錄影，而且明天會在YouTube上得到百萬點擊。

那白髮女人聽到他們說要叫警察，瞬間將注意力轉到法蒂瑪和她的手機。她朝那年輕女孩靠近。

法蒂瑪掙脫男友放在腰上的手，拿出手機，撥了九一一。「這裡發生怪事，」她對一名男性接線員說。他的聲音鎮定又冷靜，讓她願意相信一切會安好無事。「有個女人……」她該怎麼解釋才好？「有血，或至少我認為那是血。」

女人更靠近了，法蒂瑪退後一步，心臟在胸中狂跳。白髮女子有著一雙湛藍的眼睛，但使法蒂瑪嘴唇乾澀的原因並非她眼睛的顏色，而是那眼神多麼直接、多麼強烈，彷彿直接看進法蒂瑪的靈魂，或鎖定她為獵物。

這人看起來很眼熟？好像在哪裡看過這張臉？

「目前是什麼情況？」接線員問：「妳有危險嗎？」

法蒂瑪的手顫抖著，她以微弱的語氣說：「是那個女孩，被綁架又逃脫的警察，叫茱德還是什麼的。」節目一天到晚報那新聞，有陣子相關報導不斷從她臉書訊息跳出來。她試著回想當時到底讀了什麼，多半是關於綁架和折磨。

那女人往前一撲、抓住手機，從法蒂瑪手中奪走，拿到自己耳邊，告訴接線員自己的名字。**茱德・芳坦**。就是這個。法蒂瑪驚恐地注視面前這女人，**警探**和**重案組**幾個字進入她腦中。

茱德・芳坦警探肯定感受到女孩的恐懼，因為她抬起頭，深深地看了她一眼。她朝法蒂瑪伸出手，碰觸她的手臂，輕輕一捏表示**沒事了**，像要安慰她似地點了點頭。

法蒂瑪顫抖著吸入一口氣，稍微放鬆了些，然後低頭看向茱德手中的安全帽，放聲尖叫。

找到那些天理難容的照片後兩小時，烏利亞終於離開犯罪現場踏上回家的路，試圖忘記烙在腦海中的畫面。倘若他擁有任何話語權，茱德將永遠不會知道照片的存在。他原本就驚訝於她盡力向他敞開心胸。而進入那間屋子不只讓她重返遭囚禁時的情景，要是她再看到那些依時間順序排列的囚禁紀錄，他無法想像會帶給她什麼影響。

他一手在手機以自動撥號打給她。她離開時似乎情緒算穩定，但創傷症狀發作可能會花點時間。烏利亞直接被轉進語音信箱，思考是否要繞去她住的公寓。這時手機響起。

電話是一位在明尼亞波利斯惠蒂爾社區工作，名叫艾曼紐的警員打來的。

「我想你應該會想知道，一個半小時前，有人發現你的搭檔走在街上，」他頓了頓，「她手上的安全帽裡裝了一顆砍下來的人頭。」

⁂

你很難不注意到那堆警車，即使在明尼亞波利斯熱門聚會地點前方進行的犯罪現場調查過程並不典型。沒有黃色警戒線，也沒有徹查周邊環境的小隊。

烏利亞在人行道邊欄旁停車，熄了火，從車裡鑽出來。他掃視四周，尋找茱德的身影：沒見到。但看到了艾曼紐，就是通知他的警察。

烏利亞問：「芳坦警探呢？」

「在行動犯罪實驗室，」艾曼紐的大拇指指向後方一輛白色廂型車。「她實在很冷靜，我覺得她比現場任何一個人都來得鎮定。但我想經歷過發生在她身上那些事之後，切下來的腦袋應該只是小菜一碟，你懂我的意思？」

烏利亞對這傢伙不經大腦的言論感到不快，而且他沒有隱藏的意思。「我很肯定無論是誰都會被切下來的頭嚇到。她只是學會藏起那些反應。說到那顆頭……」

一名戴著乳膠手套的警員打開手中鋪了塑膠內襯的厚紙箱蓋，裡頭有個血淋淋的摩托車安全帽，茱德的。即便烏利亞是一名重案組探員，看過的死亡超過常人許多，內心仍對眼前的場景十分掙扎。因為對一般人而言，要分辨純然的邪惡依舊不易，理解更是難上加難。

從安全帽中抬頭望向烏利亞的女孩頭顱有著深深的眼線，閃亮的深色頭髮。是當天下午才和他們說過話的女孩。

反胃感席捲了他。

「認得她嗎？」艾曼紐問。

「認得。」即使想轉開頭，烏利亞仍定睛注視。「蘿拉・霍特。」

24

烏利亞看著蓋子又被蓋回箱上，警察拿走證物。烏利亞說：「我會聯絡她父母。」他沒有忘記蘿拉·霍特與他和茱德談話後只過幾個小時就死亡。「沒有屍體的下落？」

艾曼紐一手放在腰帶上。「我們已經派人搜查你搭檔被攻擊的地點，但目前一無所獲。」對家人來說，要面對一具屍體已經夠艱難了，如今還得面對只剩頭顱、屍體卻不見蹤影的狀況？

「有人對芳坦的摩托車開槍，」艾曼紐作勢比著街道。「從離這條巷子兩個街區的地方突襲她，ＢＣＡ小組的人幾乎都到了，你得去看看現場。她的摩托車在那兒，鑰匙插在裡面，什麼東西都沒拿。她手機也還在，雖然壞了。」

「找到彈殼了嗎？」

「還沒有，子彈穿透了燃料管和後輪。」

「也許他們瞄準的是摩托車，不是茱德。」

「看起來是。摩托車是證物，拖吊車已經在路上了。」艾曼紐的眼角餘光瞥到某人招呼他過去。烏利亞轉身，前往茱德正在接受處理的白色廂型車。

「她快好了，」一名犯罪現場組員看到烏利亞說：「我們將她的衣服和鞋子裝袋標籤，目前只能做到這樣。」

「謝謝。」

廂型車裡，茱德穿著藍色醫療手術服坐在那兒，肩上披著一條白色棉毯，一眼上方有道割傷。她問：「看到安全帽了嗎？」

「嗯。」他在她旁邊的長椅坐下。「看到了。」

「是她對嗎？」

「肯定是。得等家屬指認，好對媒體發正式聲明。」

「找到屍體了嗎？」

「還沒。茱德，發生了什麼事？」

她沒有看他──也許眼神接觸會令她分心。她敘述自己接到蘿拉・霍特的簡訊，並前往咖啡館和她見面。

「妳是被引誘過去的。妳被監視了。」

「我同意。」

「有看到任何人嗎？」

「沒有。我太快被罩住頭。」

「說話聲呢？任何聲響？」

「沒有人說話。」

「他們為什麼不殺妳？這是最大的疑問。假使這些人對於殺死一名青少女、砍下她的頭毫無愧疚，為什麼讓妳活下來？」

「我也不懂。就蘿拉・霍特的狀況……或許他們要告訴其他女孩：要是敢開口，妳也會落得同樣下場。」她癱靠在廂型車車壁，頭往後仰。他幾乎能感受到她多麼筋疲力盡。

「今天下午一定有人看見我們和她在一起，」茱德說：「難怪她那麼害怕，」她停頓一下。「是我們的錯。」

「我們只是執行任務。如果當時她向我們開誠布公，這件事很可能根本不會發生。」

「我知道，但我忍不住覺得也許我們可以有不同的處理方式。」

「妳被攻擊又怎麼說？」

「某種警告？某種遊戲？攻擊我可以保證得到大量媒體關注。」

他也想著同一件事。「媒體會像獵狗一樣撲上來。」

犯罪現場的技術人員從後門出現。「結束了，妳可以離開了。」她對茱德說：「但很抱歉，衣服可能得留做證據好一陣子。」

茱德努力撐起自己，站起身來，穩住身體，獨自走出廂型車。烏利亞就在一旁看著（他知道她不會想要他攙扶），隨時準備在她需要時上前。

「我去攔個計程車回家。」她腳一碰到地面就說。

剛過午夜不久，幾隻搞不清狀況的鳥兒在黑暗中扯起嗓來。

「我載妳一程，再找兩個警衛守著妳。不管是誰幹的都還逍遙法外。」

她沒反駁。就這一次，她好像累到沒有力氣注意他確切傳達出的訊號。這回，是因為那些該死的照片。

25

烏利亞在茱德的住處檢查是否有遭人闖入的跡象，不過公寓似乎相當安全。四樓，單一入口，厚實鐵門上有著頗厲害的插鎖。兩名便衣刑警出現時，茱德正在沙發上熟睡，於是烏利亞叫醒她，並要她在他離開後將鎖門上。

離開茱德的公寓後，烏利亞直接驅車前往霍特家。來應門的是一名穿格紋睡褲、白色V領內衣，快五十歲的男子，查爾斯．霍特。他的妻子多娜，也就是烏利亞和茱德來訪想和蘿拉談話那天見到的女性。她出現在丈夫身後，雙手忙著綁好身上白袍，頭髮扁塌貼在頭的一側。看來他們剛剛睡得很熟。

警察都練習過這些流程：如何向民眾傳達壞消息。烏利亞甚至還參加過研討會，會中警員對彼此嘗試各種不同的方式。而最大的收穫是什麼？沒有任何方法好過清楚簡要地陳述消息。是這樣的：大家早就知道了。在你告訴他們之前就知道了。這不僅僅是烏利亞從練習中得知，也是他的親身經驗。因為他曾經站在門的另一邊。

慢慢來不會比較好，不需要先聊一下、或讓他們坐下來。在他們還能承受時，你就要拋出消息，必須在他們腦袋自行編故事前就這麼做。他很清楚那是怎麼運作的。當你知道要面臨的消息將會非常糟糕，便會緊緊抓住比較沒那麼糟的版本。也許你的親人只是殘廢，不是死亡，接著你又想像該如何照顧殘廢的親人、親人將如何面對傷勢的嚴重程度。這些是你內心的討價還價，又或是腦子讓你慢慢接受現實的方式。在真相的炸彈爆開之前，企圖減少一些恐懼。

烏利亞傾向開門見山、清楚明白。此時他也是這麼做。不只是蘿拉．霍特的死，以及死亡時的狀態。因為世上沒有任何事物能減輕這樣的衝擊。不要任何鋪陳，不要坐下。

蘿拉．霍特的父母扶住彼此，臉上流露同樣的震驚。他們轉身，突兀且急忙移往房子更深處，往沙發倒去，不斷呢喃著各種否認與不敢相信的字眼。

他也很熟悉這樣的反應。緊接著否認而來的會是痛苦，再接著是迷惘。要是沒有這層迷惘，這個人將變得支離破碎。

烏利亞說：「我載你們到太平間。」他們兩人目前都不是能開車的狀態。

他們花了點時間才聽懂他的提議。他可以等。接著他們終於離開去換衣服，再拎著一些不知所以帶上的隨身物品出現：一件寒冷夜晚穿的輕便外套，手提包、皮夾——全是不再具有任何意義的生活必需品。

烏利亞不記得愛倫過世時自己怎麼前往太平間。記憶中只剩一大塊空白區域，警察來敲門，接著他的記憶就在太平間了。猶如直接被傳送過去似的。

他提醒這對夫妻：「離開時記得鎖門。」

他們找出鑰匙，鎖上門。

烏利亞很少質疑自己的職業，但在今晚他深深地質疑自己。有些時刻，他覺得世上任何一種工作都好過他此時此刻所做的事。

他讓霍特夫妻坐在後座，好在偶爾被啜泣劃破的死寂中相互依靠。登記進入太平間後，他帶他們走過日光燈照明的走道，前往停放屍體的小房間。當夜班助理掀開白布，烏利亞幾乎能感覺到房間恍若往一側傾斜。

對於眼前女兒只剩下頭顱的屍身，沒有任何父母能做好心理準備，沒有任何方式能讓人的心靈消化如此恐怖的場景。然而事實就在眼前。這兩個可憐人不僅失去女兒，甚至是以最駭人的方式失去。

烏利亞輕聲問：「是她嗎？」他就像場景導演，溫和地驅策著演員。同時間，他聽到自己聲音中的顫抖。沒什麼好羞愧的，要是沒有才該羞愧。若是真走到那地步，你才要擔心。

蘿拉的父親點頭，嘴唇因痛苦而扭曲成怪異的表情。他身旁的妻子在腿軟前迸出一聲痛徹心肺的嚎哭。烏利亞及時接住倒下的她，讓她慢慢躺到地上。但她丈夫直挺挺站著、看著；他的腦子無法理解眼前發生的一切。

人的心靈足堪承受的痛苦有限度嗎？倘若有，這對夫妻應該獲得遺忘一切的資格。

丈夫終於回神，俯身扶起多娜．霍特。他們兩人定定站著，內心過於震驚而無法思考下一步。

烏利亞也感到一絲頭暈眼花。也許是愛倫的自殺與霍特家女孩之間有相似之處。夜半時分的敲門聲，眼前有大好人生的女性猝逝，同一個太平間。這些都讓烏利亞變得混亂。有那麼一瞬間，他還以為自己正要來指認妻子的屍體，

但不是的。

那已經結束了。

那已經過去了。他走過那一切。他曾支離破碎，但他找回了自己。雖然變得不一樣，但他回來了。

此時此刻，烏利亞能給出的最大善意，就是不去打擾霍特夫妻的哀傷。他謝過助理，帶這對夫妻出去。到外面後，他讓兩人坐上計程車，送他們回家。

26

在赤裸裸的晨光中站在霍特家外頭，敲門後等待回應，茱德瞥了瞥身旁的搭檔，並注意到他皮膚顯得多蒼白，臉龐周圍的頭髮溼溼的，嘴角洩漏出一絲內心的壓力。來霍特家的路上，他們決定由烏利亞負責開口，畢竟他已經和這對夫妻建立起信任關係。但此刻茱德看得出來他並非處在能夠問訊的狀態。她感受到他身上傳來的顫慄，即使外表顯得冷靜自持，內在卻震顫不已。她猜想，他的反應可能和他失去的妻子有關。他說過茱德還沒準備好回到重案組，但她忍不住想：他又準備好了嗎？他深埋的情緒淺淺地藏在表皮之下，眼前所見每一件壞事似乎都讓他變得更脆弱。別人可能看不見他內心的狀態，但那卻明明白白擺在那裡，而她完全無法忽視。只是她不能點出那過於私密的情感。

茱德聽到屋裡傳來腳步聲，於是說：「我來吧。」問話之外，她還打算仔細觀察這對父母。畢竟破案前所有人都是嫌犯，尤其是家人。

來應門的是查爾斯．霍特。

她拿出警徽，自我介紹。「我想你稍早已經見過我的搭檔。我們知道這時機不好，但想問你和你太太幾個問題。」茱德扮演起充滿同情心的警察。畢竟她的同情並不虛偽，也並非感覺不到他們的痛苦，或失去從前熟悉的悲憫。只是她如今的生活方式像透過窗戶觀看外界。她覺得與其說自己是這世界參與者，更像個觀察者——在這情況下算是好事。

霍特問：「你們找到屍體了嗎？」

「還沒有。」茱德將警徽與皮套一同塞回外套。

「我們得安排葬禮，你們一定要找到她剩下的身體。」說到「剩下的身體」時，這位父親聲音顯得沙啞。

烏利亞說：「我們正在努力。」

霍特眼神空洞發著愣，接著才猛然想起警察為何來訪。「我太太在樓上睡覺。」

「那就從你開始，」茱德說：「也許離開前她可能會願意見我們。」

哀悼者通常不是無條件順從，就是大發怒火，霍特先生走的是順從路線。茱德和烏利亞走進屋裡。

房子內部裝潢色彩明亮，混搭式內裝植栽爬上天花板轉個彎又接到木頭地板。波希米亞風格，唯美的藝術感。此時此刻那歡欣的氣氛顯得格外殘酷。

他們在咖啡桌前的沙發坐下。霍特注意到茱德無意識伸出手指順著木頭表面撫摸，便說：「這是我做的。」她完全沒注意到自己的動作，立刻收回手。

她對他說：「很美。」

「我不確定我太太有沒有辦法和你們談話。她吃了點藥，好稍微睡一下。」

「我能理解。」茱德並未和任何人建立起真正的羈絆關係，但她能夠想像這名母親的感受。她還記得愛的感覺，即便她不認為自己想再次體驗。她甚至不清楚飼養寵物的心情。屋頂上有隻她會餵的貓，但對於牠，她的態度差不多就像看待搬入公寓時裡頭早就存在的那些盤子。牠不屬於任何人。她最多做到這樣，也只能這樣。至少現在吧，又或許永遠如此。單是浮現這個想法，就讓她油然而生一股嶄新的、投向霍特夫婦的同情，而她不容許自己有這種情緒。某些時候，這個世界超出了人的負荷。

「蘿拉是我們的一切，」霍特說：「真的是一切，我太太原本就很難懷孕，」他接著解釋。「我們試了好多年。就在我們準備放棄時多娜就懷孕了。我們的女兒是寶貝，是禮物。」

「真的很遺憾。」此刻最正確也是唯一需要的回應。

「我覺得我們辜負了她。**真的**辜負了她，沒有好好關心她。」

烏利亞說：「不是你們的錯。」

「是我們的錯。父母的職責就是保護自己的孩子。我人生就這麼一份重要的職責，確保她平安。」

他們頭頂傳來動靜，一聲悶響，門打開又關上，腳步聲先是轉弱，隨後變得清晰。

「他們來這裡做什麼？」

幾顆頭倏地轉向聲音來源。

霍特太太下樓梯到一半。她下半身穿著睡褲，搭一件舊T恤，上面的白字部分已經磨掉。迎向這使她人生急轉直下的轉折，這身家居服似乎略顯輕佻。她的雙眼通紅，臉龐浮腫。「你為什麼讓他們進來？」她對著丈夫吼道：「他們不能來這裡，不能進我們家！」

烏利亞站起來。「不好意思打擾了，問完幾個問題，我們馬上就會離開。」

「我才不管你們來這裡做什麼，出去，現在就出去。」

「我理解，但是……」

「除非你也有個被砍頭的女兒，不然你**無法**理解。」她舉起手臂，所有人看到了她正舉著一把左輪瞄準烏利亞。「出去！」她尖叫：「滾出我家！」

霍特先生倒抽一口氣。「多娜！」

那把槍轉向，對著他。「我要他們離開這裡。」

茱德慢慢站起身，桌子在前，沙發在後。槍枝移動，槍管轉而瞄準她胸口。她毫無畏懼。

發抖的手臂，顫動的槍，眼淚，憤怒，還有恨。「我女兒會死都是因為妳，」那女人說：「妳跑來，在葬禮上追著她……對，她都告訴我了。」她每說一個字，武器就朝前猛戳一下。「妳讓她陷入危險，現在她死了，都是**妳**的錯。」

茱德無法辯駁。的確**是**她的錯。如果她更謹慎……如果他們沒在光天化日之下、在凶手最可能露臉的場合上追著蘿拉，那女孩可能到現在還活著。她又重複稍早前的道歉，但趕忙阻止自己。**很抱歉**是當你不小心撞到人的時候，**很抱歉**是當你誤解他人的時候，不是謀殺。

「多娜……」那名丈夫，崩潰的丈夫，他朝著自己的妻子上前一步。槍轉了方向。

她仍站在階梯上，距離茱德和烏利亞太遠，兩人無法及時衝向她。她問他們：「你們兩人誰有孩子？」

茱德搖頭，烏利亞也一樣。

「聽到沒？」她對著丈夫尖吼出這幾個字。「他們根本不懂！他們根本不知道這是什麼感受！假如他們沒放她到聚光燈下，沒讓大家注意到她，我們的女兒可能還活著！」

隨著這聲指控，槍管再次轉向——這次開槍了，聲音震耳欲聾。沙發爆開，白色填充物飄在空氣中。

槍一開，扳機扣下，霍特太太怒吼一聲，咆哮著衝下樓梯。瘋狂與悲痛使她失去理智，她雙手緊握著槍，射出一發又一發。

茱德和烏利亞動作一致地鑽到沙發後。燈被打碎，照片摔破在地。她丈夫高喊一聲倒地，而凌駕這一切的是女人高亢的嚎哭聲。

在這腎上腺素強度爆表的一刻，茱德腦中橫衝直撞而過一連串想法，檢視一個接一個她棄而不用的行動方針。她發現自己想著：**幹得好**。她發現自己站在母親身邊為她歡呼，然而內心很清楚這必須結束。

遙遠彼方，在狂亂的悲傷與嗡嗚作響的耳邊，傳來尖銳的警笛聲。

有人叫了警察。

有槍響。

女人肯定也聽到了警笛聲，因為她散發著明確的目的與意圖，朝茱德和烏利亞衝去，雙腳重踏木頭地板。兩名警探別無選擇。

他們一躍而起，拔出槍。烏利亞大吼著要她棄械，並伸長了雙臂。

前門撞開，便服警察一擁而入。

在那一瞬間，世上沒有任何聲音能比不顧一切扣動扳機、發射機關重複敲擊空彈膛的喀嗒聲更令人膽寒且**悲傷**。多娜・霍特持續扣下扳機，在哀嚎聲劃破空氣前，那「喀喀喀」是屋裡唯一的聲響。

眾人的注意力轉移到躺在地上流血的丈夫。茱德衝到霍特身旁，烏利亞制住妻子。這時，一名警員叫了救護車。

也許他們的人生並不完美，也許丈夫有外遇，也許他的太太渴望得到更多，並因他花在工作或木工的時間而不悅。也許那名少女是個自戀的小混蛋，朝爸媽頂嘴，夜晚偷溜出去，畢竟青少年就是這樣。但是，即便他們的人生並不完美，也已經沒有機會重新選擇道路。他們再也沒有機會想辦法解決，或原諒，或找到因時間流逝而獲得的平靜。他們將永遠凝結在這一瞬間，這對夫妻餘生吸入的每一口氣，都將提醒他們自己失去了什麼。

「我很抱歉，」茱德對著地上的男人低喃。她再也無法忽視人性。這次她字字真心。這次她的話語直抵內心深處的痛楚。「我真的很抱歉。」

27

「來談談芳坦警探吧。」奧特佳臀部一側倚著她的桌子，交叉雙臂。烏利亞沒坐下，就站在內部辦公室關起的門邊。不過幾小時前，他才和茱德一起躲在霍特家的沙發後。

在玻璃牆壁另一邊，茱德和格蘭．王正在深入討論著某件事，很可能是關於要安排給霍特和瑪斯特的特勤小組。

王警探在茱德身旁依舊能保持鎮定。他不得不佩服這人，看了那些照片後也沒有奇怪的舉止。烏利亞不太確定他能否也這麼形容自己。有幾次他看到茱德投來疑惑的眼光。她注意到了。但若她問起怎麼回事，他會說謊，而她很可能也看得出來。儘管如此，無論她在回歸正常生活和工作這兩件事上處理得多好，他都確信她不會想知道那些照片的存在，還有他看過照片。

「我犯了錯，」奧特佳說：「我不應該讓她回來，你是對的。現在這對她的確很殘酷。」她聳聳肩，似乎想強調她的重點。「假使這裡一切如常倒沒問題，但這裡早就不尋常好一段時間了。一件鳥事接著另一件，我無法想像這些事會給她帶來什麼衝擊。找到那棟房子、那具屍體，接著馬上受到攻擊，再來是砍頭，然後是那對父母家的不幸八點檔。」

有時烏利亞認為身為長官的奧特佳過於多愁善感。她讓芳坦回來是因為可憐她，現在又出於同一個原因想甩開她。她似乎還是不懂，將芳坦當成皮球踢來踢去只會讓事情變得更糟。

「芳坦遭到攻擊後我見過她，」烏利亞說：「她處理得相當好，一派冷靜。」

「那只是在外頭，」奧特佳說：「誰知道她回到家會怎樣。還有，如果她真不受影響，我可會懷疑起她的心理狀態。」她繞過桌子坐了下來。「我考慮要她休兩個禮拜的假，也許給她六個月全薪，外加其他福利。」她看著他。「除非你可以換個方式說服我。你認為她怎麼樣？在外面值勤時如何？」

「芳坦的狀況**並不好**，我很懷疑她還有沒有可能**變好**。可是局裡哪一個人很好？只要我們之中有人辦過一次、兩次、甚至三次凶殺案，對於這世上的人能幹出什麼事，我們難道不是被迫重新理解，然後繼續工作、繼續生活？我們難道不是都因此離崩潰邊緣更近一點？但她專心一志，沒有任何事物能讓她分心。目前為止，狀況發生時她的冷靜令人激賞。若她仍得走人，我並不樂見。」

「真沒想到你為她說話。」

他自己也很驚訝。「一開始我很擔心她，」烏利亞承認，「但我認為她的經歷實際上讓她成為更好的警察，也許還讓她擁有更優秀的能力，好處理面前發生的一切。」

「**假使**她沒崩潰。」

「我們全都有這風險。」

「好，我不調走她，先不這麼做。但是你得盯好她。」不必叫芳坦回家吃自己似乎讓她鬆了口氣。「叫她進來，我要和她私下談話。」

「艾胥比探員說妳想見我。」茱德站在奧特佳的辦公室裡頭，猜想自己是否將被解雇。

奧特佳坐在她的椅子上把玩手上的筆。對茱德來說，她這麼緊繃並不是好兆頭。「最近都還好嗎？」奧特佳問道：「返回警隊有任何不適應嗎？」她的桌上散放許多裱框照片，以及一些茱德不知道名字的綠葉植物。**有個盆栽或許不錯**，她想。

「有時候不太自在，我承認，」茱德說：「我也擔心我的知名度——抱歉找不到更好的字眼——可能是霍特家女孩被殺的原因。這讓我懷疑自己到底該不該待在這裡。」也許因為這樣，她們才會開這場會。也許奧特佳有同樣的想法。

「妳被囚禁了三年。要我是妳，真不知道自己會變得怎樣。但我認為我可能會想離警察這份工作越遠越好。也許去迪士尼樂園、或去巴黎旅行。妳出過國嗎？」

看來開除一事，她猜對了。「小時候和父親和哥哥去過愛爾蘭。我不太記得了。」那趟旅行是為了讓人們別將注意力放在娜塔莉．薛令可怕的死亡上。

「也許妳可以考慮旅行。妳知道的，人生步調那麼快。」

「我倒覺得自己沒什麼在動。」

「茱德，妳想要什麼？妳一定有想要的東西。先別管旅行了。妳現在想要什麼？妳自己想要的？和心靈有關的？還是情感方面？難道就這樣日復一日過下去？」

茱德想過買個盆栽，但她所剩無幾的母性還夠照顧它嗎？她緩緩開口：「我想要我得不到的東西。」

「妳指的是什麼？」奧特佳「喀」一聲按了一下筆。突然之間，茱德覺得自己正在向警局的心理醫師問診。她瞥向桌上，猜想奧特佳是否已收到更新的報告。視線所及範圍沒有資料夾……搞不好那女人塞進了抽屜。

茱德專注於問題，朝內心搜索真相。她**想要**什麼？「我以前的家，我以前的床，我的盤子，我的衣服，我的書。」突然之間，她清楚而確切地頓悟到，還有艾瑞克。「我還在那裡的時候，唯一讓我撐下去的就是那件事。唯一讓我能活下去的就是想著回到那裡。」

奧特佳淺淺笑了一下，茱德立刻知道自己的坦承取悅了上司。

「坐吧，親愛的。」

茱德坐下，有些被自己的話及藏在話底的真相嚇了一跳。

她仍將那些快樂時日的記憶揹在身上，就像自己還待在牢籠裡——**她的**牢籠。也許就是因為這樣，她昨天才會湧上一股衝動，想回去裡頭、關上牢門。老天，那只是昨天嗎？發生那麼多事情之後，感覺就像過了好幾個星期。

重回牢籠會有改頭換面的感覺嗎？還會有機會重新開展她的逃亡？然後回到日思夜想的家、接受溫暖的歡迎？當然，這麼想並不實際，但腦子往往更偏愛欲望，而駁斥合理的想法。

「妳去看過他嗎，」奧特佳問：「艾瑞克？」

「逃出來那晚之後就沒見過了。」她努力不回想那晚。警局的心理醫師也問過這個問題。

「也許妳該回去，和他談談。也許能畫下真正的句點。」

「也可能再次揭開瘡疤。」

「妳想見他嗎？」

「我不知道，也許吧。」

「我之所以這麼問，是因為他打電話來問妳的事。他想知道妳過得好不好，想知道妳的手機號碼。但我當然沒有給他。」

奧特佳向前靠，雙肘放在桌上。「我叫妳來的其中一個原因是，這週末我要辦個燒烤餐會，我老公買了新烤架，迫不及待想盡早使用。」她翻翻白眼。「他對那類玩意很著迷，我不知道原因。王警探和艾胥比警探也會去，還有證物室的哈洛。妳應該要來。」

「強制出席嗎？」

「當然不是，但我希望我手下的警探下了班也能聚在一起。我說的不是酒吧，而是比較家庭式的。做這份工作一定要找到平衡，否則案件會讓人耗盡元氣。」她在桌子抽屜裡到處翻，找到一張上面已寫了字的紙，又加了幾筆，滑過桌子。「我的地址。週六四點，一直到……我也不知道會到幾點。」

茱德接過那張紙，上面一角有警局標誌。奧特佳的名字橫在最上方，還有她家地址和一串看來熟悉的數字。

餐會，穿圍裙的男人，小孩，也許還有跑來跑去的狗。茱德甚至不知道自己是否準備好要迎接盆栽，奧特佳卻亮出了等級更高的「普通人」活動。這對她而言可能是最糟的選項。

「我覺得我可能沒辦法，但還是謝謝妳邀我。」

「還有電話號碼，」奧特佳一邊指著。「那是艾瑞克的。」

艾瑞克。

「我思考過他怎麼處理我所有的物品，」也許他找她是要談這個。「我得老實說，」茱德摺起那張紙時說：「我以為妳叫我進來是要趕我走。」

奧特佳說：「我只是想聊聊，看妳過得怎麼樣。」

聽起來可信度不高，但奧特佳比烏利亞好解讀。她很顯然先問過了烏利亞，那表示他一定說了些動聽的話。

「想辦法去享受一些事，」奧特佳說：「就算只是轉角咖啡店一杯超級好喝的拿鐵也好。如果妳需要人談談，我隨時都在。還有，餐會妳再考慮一下。」

⁂

那天下午稍晚，茱德、烏利亞和王警官身先士卒召開會議，對霍特案的基層巡警進行簡報。會議在二樓會議室進行，室內天花板很低，日光燈照明，還有一排排脆弱的椅子，似乎隨時會在胖一點的警察屁股下解體。

室內前方的牆上是一大塊軟木板，上面鉅細靡遺呈現茱德稱作犯罪系譜的各種細節。這塊板子上張貼著城市地圖、受害者照片，外加犯罪現場的影像；其他的細節——比如同時符合霍特與瑪斯特謀殺案的資訊——列於一側。特勤小組探員及基層巡警等人員仍繼續挖掘相關資訊。

幾乎整個部門都已轉換成數位檔案，並能透過他們的VPN存取——或說虛擬私人網路。可是茱德仍偏愛這種張貼牆面的老派，總有些人認為過時的做法。

多種理論被拋出，彼此矛盾的不少。但幾乎所有人都認同蘿拉．霍特的頭被留在那兒是一種警告，針對那些可能考慮供出達莉拉．瑪斯特案相關資訊的人。

「報案專線電話會在幾小時內啟動，」茱德對警員說：「做好準備，回應這類電話。」

簡報很短，甚至不到十分鐘。

「希望我們下回能有更多資訊。」王警探將簡報資料傳給離開會議室的眾人時補了一句。

「會上是否注意到任何不對勁？」室內一剩下這三名特勤小組成員，烏利亞劈頭就問。

王警探打量周圍，聳聳肩。茱德卻立刻領悟烏利亞的意思。「他們嚇壞了，」她說：「那些警察嚇壞了。」

王警探問：「為什麼？」

烏利亞解釋：「他們認為切下來的頭不只是為了讓那些高中女孩閉嘴。也是對我們的警告，我們所有人。」

28

打從茱德死而復生後就沒參加過記者會了。死而復生，她現在如此稱呼它。

這回，當奧特佳堅持要她現身，她沒有抵抗。茱德理解到試圖保持低調的附加影響。過了某個時間點，人們的好奇心漸漸增強，會對於給她空間感到厭倦。目前她還沒答應接受任何人訪問。基於眼下漸增的恐懼氛圍，市民急於得知照看他們的公僕是何身分，同一群人滴下好奇的唾沫。

有時，記者會會辦在明尼亞波利斯警局大門前的人行道，但這次辦在可控管場地的記者室。低天花板，日光燈照明，全場公事公辦。州旗與美國國旗劃出了官方的空間，位於司空見慣的一簇麥克風後方。人群中，茱德瞥到一些當地新聞頻道熟悉的媒體面孔，以及其餘沒那麼熟悉的面孔，應該是跑全國新聞的。

奧特佳在麥克風後方站定，茱德和烏利亞站在一側。「我們很快開始，」奧特佳對記者群說：「在等最後一個人。」話才剛出口，現場就一陣騷動，所有眼神投向門口。走進來的是明尼蘇達州州長，一群隨行人員緊跟著他，茱德的哥哥亞當．薛令也在其中。

她的嘴脣變得乾澀，腹部緊縮。

她在新聞上看過父親好幾次，最近有，很久以前也有。少女時期以來，她從沒那麼靠近過父親。她無聲地對烏利亞投去疑惑的眼神：**你知道他要來？**

他輕輕搖頭回應。

她想離開，想逃跑。然而她仍幾乎不帶情緒地完成偵查報告，以及隨後的問答。

她父親再次向群眾保證，他們能做的都做了，絕對不會忽視任何一條線索。他說：「明尼蘇達刑事逮捕局是全國最優秀的機構之一。」

對話轉移到他的政治議題，以及他支持市長增加警力各方面預算的請願，比如讓更多警官上街巡邏。然後記者會結束。茱德甚至來不及逃跑，父親已從奧特佳背後走來，抓住茱德的手肘。快門啪啪閃爍，捕捉到兩人同框的新聞畫面，他臉上掛著白燦燦的笑容。父與女。

「茱德，看到妳很開心，」他說：「聽到妳還活著的消息讓我鬆了一口氣，而且非常感恩。」他也許白髮蒼蒼，年過六十，但渾身充滿精力，外貌一如飲食得宜且每天跑上好幾英里的人。

她知道自己得回應，也知道全世界都在看，都在等她回答——基本上就是要回應這個世界。她從身後感覺到奧特佳的存在，即便她不在她視線範圍內。

茱德馬上懂了。她突然明白，即使她的參與將引起騷亂，但她在場與否依舊重要。記者會就是為了這瞬間而存在，為了將茱德推向外界，同時確認是一名位高權重者的家屬，而且狀態穩定的女人。一個好女兒。大眾得以再次安心，她不是那個一度放浪不羈讓州長蒙羞的瘋警察。

人們被近來的謀殺案嚇得魂飛魄散。蘿拉・霍特遭到斬首，更在所有市民心中點燃一簇恐懼的火花。他們需要證據，要知道茱德無論面臨何種情況都能妥善因應；她的過往歷史——

無論新舊——都只是過去，她的個人因素不會妨礙搜查。

儘管茱德對任何形式的虛偽抱持強烈反感，但她已不再是孩子。現在的她知道如何玩這場遊戲。於是她回以州長微笑，向他伸出手，一手放上他肩膀，靠近他，嗅聞那昂貴西裝的氣味，聞著為了保護那逐漸衰老的肌膚而塗抹的防曬品。他眼中的疏離，以及臉頰上緗緊的肌肉，傳遞出照片或影片都無法道盡的另一個故事。接著，她做了一個連自己都驚訝的舉動：她更靠近些，親吻了他。不過僅是雙唇輕輕掠過臉頰。當茱德退開，她在他眼中看見困惑與憤怒。

她明白了，這並不是一場大團圓的表演秀，至少對他來說不是。

「很高興見到你，爸爸。」

「是……」他一時之間無言以對。

他很可能同意前來，準備來場對峙。也許他甚至想證明她不能勝任。她從來就摸不清他的想法。今日，他那令人費解的態度似乎更甚以往。這證明了她在地下室這些年並沒有賦予她任何超能力。

她微笑，準備離開，忽視眼前的記者與推上前的麥克風。表面上，她的臉迎向陽光跨出步伐。而在內心，她打起哆嗦。

後方傳來一聲喊叫，接著是奔跑的腳步聲。「芳坦警探！拜託，我得和妳談談！」

茱德的步伐不變，也沒轉身。她說：「我不和記者談話。」

那女人追上來，在茱德旁邊跑跑停停。「我不是記者。我叫坎妮蒂．伯德，我的男友是伊恩・卡得威。他是《論壇報》主跑警方的報導記者。」見茱德似乎沒反應，女人急忙解釋：「三年多前伊恩見過妳，幾小時後他就死了。」

29

茱德在人行道中間停下腳步，訝異地看著坎妮蒂．伯德——與其說她是女人，嚴格地說更像女孩。嬌小，穿緊身牛仔褲，黑色帆布休閒鞋，留到下巴長度的紅髮上戴著紫色貝雷帽。

那年輕女子繼續說：「我一聽到妳活著的消息就不斷嘗試聯絡妳。」

若談到閃避記者和好事之徒，茱德可說是箇中高手。這女人只不過是在她逃亡成功後大刺刺試圖聯絡她的數百人之一。

「妳失蹤那段期間，」坎妮蒂說：「我向警察說明我男友的命案，想讓他們知道這和妳的失蹤有關。但根本沒人聽我說。」

茱德從人流中帶開女人。不遠處，一些人正在餐車旁排隊等候午餐。

「我想起來了，」當她們來到參天石造建物的陰影下，茱德說道。她和伊恩．卡得威在上城一間咖啡店見過面。「我很遺憾妳失去他。」

又一個這樣的人。尋求句點、尋找答案，想理解無法理解的事件——亦即摯愛的死亡。

茱德覺得自己需要向這名年輕女子大致說明那天的情況。「我們匆匆點了咖啡坐下，」茱德說：「他才介紹完自己手機就響起，隨即又說得離開就走了。就這樣。我們幾乎沒有任何談話。」她的手邊比畫著邊搖頭。「我很驚訝自己竟然還記得他。」

茱德望著人行道，看見烏利亞從人群中走來，眼神帶著疑問。

「妳完全不知道他為什麼找妳見面？」

「不知道。」

女孩注視著她，一臉不情願或可能無法接受自己聽到的答案。她對這一刻懷抱著無比期望，而且等了這麼久。「我一直以為也許妳知道些什麼。他當時正在調查一個叫做奧泰薇・吉米尼的失蹤女孩。」

奧泰薇・吉米尼……這名字為何聽起來這麼熟悉？

「我對那件失蹤案知道得不多，只知道女孩至今仍未尋獲。我總在想，他被謀殺可能和她有關。」

茱德說：「我根本沒碰過失蹤人口的案子，」這不合理，坎妮蒂肯定是誤會了。

「他怎麼死的？」

「毆打致死，遭人洗劫。」

這和他與茱德見面的原因似乎毫無關聯。每天每天，明尼亞波利斯都有人遭到毆打洗劫。年輕男性很常被當成目標。

「他們查不出是誰幹的，」女人說：「我**要**他們找到凶手，也一直認為……**希望**妳可能會知道。」她的雙眼泛起淚光，並咬住嘴唇。「事情發生時我甚至不在這裡，我覺得糟透了。我們當時剛好分開一段時間，我去波特蘭的朋友家待了一陣子。」

「我很抱歉，」茱德說：「我也希望能幫上忙，但我沒辦法。」

女孩拿出一張失蹤人口傳單遞給茱德。奧泰薇．吉米尼是個漂亮的女孩，約十六歲，一頭深金色直髮。現在，茱德想起那名字為何聽來這麼熟悉了。吉米尼的照片過去三年來一直都在她警局的抽屜裡，如今鎖進了證物室。

「我真不知道為什麼要帶來。」坎妮蒂說完轉身走開。

烏利亞慢慢走來，一手抱著一個紅白相間的速食容器，另一手是紙袋。「我多拿一份給妳，」接著他指著身後，「這是怎麼回事？」坎妮蒂紫色的貝雷帽還在視線範圍內，但她已融進人群，身影漸漸變小。

茱德說了前因後果，一面折起奧泰薇．吉米尼的照片，塞進外套口袋。

「妳說過不記得自己被綁架的過程，但我忍不住想，那天妳不記得的可能更多，也許還忘了妳和那個叫卡得威的傢伙見面的事。」

「我也這麼想。」

「妳不知道他為什麼找妳談？」

「不知道。但我發現你的想法沒錯。我不該在這裡，不該在重案組。」在記者室裡與父親的那一幕讓她再次領悟，她的過往——好久以前，以及最近——在在阻礙著他們的搜查。記者不會忘記她身上的故事，還有她的身分。「而我相當確定奧特佳正考慮讓我離開，但我不會怪她。」

她以為他會表示同意。

「妳怕了嗎？」他問：「就這麼回事？害怕沒什麼好丟臉的。害怕可以讓妳活著。不夠

害怕會怎樣呢？會害死妳。妳遭到攻擊，在安全帽裡發現一顆頭。拜託，這整件事簡直爛透了。」

至少至少，他沒有提到它是最後一根稻草。「我**是**害怕，」她說：「但不是你想的那些理由。有個女孩死了，而且很可能是因我們而死。那**才是**讓我怕得要死的原因。」

「我們只是盡自己的職責。做警察免不了造成一些傷亡損失。」

「我並不認為只要過程中拯救二十條生命，死個一、兩人就算划得來。」她說：「光損失一條生命就太多了，光損失一條生命就絕不能接受，也不可原諒。而一個年輕女孩——還在青春期的十六歲女孩？我們早該找人監視她。」

「我們不可能監視所有人。」

兩人突然察覺還站在人行道上，隨即朝停車場內的便衣警車前進。烏利亞遞紙袋給她，她搖搖頭。「晚點吧。」

「那在我吃這玩意兒的時候幫我拿一下。」他說，指著紅白盒子裡的炸鷹嘴豆餅。

她接下袋子。

「我知道這不干我的事，但……想談談妳和妳爸之間的狀況嗎？」他繼續走，邊嚼著豆餅邊問。別人看到還以為他們正在逛州裡舉辦的市集。

看到她父親，她腦海中某道開關就像被打開了一樣，而她很訝異那往昔的憤怒至今仍在她體內攪動。接著得知這場鬧劇一部分是由奧特佳精心編排時，同樣讓她備感憤怒。

烏利亞問：「妳母親過世時，妳才七歲還是八歲？」

「年紀夠大了，我記得非常清楚。」

「孩子容易將許多經歷混淆。我常想起一些小時候深信不疑的事……」

「人們也這樣對我說。但我那時八歲，不是兩歲、也不是三歲。一個八歲小孩已經有足夠的理解能力，尤其是在情感上。」

「我只是想拼湊真相。」

「別費神了。總之這男人很邪惡，你要不記住我的話，不然就全忘掉，回去裡頭和這城市所有人一樣拍他馬屁。」

「哇噻。」他停下來，因她的憤怒感到訝異。和父親碰面真的在她心中點起了一把火。

「好，我告訴你到底發生了什麼事，這樣你就可以像所有人一樣左耳進右耳出：我父母大吵一架，不久之後我母親就死了。我看到父親站在死去母親上方，一手拿槍，臉上一抹滿足的冷笑。」

「妳哥哥呢？」

「他也在。說法就是那樣的，不是嗎？他正在開槍射罐子，我媽走到他的射程內，我爸一抵達現場就從他手上搶過槍。合理吧？別對我說人都會吵架，也別說我當時還是小孩，誤解了實際情況；或說當人極度痛苦時看起來像露出微笑。早就聽過了，現在也不用再提這些。」她看得出他想問些問題，也看出他在她面前那難以掩飾的不信任與憐憫。

他們的手機同步響起，收到簡訊。兩人低頭檢查手機螢幕，是一則來自ＢＣＡ的訊息：

地下室屍體比對出結果了，正透過安全網路將資訊送到重案組。

基於某些原因，也許是因為茱德不想毀掉這勝利的一刻，她決定藏起自己的想法。於是她的手伸往鍵盤，登出。「我想我現在該吃點東西了。」

烏利亞從袋中拿出炸豆餅，撕開包裝，將內襯紙的錫箔紙滑過桌面。「狐狸家炸豆餅最好吃了。」

茱德瞥了一眼那口袋餅裡的紫甘藍菜。「我從沒吃過這個。」

「那簡直是犯罪。」

她咬了一口。表情一定是從懷疑變成愉悅，因為烏利亞說：「就說很棒吧。」

茱德的手機震動，簡訊傳來。她看了看螢幕，是證物室。他們通知摩托車可以帶回去了，而且顯然還幫忙修好了燃料管。

30

在茱德公寓的那條街上，格蘭．王坐在便衣警車裡大嚼能量棒，看著人們在她的大樓進進出出。與他搭檔監視的是個叫做克雷格的菜鳥，在巷裡另一輛車上蹲點。沒有人能在不被兩名警官看見的狀況下進出。

自從茱德遭到攻擊過了四天，目前為止沒有發現不尋常的狀況——除非將那些買賣毒品和車震的人們也算進去。

監視很快會喊停。他們沒錢，更重要是他們沒有人力。等那時候，茱德剩下的選擇就是僱用別人，或搬到更安全的社區。也許是連接天空走道的公寓，就像烏利亞住的地方。

要格蘭來監視是有點大材小用，奧特佳原先指派另一名警員，但當格蘭自告奮勇（即便他還負責特勤小組的工作），奧特佳依舊交付他這任務。也許，她猜想他希望幫忙看顧他們的同袍——她猜得沒錯。而他特別想顧好茱德。

格蘭的手機響起。他瞥向螢幕，點擊了「接聽」，眼神又回到公寓大樓。「嘿，茱德[2]。」他行之有年的爛笑話。他不確定她是否也覺得好笑，即便在她還極富幽默感的時候。她曾是局裡最瘋狂的人。很難相信。而他所謂的瘋狂，是那種超好玩的瘋狂程度。

她對他說：「我在裡面了。」

五分鐘前，他看著她的摩托車自街上出現，轉個彎，朝小巷騎去。車子在那裡由底下進入大樓。她得到的指示是一進公寓就要向他回報。

可靠又有效率的茱德．芳坦，這和他幾年前認識的芳坦絕對是不同的人。以前的她感覺幾乎像個孩子，但絕對是優秀的警探之一。她和誰都開玩笑，一下班就去酒吧。會玩樂，也享受性愛——或許有點太享受了。

現在的她不玩樂，也沒有性愛。好吧，也許她會和艾胥比喝個幾杯，但即便是這樣都相當罕見。就格蘭觀察，一下班她就直接回家。她沒有另一種生活。公司以外，就是家。

「屋裡安全，」她說：「也鎖好門了。」

大樓比外觀上安全許多。走道上裝設有攝影機，門上有門鎖，地下停車場需要密碼才能進出。

他對她說了晚安。

時間拖宕，但午夜終於降臨。他後方來了一輛車停下，關了車燈。格蘭檢查後照鏡，認出是來換班的人。他轉動車鑰匙，發動車子。事實上他恨不得盡快離開這裡。十二小時沒有休息，幾乎動也沒動，小便在罐子裡。他真不知道那些全天候執行任務的人怎麼做得來。

他沒回家，而是直接前往林戴爾社區整晚營業的健身房，停進停車格，刷了通行卡進去，在更衣室脫下T恤。

他變胖了嗎？他不禁想，一面打量著自己在全身鏡中的側影。可能嗎？不過幾天，人可

---

2 格蘭以披頭四的名曲〈Hey, Jude〉向茱德開玩笑。

能就這麼胖了嗎？

他捏了捏肚子上的肉，沒什麼比瘦子身上的鬆弛贅肉更糟的了。他手指摸過二頭肌上的疤痕，這是十六歲時的紀念。幫派械鬥。他活了下來，但兄弟死了。

那之後不久，他決定成為警察。孩子的蠢念頭。但他苗族裔[3]的母親和祖母直到今日仍感驕傲，因此令他無法坦承這其實是個錯誤……不過也許不是錯誤。這給了他認同感，是少了這個選擇就缺少的認同感。

手機嗡嗡響起，他看向螢幕。不是電話，是茱德傳來的簡訊：**謝謝**。

她知道他會在午夜時離開。

他回答：**別放在心上**。

茱德．芳坦依舊是他的軟肋。

3 Hmong，美國的亞裔族群之一，主要來自東南亞，如寮國、泰國、越南或苗族。

31

燈號轉綠，茱德以腳尖將摩托車打到一檔，放開離合器，疾奔過十字路口。她塞進腿下的印花裙子，現正面臨飛揚的危機。她背包裡有一瓶為了餐會買的酒。

她到底在幹嘛？夏日洋裝、酒、餐會。當烏利亞傳簡訊來提醒她奧特佳的邀請，她一度無視這封簡訊。到了購物中心，她卻發現自己找起了洋裝，更發現自己正在試穿。她想像自己能夠換上一件又一件不同的皮囊前往各地。在她還沒意識到之前，她已經走到排隊結帳處付錢買下洋裝。

反正隨時可以退貨。

接著她買酒。

反正也可以自己喝。

但事實是，逃避餐會的決定會顯得她怯懦，她很清楚，而她並不容許自己當個懦夫，即使面對這樣一個顯然無害的餐會。所以她來了，騎著她的摩托車，前往奧特佳位於坦格鎮的家，一個有著古早氛圍、一派明尼亞波利斯風格的社區；一個感覺安全、毫無停電與偷盜風險的社區。

後來，她才發現那是一棟淺藍色維多利亞式的房屋，坐落在俯瞰明尼賀哈溪與一條慢跑步道的山丘頂。她將摩托車熄火，腳架立好，調整自己的背包，走上陡峭的水泥臺階，前往那棟維多利亞式屋子。她在門口停下，伸出的手懸在門鈴前方。

按下門鈴，不准逃跑。

雖花了點時間，但總算有個深色皮膚、髮色灰白的小個子男人應了門。他穿著一件紅圍裙，她想這一定就是那位惡名昭彰的燒烤大師。

她聳著肩放下背包，拉開拉鍊，拿出一瓶酒給他，一副不交出某樣祕密信物就無法入場的謹慎模樣。「我是茱德·芳坦。」她本想補充是**根本不該來的**茱德·芳坦。

他微笑。「歡迎！歡迎！」並作勢讓她隨他進屋。「大家都在後院，我正好進來拿烤肉醬，這才聽到門鈴聲。」

他非常好心，沒有點明自己當然知道她的身分。他的太太是警察局長，他會讀報紙，也會看新聞。茱德問：「可以借一下洗手間？」

「走道走到底左手邊。」他指著。「之後可以從這頭來後院。」他再度指出。

她點點頭，轉過身，大步走向浴室，門在身後關上鎖起。

茱德在洗手臺轉開了水，沖了馬桶。望向鏡子中的自己，確認是否和她感覺起來一樣怪。睫毛膏、脣膏——另一個衝動購物——看起來荒唐透頂。她從盒子裡抽出衛生紙，使勁擦掉嘴上的脣膏，然後將衛生紙丟進垃圾桶。她眼上的割傷正在癒合，卻仍在原處。也許應該要縫一下的。

她深吸一口氣，逼自己離開浴室，走上那條走道，前往廚房。透過餐廳桌子上方的大窗戶，她看見了烏利亞、奧特佳和格蘭。他們坐在草坪椅子上喝酒談天，三個年輕女孩一邊尖叫一邊在院子裡亂竄。

茱德覺得肚子上彷彿被插了一刀。她試圖理解這樣的感覺，在它跑掉時極力抓牢，又因拿它沒轍而決定忽略。又是另一聲喊叫、另一道笑聲。又來了，那猶如戳刺的疼痛。當她終於知道那是什麼，不禁驚訝地倒吸一口氣。稍早之前，她感受到的是驚慌。但這是恐懼，深刻而難以言說的恐懼。是毫無明確來由，沒有樣貌、沒有名字也沒有邏輯的恐懼。而這一切來自透過廚房窗戶看見的一家人。

門打開，烏利亞走進來。牛仔褲、T恤，手中拿著一些空啤酒瓶，還有一只裝著融化冰塊和擠乾汁液的檸檬的玻璃杯。「我聽說妳來了，」他在長桌放下空瓶和玻璃杯，細細檢視她身上的洋裝——不只——還有她的精神狀態。她看得出他沒喝酒，猜想那空杯是他的。

他問：「還好嗎？」

「我做不來，」她手梳過頭髮。「幫我和奧特佳說，我很謝謝她邀請我。」

「太快了嗎？」

知道他能夠理解，茱德鬆了一口氣。而他似乎並不打算說服她留下來，她更是如釋重負。她點點頭。「我以為至少可以稍微體驗一下平凡的日常生活，以為這樣可能不錯。但我沒辦法待在這裡。」

他緩緩消化這件事，同時點點頭。「洋裝不錯。」他的語氣實事求是，就像在說無論如何至少還有一件好洋裝。

她低頭，瞥到腳上的黑靴子。靴子似乎是唯一讓她感到自在的裝扮。

「我送妳出去。」

每朝前門走一步，她的感覺就好一些。一到外面，她深深吸進一口氣。她身後，烏利亞靠在門框交叉雙臂，似乎忍不住要說：「聽說還有手工冰淇淋。」

但他沒說，只說了還是希望妳留下——對於這句話，她露出微笑，轉身走開。沒多久，她聽見門在身後「喀」一聲輕輕關上。

跨坐在摩托車上，她翻遍後背包，找到幾天前奧特佳遞給她的那張紙。她瞪著紙條上的字，拿出手機，輸入號碼，按下撥號鍵。

艾瑞克接起時，聲音聽來心不在焉。

她說：「是我。」她沒有忘記，這是她逃亡當晚一見到他說的那兩個字。

「茱德。」痛苦仍在，參雜些許小心翼翼，或許還帶著一絲希望。

「不知道你想不想見面喝個咖啡？」

「現在嗎？」

「現在。」

⁂

艾瑞克問：「就和以前一樣，是不是？」

他希望是，也許茱德也希望，也許真能這樣。他們坐在上城一家咖啡店裡，兩人點了拿鐵，陽光透過窗戶的植栽灌入室內，灑在咖啡館的桌上。門以一張手繪的椅子撐開，她能聽到轉角的街頭音樂家漫不經心地演奏交換樂團的一首老歌。同時，公車散發出的柴油味混合了烘咖啡豆的氣味。透過窗戶，她看到嬉皮站在人行道邊欄一根電線桿底下抽菸，桿上包覆了陳年釘書機釘上的破爛傳單；街頭小混混騎著造型特殊的高腳踏車，呼嘯過街。

他們曾一同來此。當他提議此處時，她有些猶豫，但後來她想也許這麼做是對的。她的確有意避開熟悉事物，但可能也該是時候張臂擁抱、面向現實。

艾瑞克一直注視著她，她也看向他。他看起來還是一樣，然而又不太一樣。淺棕色的頭髮比以前長，臉上略帶鬍渣。目前為止，他連一口咖啡都還沒喝。她不禁思考，這是否因為不想破壞上面的樹葉拉花。

他告訴茱德她氣色有多好，也是第二個稱讚她洋裝的人。

「你還在當物理治療師？」她問。

「是啊。」他語氣中略顯滿意。

他們是在她調查一起凶殺案時認識的。一樁毒品交易擦槍走火，直接在街上開戰。所有目擊者都怕得不敢出面時，他站了出來，這讓她相當激賞。他做了正確的事。現在他也是在做正確的事嗎？

「妳知道嗎，我真的找過妳，也等妳回來。警察認為妳死了，所有人都認為妳死了。」

又或許這麼做是為了獲得赦免？「沒事，我懂。」

一頭黑髮、渾身刺青並穿著撕破緊身褲的女服務生出現，問他們是否還要點什麼。茱德很喜歡她這樣，似乎當他們是隨處可見的一對情侶；也可能只是來喝咖啡、約會的友人。她漸漸了解，自己之所以較喜歡和陌生人互動，是因為他們不會像那些知道她過往的人們一樣，萌生異樣的尷尬。

服務生一離開，艾瑞克就往前傾身，手肘放到桌上，袖子往上扯。「我想要妳回家。」這話出乎意料——咖啡，然後直接回家？「她怎麼辦？」他們很清楚她在說什麼。

「她走了。妳回來後，我們之間再也不一樣了。我們之間走不下去，我們也很快就理解到這件事。她離開兩個月了。」

「你這麼做，純粹是因為覺得這是正確的嗎？」

「我這麼做是因為我希望妳回到我的人生。」他將手伸過桌子，指尖掃過她的指節，先以小心翼翼的態度。他的觸碰熟悉得出乎意料，而她喜歡。她沒有抽回，於是他緊握住她一隻手。「就試試看。我們有什麼好損失的嗎？」

「什麼時候？」

他笑出來，輕輕一捏她的手再放開，好像知道握得太久可能會讓她感到不自在。他一個聳肩、一個微笑，大大展開雙臂。「現在？今天？」

「我得想一下。」**這件事**合理嗎？但話說回來，**這一切的一切**難道就合理嗎？「我房子簽了半年約。」

「就搬吧。再留那公寓一個月，然後轉租出去。搬來和我住不會多花妳什麼錢。這幾年我加了點薪水，可以養得起我們兩人。妳甚至不需要工作。」

她的臉色一定變了。因為他急忙說：「除非妳想工作。我只是說妳不一定需要工作。聽到妳回重案組時我很驚訝，不只因為妳竟然做出這個決定，也因為他們竟然這麼快就讓妳回去。」

「你不是第一個這麼說的。」

「妳覺得如何？我想這對妳應該算好事。待在熟悉安全的環境可以幫助妳恢復，而且我會陪在妳身邊。現在妳倚靠誰呢？還有誰能說話？」

「我努力**不要**和任何人說話。」

「茱德，那不太好。」

她啜了口咖啡。「我不要任何人照顧我或寵著我。」

「揉揉背呢？這樣可以嗎？」

她笑了出來。

他若有所思地看著她。「回家吧。我們屬於彼此。」

眼下的新生活沒有一處對勁，而艾瑞克關心她；他想要她。這至少值得些什麼。也許烏利亞是對的。也許她得找回以前的她。也許，她可以再變回那個人。這是重新來過的機會，是讓她腦中的電影得以播放的機會。「我會的。」

這話脫口而出沒多久，她口袋裡的手機就震動起來。她低頭看螢幕：**烏利亞**。

「我得接這通電話。」她稍微側身接電話時，聲音中帶有一絲歉意。

「剛接到海尼平郡警察局的電話，」烏利亞說：「在這裡以北發現一具無頭屍體，距離聖克勞德不遠。」

她瞥了一下艾瑞克。「女性？」她最多只想說出這兩個字。

「對，我準備要過去了。」

他們是市警。與警署不同的是，他們沒有通行全州的管轄權。但若屍體屬於蘿拉．霍特，茱德想去看看犯罪現場。

「十五分鐘後到我家接我。」

「沒問題。」

掛斷電話。她放回手機，抓起背包。「我得走了，」她對艾瑞克說：「再打給你。」

32

對雙子城的人來說，「去北邊」是夏日傳統。這是住在如此冷峻的州裡還算值得的幾件事之一。週五下午的州際公路會塞滿北向車輛，週日路況也水泄不通，因為大家都要回到工作崗位及城裡的生活。

茱德小時候常坐車移動在聖克勞德以北的十號公路，但她已經好幾年沒走這個方向。現在，當她望著景色在窗外後退，注意到熟悉的地標，比如宣傳觀光客愛去的加油站大看板。他們一家人常在前往家族小木屋的路上停下車來買零食。那面招牌沒有變：木頭製，樣貌庸俗的黑熊和小熊。

烏利亞開車。他們丟硬幣，而他「贏了」。她很高興。但這趟旅程經過一小時後，她不禁想自己握方向盤可能比較好。這樣她就能專注在路況上。

而現在她心神飄盪，還想起了母親過世後她拼湊製作的剪貼簿。還是孩子的她，剪貼關於槍擊的新聞剪報和訃聞，連葬禮上的花也留了下來。當她年紀再大一點，也加入小木屋的照片，以及周遭環境的手繪圖與快照。而今，她不禁猜想著那本剪貼簿在哪裡。還在艾瑞克家嗎？

「我不想停在這裡。」當她看到烏利亞打算停進黑熊加油站時開了口。她無法處理更多的回憶。「再過去幾英里應該還有別的加油站。」然而，此時此刻，這麼多年過去，她仍有一股排山倒海的衝動，想回到母親死去的場所，那塊屬於他們家的土地。

他不發一語關了方向燈加速。

很幸運，**的確有**另一個加油站。他們加滿油，抓了些餅乾，再次上路。十五分鐘後，GPS帶著他們來到犯罪現場。

現場是這一帶的典型樣貌。丘陵起伏，整片濃密的常綠植物，兩側圍繞林地和白色樹幹的樺樹。滿是雜草的泥土小徑順著一道損壞的有刺鐵絲網圍籬延伸向前，看上去確實是棄屍的完美地點。又或是凶手慌了手腳。這不算少見，甚至可說很常見。

現場停著好幾輛警車，停得漫無章法。大部分是郡警車。

他們停車，下來。

這裡的氣溫比起城裡少說下降十度，沒披件外套略顯寒冷，但陽光很暖和。空氣經過邊境水域自然保護區與沒遭到汙染的大片陸地過濾，純淨得像是直接吸入星辰，連色澤與光影都更為深沉鮮明。

他們問了一些人，才被帶去見那名發現屍體的警員，是個身穿棕色郡警制服的中年男子。

「騎腳踏車去邊境水域時，人們通常會走這條路。」他們亮出警徽、自我介紹後，普魯特副警長對他們說。「在夏天可是了不得的大事。一堆騎士在公路停下，然後就看到這個──一隻手。當然一開始他們以為是橡膠手，萬聖節的玩意兒，不過並不是。」他將已裝袋的斷手遞給烏利亞。烏利亞非常不想接過來，心情全寫在臉上，倒不是因為那隻手，而是因為……和茱德一樣，他擔心的應該是這種馬虎的證據處理方式。

「所以我回家帶獵犬過來，讓牠好好嗅一嗅，然後牠就出動了。」

茱德問：「手和屍體分別在哪個地點找到？」她從烏利亞手中接過袋子，與他交換了一個擔憂的眼神。她希望BCA能快點抵達。

「那兩個地點距離約兩英里。我想我比較走運，因為從公路那一頭容易來這塊林地，就帶狗到這裡。我想不管這是誰幹的，鐵定忘了扔掉手，等要開去大路時才隨便一扔。」

茱德說：「這個說法聽起來很有可能。」

她沒有提到帶狗來可能不是個好主意。這個區域已經受到汙染，不但到處是狗的足跡，還有靴子印。即使是現在，警員都還在這兒四處走動，而且顯然非常多交通工具行經那條通往樹林的小徑，想取得輪胎印根本是不可能的任務。BCA也有固定流程得進行。他們必須封鎖兩個地點：那個淺淺的埋屍處，以及公路旁找到斷手的地點。根據目前犯罪現場狀況判斷，茱德不禁懷疑普魯特是否已標記下公路上找到手的位置。

警員帶他們到小徑，經過一些靠在警車上的警察。警察們都在等BCA抵達，大多數人臉上出現噁心的不適神情，並因林中陳屍而躁動不安。

灌木濃密，有刺植物在他們走過時勾住衣服。「就在那裡，」普魯特指著遠處深藏在樹木環繞的林蔭地上的一壟土墩。「沒錯，我四處挖了一會兒。我知道我可能不該這麼做，但我想在通報前確定那的確是人。」

他一手握拳掩在鼻前，大步走開，留他們在原地。

在甜膩令人作嘔的腐肉氣味中，無庸置疑摻入汽油的味道。屍體被棄置在一條溝渠裡，全身浸油，點火，覆上土。「當場焚燒，」茱德說：「而且**兩隻手**都不見了。」女性，但完全無法辨識年紀。「只有一半的身體燒焦，我猜他們很趕時間。」

「這可能是我見過最讓人不安的畫面。」烏利亞低頭望著那團燒焦無頭的肉塊，痛苦地悶哼了一聲。「站在這裡，看著這玩意兒，讓我因為自己沒有小孩而謝天謝地。這世界要下地獄了。現在……此時此刻我想離開。就這樣上車開走。可能開往邊境水域吧。如果妳沒去過那裡，真該去看看。我們搞不好現在就該這麼做。往上開到伊利，租個獨木舟之類的。」

茱德問：「如果不去阻止人們幹壞事，為什麼要當重案組警探？」

他轉身背對屍體，稍微走開幾步，走到上風處。「我爸是警察，我一直很崇拜他，看著他幫助人們。基於某種原因，我懷著這種天真的想法，認為自己加入了一個高尚的職業。但妳知道嗎？八成的人恨我們——**他們恨我們**。我們甚至不見容於這個社會，我們真正能交流的只有其他警察——那些也被人們憎恨的警察。可我們得處理這種案件，和那些對人幹出這種事的傢伙糾纏不休。最終人們還是那麼憎恨我們。這到底哪裡合理？哪一行會這麼被人看不起？」

茱德冷靜地回答：「律師？」

「我不覺得他們被憎恨的程度像警察那麼高。」

「你說得可能沒錯。」

「警察是怎麼崩壞至此的？」他又從屍體旁邊再退開幾步。「警察，再來律師。律師之後又是誰？」

「少不了第四臺業者。」

「或房東？」

「他們鐵定上前十名。」

「所以是這樣……孩子還小的時候，當他們說長大要當消防隊員或警察，說的可不是要做這世上最多人痛恨的行業。」他搖搖頭。「我想我有點離題了。我們怎麼會談到這些？」

「你說沒有孩子覺得謝天謝地。」

「啊。」

「妳覺得是她嗎？」

「根本看不出來，但我可以賭上一切，就是她。」

「為什麼凶手高調處理首級，卻打算藏起屍體？這合理嗎？」

「倘若凶手認為屍體會洩漏太多線索，就很合理。」

「那兩隻手呢？」

「為了掩去指紋的低劣手法？我猜凶手原本打算切得更碎，後來又決定燒掉屍體。但**這方法**太粗糙了。」

他們聽到引擎聲，抬頭看到一輛ＢＣＡ的白色廂型車沿泥土小徑笨重地往上開。車子停下，犯罪現場小組從車上下來，帶著證據處理工具箱。

鑑識小組的領頭上前對他們說：「我要大膽假設，我們都有共識認為屍體屬於蘿拉・霍特，」他叫史考特．詹姆斯。「兩天後ＤＮＡ匹配應該就會出爐，我們一有結果就聯絡你們。」

茱德將裝了手的袋子遞給他，走到隱密處拿出手機，看到電池還有三格而鬆了口氣。她滑過聯絡人名單，打給查爾斯．霍特。他接起來時，她問他是否在開車。

「我還在家休養等槍傷復元，打算明天回去上班。」

茱德說：「我想在這件事上新聞前先讓你知道。」沒有任何方式能減緩衝擊，所以她連試也沒試。「在聖克勞德東北方的林地區域找到一具無頭屍體。目前正要做ＤＮＡ測試，在這之前我們不清楚受害者的身分。」

霍特先生從彷彿被堵住的喉嚨中悶哼了一聲，茱德想像他手伸向一旁試圖穩住自己的畫面。

「目前你什麼也不能做，」茱德說：「我只是希望你從別處聽到之前先告訴你。一旦我們拿到結果就會聯絡你。」

茱德掛斷電話，吐出一大口氣。

※

又過一小時，她和烏利亞回頭前往明尼亞波利斯。此時烏利亞意外下了公路。「我得喝一杯。」看見她臉上的疑惑，他解釋。

「你又沒在喝酒。」

「妳怎麼知道？」

「我看得出來。」

「闖進我舊家的酒窖一棒打醒了我，我決定最好還是遠離酒精。但是基於剛剛看到的情景，這似乎是再一次喝酒的好時機。」

車子顛簸著開進一間叫「十字路口」的酒吧的停車場。那棟建築側面貼著木頭，長且低矮，除了窗戶裡的霓虹啤酒招牌，看起來幾乎像住家。

烏利亞熄火，鑰匙塞進口袋。

「我要搬回去和我男友住。」他們下車關上車門時，茱德說。

他停頓了好長一段時間，久到露出不認同的眼神盯著她。「那樣好嗎？」

「也許好，也許不好。」

他若有所思的眼神持續凝視，她幾乎覺得他像是再也不會開口說話。然後——「恭喜妳，」他終於說：「什麼時候搬？」

「很快。」

「需要幫忙嗎？」

「不用，謝謝。我也沒多少東西。」

「我想也是。」

「我心情複雜。」

「不需要就這麼定下來，不過有人一起住是好事。比較安全。」

他們走向酒吧。茱德說：「我們以前還談過生孩子。」

「真的嗎？」他幫她頂著門時，語調聽起來頗為驚訝。

這是明尼蘇達很常見的那種門。兩扇門，第一扇通往小小的五乘五門廳，緩衝了外頭降到華氏零下四十度時會隨訪客竄進來的冰冷空氣。

「很怪嗎？」她問：「我？有小孩？」

酒吧裡很冷又昏暗，只有一名穿格紋襯衫、坐在吧檯盡頭盯著電視上肥皂劇的傢伙，沒有別的顧客。

「妳和小嬰兒？的確有一點怪。」

「謝了喔。」

「這世界對孩子來說太亂。若妳想生，最好期望局勢有所改變。畢竟妳也想給他們好一點的未來。」

「總會有邪惡的人，」他們鑽入一個可以獲得些許隱私的雅座，她說。「永遠會有邪惡的人，這件事永遠不會改變。關鍵在於你怎麼對抗他們——**如果**你想對抗的話。我在思考我們，思考那些與林中屍體有所關聯的人，人生的祕密就在那些片段之中。我們無法回頭，也看不見宏大的願景。那太廣了，真的太廣了。我們必須專注在車頭燈照出的事物，不管那是什麼，這樣就好。」

「妳是說，妳覺得獲得了感召？」

「不是感召，是目標。我要找出對蘿拉·霍特做出這種事的人——或人們。」

「她已經死了，這件事已經發生了。我們沒能阻止，我們無力阻止這件事發生。」

「我很抱歉。」因他陷入痛苦而抱歉，因蘿拉．霍特死去而抱歉，因他們完全沒有離凶手（或凶手們）的真面目更近一點，她很抱歉。

「我得承認，最近這些針對女性犯下的暴行讓我很消沉。而我知道我一味沉溺在自身的情緒中對妳來說很自私。畢竟比起妳經歷過的一切，我不過是個旁觀者。但是妳看，我的確是個自私的王八蛋。」

酒保在他們面前放下紙杯墊，茱德點了可樂，烏利亞喝威士忌。

兩杯下肚，他話匣子打開。

他說出來了，關於他為什麼跑回舊家。他問：「妳知道我太太是自殺嗎？」

「我聽說了。」

「好長一段時間我都責怪自己。她去明尼蘇達大學上課，而我工作時間很長。幾次她想出門，想談心，想做愛，我都不在她身邊。可是後來我以為一切一度好轉。」他沒有看她，又喝了口酒。

「她有遺言嗎？」

「沒有。」他喝空酒杯。「愛倫只是個小鎮女孩，是我硬是拉她來這裡。她不想搬家，她很想家。她恐懼很多事，我想我從事的工作又加深了這一點，使得那些潛在的恐懼變得更清晰。我說服她回學校念書，也許拿個文憑，情況有因此好轉，她似乎很開心。」他聳聳肩。

「我不知道發生了什麼，更糟的是，我根本不知道自己為什麼沒察覺這結果。而一直困擾我、讓我無法不去想的就是她自殺。她到底為什麼要這麼做？」

茱德瞥到一名侍者朝他們的雅座走來，輕輕對她搖了搖頭，那女人便點了頭回到吧檯。茱德說：「離開前我們打一局撞球吧。」想稍微分散烏利亞再來一杯的念頭。

這招有用。他推開杯子。「賭五塊我贏。」

他們打球時，球一面從臺上消失，兩名警探一面以不會被旁人聽到的音量悄悄討論案情。他們各持不同理論，但沒有一個能讓兩人都滿意。

賽局算是勢均力敵。

「八號球入腰袋。」烏利亞終於說，舉起他的球杆指了指。

黑色的球落下，沾了藍色巧克粉的白色母球在綠氈上沿邊欄往底袋滾——擦邊入袋。烏利亞掏了錢。

公平公正，但茱德寧可以八號球落袋拿下這局。她收起鈔票，將球杆插回架上，伸手去要車鑰匙。

33

他的女孩。

他沒這麼常來了。有時她寫滿整整兩本日記，他才會抱著一個裝雜貨的袋子和要裝進燈裡的電池出現。雜貨袋裡裝了幾盒穀片和盒裝牛奶，能量棒、燕麥棒，再加上一桶桶水，現在她已學會分配用量。有一次她喝得太快，因為脫水出現幻覺……總之這是他告訴她的原因。她問他是不是醫生之類的人，他便打她耳光。

她用那水清洗自己。但老天，她真的太想好好淋浴了。有時她會幻想，若能有選擇她會怎麼選：漢堡、薯條、巧克力奶昔……還是淋浴？這是一個艱難的決定。

她縮在她那側的床墊，腹部一陣疼痛。她胡亂摸索著燈尋找開關，終於找到了，轉開。

他對她的日記失去興趣，他再也不讀了。但她還是寫他，雖然不再帶著過去的迷戀，但仍是喜愛。

自他來見她至今過了多久？幾個禮拜？她很確定過了幾個禮拜。她只剩下少少幾根燕麥棒和一加侖水。

她一直對自己的勇敢感到驕傲，可是現在她感到害怕。不是怕他，不是怕他可能會對她做什麼。她的恐懼，她愚蠢且真心誠意的恐懼，是抓走她的人——她的愛人——再也不會對她做**任何事**。她怕有一天他僅單純地決定**再也不回來**。

34

無頭屍體和斷手的確屬於蘿拉・霍特。在這場北方小旅行兩天後，茱德和烏利亞坐在警察局同一條街上酒館的露天座位桌前，附近沒有其他老顧客，只屬於他們的角落。剛出爐的驗屍報告就放在兩人的盤子之間，烏利亞點了火雞肉、起司與現烤麵包拼盤，茱德則是青醬酪梨三明治加上甜點。

「你該試試我的布朗尼。」她指了指。「有點驚人。」

她翻閱報告時他剁下一小塊。DNA符合，如他們推測。

「這挺有意思的，」她將實驗室的報告遞給他，他讀完，抬起眼神。「氯。」

「少量，不在肺裡，卻在皮膚上。」

目前為止，他們還幾乎無法拼起蘿拉遭殺害那天的線索，但可以確定的是葬禮後她回了學校，和一些朋友在咖啡店廝混，然後再也沒有回家。

烏利亞說：「我會打給她父親，告訴他這個消息。」

「比較好的做法是親自去拜訪，」茱德看了看手機上的時間。「他應該在公司，我建議我們直接過去。」

「在上次那場混亂之後？我不確定這樣做比較好。」

「我想看他的反應。」

他們吃完，收拾好留下小費，接著站起身。

查爾斯．霍特是一名信貸顧問，辦公室位於市中心，就在距離警局不遠的南第八街上的IDS中心。茱德將便衣警車停在路邊，烏利亞在計費表上刷了警局信用卡。在IDS中心裡，他們確認商號名錄，等了好一陣子才拿到臨時相片通行證。他們通過保全門、搭電梯到二十三樓的霍特辦公室。

「兩名警探找你，」在接待處櫃檯工作的女人打了內線。回應百分之百是肯定的，因為她隨即掛上電話，帶兩人走上鋪了地毯的走道。

一看到他們，霍特的臉就變得蒼白。倒向椅子之前，他勉強對他們說了「請坐」。城市的天際線就在他背後。

「我們帶了消息來。」茱德在他對面的椅子上說。

「我不確定自己準備好了沒。」他抬起顫抖的手抹著額頭，另一隻手上是灰白色的懸吊帶。「這一切到底能不能結束了？我很希望它結束。」

這些字句彷彿從他體內衝了出來，源頭是麻木而絕望的深淵。這深淵誕生於心理上永遠無法接受的一連串事件。

茱德沒說出口的是：這永遠都不會結束。查爾斯．霍特將永遠無法在某天醒來後感到好運、慶幸，或覺得上帝保佑。對於早晨的降臨，他心中再也無法充滿純粹的興奮。美麗的日落將令人雙眼發疼，因為那是他女兒再也看不見的日落。

「DNA符合，」烏利亞輕聲說：「兩天前森林裡發現的是你女兒的屍體。我很遺憾。」

他拉開一個皮套的拉鍊，拿出牛皮文件夾放在桌上。「這是驗屍報告。」烏利亞的手並未從文件夾上移開，而是直接傾身向前。「裡面裝有八乘十的彩色照片。如果你希望，我們可以保留報告，只傳達關鍵資訊。我可以收好資料，幫你留著。但如果你決定收下，我的建議是：不要看——至少現在別看。放在保險箱，或是上鎖的文件櫃。看它不會帶來任何好處。」

茱德補充：「我們尤其認為讓你太太看到不會帶來任何好處。」她知道那名可憐的女人已經交保回家。

男人點點頭，朝文件夾伸出手，拿起來，但沒打開。他將文件夾抱在胸前，嘴脣顫抖，雙眼發紅，淚光閃動。「這告訴了你們任何資訊嗎？」他問：「這份報告？」

「霍特先生，你知道蘿拉被殺那天是否去過游泳池？」茱德問：「她可能在學校上游泳課？」

「這學期沒有。為什麼這麼問？」

「驗屍報告指出她的皮膚上含有氯。」茱德解釋。「你能想到任何可能的原因？也許是某個家裡有泳池的朋友？若不是學校，她還可能去哪裡游泳？」

「我實在想不到。她很可能去了某個我不知道的地方。她很有主見，而且不會什麼都告訴我們。她畢竟是個青少年。」

他們謝過他，致上同情，表示會保持聯絡便離開了。

「你為什麼叫他不要打開文件夾？」他們朝電梯走去時，茱德問：「我打算在他看照片時觀察他。」

烏利亞按了「往下」按鈕，轉過來面對她。「我知道。」

「所以為什麼？」

「妳還記得妳上工第一天時對我說了什麼嗎？不記得？我倒是記得。妳說善良可能是身為人最重要的特質。」

「但面對潛在罪犯時並不適用，尤其是那些可能提供我們資訊的人。父母永遠是頭號嫌疑犯。」

「他什麼也不知道。有時妳必須判斷何時不要當警察，只要當個普通人。」

35

Uber開走時，茱德提著塞滿兩大包黑色垃圾袋的行李靠近舊家門前，兩手各一包，後背包是筆電、資料夾和筆記本，重得深陷進肩膀。稍晚，她會回公寓牽摩托車。

這是週三接近傍晚時分，距離在上城和艾瑞克碰面喝咖啡後過了三天。可說是明尼蘇達氣候另一個美好的範例。空氣很乾燥，天空澄澈，溫度約華氏七十五度，幾乎稱得上是能彌補冬日的一天。

艾瑞克提出去接她的建議——嚴格來說是懇求。但她想自己過來，靠自己回家。也因為一些連她自己都不太清楚的原因，她不想要他進她的公寓。茱德不是不好意思，她並不覺得那是個令她丟臉的住所。感覺起來更像是：她希望將這棟房子與住在裡面的男人和自己那間公寓區隔開來。她應該早點看出這警訊才是。

她敲門，他微笑著來開了門。她不禁想，這和上回她站在同一個門廊前的情況有如天壤之別。那瞬間很可能會永遠銘刻在她的記憶中。他的恐懼，那個她至今還不知道姓名的女人，取代茱德地位的人。而今，茱德取代了她。

「進來吧！」艾瑞克顯得很興奮，她不自在地意識到自己此刻仍如此缺乏情緒。她也應該要興奮嗎？她也應該**很開心**嗎？

這間雙拼公寓是兩層樓的奶油色灰泥屋。他們住左邊，樓下是廚房、半套衛浴和起居室，樓上是臥室和全套衛浴。從臥室窗戶可以看到聖瑪莉大教堂的圓頂。

「來，我拿行李到我們房間。」

他接過她手上的垃圾袋朝樓梯走去，而她的肩膀不覺抖了一下，卸下背包丟在沙發上。

我們房間。

「我做了點東西，可以一起吃。」當她隨處閒晃，查看著熟悉與不熟悉的物品，他從二樓喊著。沙發沒變，但加入了一張花朵紋樣的椅子。新電視，新檯燈，內嵌書櫃仍有滿到溢出來的書，大多是她的。她一本接一本抽出來又放回去。

「我努力讓所有東西回到原先的位置上，」一下樓他立刻說：「大部分都在倉庫。我之前實在無法直視任何屬於妳的物品。」

她想起了那本她為母親蒐集製作的剪貼簿。

「說點什麼吧，」他說：「妳感覺怎麼樣？」

感覺是**什麼**呢？

她以細細審視的眼神打量他（她很清楚這會讓他不太自在）。他不帥，但很有魅力，散發出一股幾乎令**她**不自在的天真坦率。而此時此刻，他就像個愛玩鬧的孩子，感到焦慮緊張又興奮不已。他噴散出的情緒向她襲來。

她說：「我想上樓看看。」

他跟過來。

「我想自己看。」

他停步，她知道自己傷了他的感情。

她放軟聲調解釋：「我只是需要獨處幾分鐘。」

他點點頭，似乎理解了。「我去廚房。妳好了就下來，我們就能吃飯了。我做了妳最愛的墨西哥烤雞肉捲佐鱷梨醬。」

樓上的雙人床鋪著一條粉色帶綠的被子，她在垃圾袋旁放下背包。被子是新的，窗簾也是——女性喜愛的軟絨質料。非常可能是由那位沒有名字的女人添購的。就像茱德和艾瑞克搬進這棟屋子時買的亞麻布簾，也是由她親自購買、挑選後掛上。

房子建於一九二〇年代，落成時所有細節幾乎還在。木頭地板，漆成白色的天花板飾條與淺藍色牆面形成鮮明對比。牆壁曾是淺米色，但她喜歡藍色。那使人平靜。

衣櫃門上仍保留復古的玻璃門把。她打開，看到自己的衣服掛在一側，艾瑞克的在另一側。她穿去上班的黑套裝還在，還有靴子、平底鞋和她從愛心二手商店買下的紅色羊毛外套。幾件她還記得的古著洋裝。這些衣服怎麼會令她感到如此私密，卻又那麼陌生？

她關上衣櫃門，轉身盯著床。樓下傳來家居感十足的廚房聲響，她聞到烹煮雞肉的味道。

他們在這房裡、在這張床上做了幾次愛？幾百次嗎？

她想像今晚可能的情景。他們兩人在一起。

感覺很怪。因為讓她能撐過數年囚禁的原因之一，就是他倆待在這裡的記憶。他溫柔的動作，他的調情，一同迎來早晨的繾綣。那些是她緊緊抓住的事物，提醒她自己仍是人類，人與人之間仍可以存在疼痛之外的事物。

但現在她卻感到疼痛。

床邊桌上有一張裱框的照片，擺放成完美的角度。一對快樂情侶的畫面。女人在男人背上，側著頭朝天空望去，因為笑開懷而張著嘴。

她記得那一天……那張照片是在哈利特湖拍的。他們去划獨木舟，之後在靠近玫瑰園的草地上野餐。那是完美的一天……

她的手機嗡嗡響起。

她從背包的小口袋拿出來，是烏利亞傳來的簡訊：**還好嗎？**

她凝視著那個訊息。難道他早知道這會非常艱難嗎？她輸入回覆：**有點怪**。

她撒謊了。她應該要說**超級怪**。

烏利亞：**我想也是。如果需要什麼就告訴我**。

茱德：**謝謝**。

他的簡訊讓她感覺好多了。

她下樓，餐桌上已經擺好萊姆綠的盤子，茱德是第一次看到。屋裡所有細節要不是提醒著他們曾經共享的人生，就是提醒她過去好幾年的空白。

「我想也許我們晚點可以去哈利特湖走走，」艾瑞克說：「然後去賽巴斯汀喬吃點冰淇淋。他們還有賣妳最愛的口味，覆盆子巧克力。」

哎，他正在**極力討好**她。是為了鋪陳美好夜晚的那種無微不至。但她需要好整以暇慢慢恢復，不是一下子接起曾中斷的一切，假裝過往三年從未發生。

這樣真的錯了，大錯特錯。

她想，也許該感謝他讓她這麼快頓悟這件事。倘若他更小心翼翼地進行，倘若不是他太投入、太躁進，她很可能過幾週才會了解。倘若他沒將她的物品放回過往的房間，倘若他沒有準備她過往喜愛的食物，倘若不是他每一件事都提起以前的茱德……倘若這天不是為了即將到來的夜晚而準備……

他完全不知道她變了多少，不知道她再也不是他從前認識的那個人。她該選在什麼時候告訴他這麼做是個壞主意？現在？在他們用餐前？還是用餐後？

「我做不到。」她說，決定毫無猶豫、開門見山。能夠察覺這麼做是多大的錯誤也讓她鬆了一口氣。待在這間屋子就像看到自己出現在陌生人的照片裡。

他在水槽到桌子之間停住腳步，雙手各拿著一只玻璃水杯。「是因為晚餐嗎？我可以煮些別的。」

「不是因為晚餐。而是你和我。」

他陷入震驚。合情合理。她覺得很對不起他。

他將杯子放到桌上。不是隨便放，而是放在盤子右側，彷彿期待這個夜晚能夠繼續。「我為妳改變我原本的人生，」他說：「我和賈斯婷分手，我重新裝潢房子，我將妳以前的衣服全部再掛起來，我煮了妳最愛吃的料理。」

她想回臥室裡拿她的行李，並想像著提回自己公寓的模樣。

「妳說不想要我幫忙搬家時我就該知道，妳只帶了兩個垃圾袋的行李時我就該知道。」接著他改變策略。「不要走，」他懇求：「至少給我二十四小時或兩天，妳才剛回來。這一切當然會感覺很怪。」

「這是個錯誤，不管經過多久也不會改變。艾瑞克，我很抱歉。我不該打給你。」她轉身上樓。

他冷不防伸出手，手指緊緊扣住她手臂。他抓住她的手臂時，她能感受到他指尖傳來的壓迫，是試圖阻止她離開的力道。

因為他突如其來的舉動，原先的遲疑一掃而空。他並不粗魯，也不暴力，但他是個試圖控制女人的男人，在身體上控制她，逼迫她違反意志留下。

他臉上冒著汗，呼吸變得急促，嘴脣微微張開。他聞起來有洗碗精、除臭劑，還有他為這頓晚餐切的洋蔥氣味。他的皮膚表面下有一層雀斑，她幾乎忘了這件事。要十分靠近才看得見這一切。

她沒有斷開眼神接觸，只說：「放開我。」

也許是因為她不帶情緒的聲音，他不禁退縮，放開了手。又或者他終於真正看清楚她——這個全新的她。不是樓上照片中那名年輕女人，不是穿著那些衣服、在他們現在對峙的地方與他共舞的年輕女人。那女人早就死了。

然而他想到了全新的應對方案，臉上似乎還透著些許亢奮。他衝到走道的壁櫥前，拉出厚紙箱，像個使性子的孩子般不斷攻擊書架，一次又一次將書本掃向地面，大多掉進了他腳邊的紙箱。而她就站在一旁看著。

他滿臉脹紅，衝上樓再下來，雙臂中滿滿都是衣櫥中她的舊衣服。他大步走到前門，打開，雙手一拋全丟進院子。看著他不斷將她的物品丟向屋外，茱德拿出手機打給烏利亞。他接起時，她說：「我決定接受你說要幫我搬家的提議。」

「我還以為妳已經搬了。」

「我要搬回去。」

「哦？」一陣靜默。雖然她知道他之前訪問艾瑞克曾來過這裡至少一次，還是給了他地址。然後他說：「十五分鐘到。」

他十分鐘後就抵達了。

烏利亞下了車，雙手撐在臀部，仔細打量散落在前院各處的衣服。「哇噻。」

門廊上，茱德一把揹起背包，大步走向他的車，一手拎著兩個大垃圾袋，全程意識到對街探出窗戶的那些面孔。「是啊，」經過烏利亞時，她說：「進展不順。」

「看得出來。」

等院子裡所有個人物品都上了車，他們繞過車輛，茱德打開門時，艾瑞克正好跑上人行道追過來。根據表情判斷，他仍相當緊繃。呃，我的天，他竟然哭了。

「妳傷了我的心兩次，」他吼道：「兩次！」

茱德猛力甩上門，烏利亞從人行道邊欄離開時，她透過擋風玻璃瞪著前方。他問：「真是個自我中心的王八蛋，對不對？」

「我印象中的他不是那樣的。」她壓不下聲音裡的困惑。那人到底是誰？她之前怎麼會和他在一起？「但我也感覺到他並沒有變，變的人是我才對。」實在很有趣——讓她變得殘缺、傷害了她、還轉成一頭白髮的經歷，實際上讓她對周遭世界產生全新且真實的覺悟。她的全新視野竟來自那般黑暗的牢籠，她不禁產生一股異樣感。

「我緊抓著這一切太久了，」她說：「我在那個牢籠裡時，這一切讓我不致發瘋。但這世界不屬於我，再也不是了。現在我忍不住想，會不會從以前這就不屬於我，即使是我還活在那棟屋子裡的時候。」

「這讓妳撐下來了——想著妳在這裡的生活。所以應該值得些什麼，甚至值得很多。」

「的確，但領悟到這些再也沒那麼重要時，我感到悲傷。我記憶中他不是那樣的，我們不是那樣。我不知道發生了什麼事，不知道為什麼會改變。」

「思考我們是如何受到人生中的各種黑暗影響，確實會令人不安。」他回應了她的困惑。

「一點也沒錯。我以前看《南方公園》和《辛普森家庭》時會哈哈大笑，」她承認：「但現在坐在這裡的這個人看《辛普森家庭》絕對不會笑。」

他在林戴爾右轉。「這個我們以後再想辦法。」

⁂

在茱德的公寓裡，箱子堆在地上。烏利亞拿起那張她被艾瑞克揹在背上的裱框照片。

「我實在不習慣看到妳深色頭髮。」

「或是不習慣看到我笑？」

「我本來並不想提，但應該是。這照片是什麼時候拍攝的？」

她抱起一堆衣服丟到沙發上，抬起頭。「約四年前吧。」

他在咖啡桌上放下照片，四處打量。「這裡有酒喝嗎？」

「沒有。」

「那我去街區尾的酒吧。」

他回來得很快，她甚至沒機會收拾。「開瓶器？」他從紙袋拿出六只棕色的啤酒瓶時問道。

她翻遍廚房抽屜，遞給他一個握柄做成明尼蘇達形狀的金屬開罐器。「這是公寓裡本來就有的。」

他開了兩瓶啤酒，遞給茱德一瓶。她灌下一口，接著將瓶子放到一邊，打開碗櫥，拿出一罐貓食。

他四處掃視，尋找可能在地上走動的貓。「妳養貓？」

「不算是，」她將罐頭塞到牛仔褲後口袋，拿起啤酒。「跟我來。」

他跟著她上了那道狹窄的樓梯，來到屋頂。太陽正要下山，天空刷上了一層粉紅色。

「頂樓是妳的。」他說。

她沒有看他，逕自拉出一張白色塑膠椅，啤酒放在平臺上。「沒下雨時我就睡這裡，我是因為這裡才租下這間公寓。住這一帶或許危險，但重點不是危險，是因為這個頂樓。」

他拖另一張椅子到她旁邊，但沒有太靠近。「貓呢？我想聽那隻貓的事。」

她從口袋掏出貓罐頭，掀開金屬蓋。「晚上牠會沿著那頭的樹爬上來，睡在這裡。就我所知牠是野貓。」她走過鋪瀝青油紙的地面，在一碗水和橫過屋頂的一根細樹枝旁擺好罐頭。

「妳感覺比較像狗派。」

「我曾經是狗派。現在我不知道自己是哪一派。」

她拿起啤酒，在他身旁坐下。

烏利亞說：「關於那個不知道叫什麼名字的人，我很遺憾。」

「就某方面我很高興發生了這件事，這樣就能一勞永逸，不再猜測，不再假設。」

「妳看。」他拿著啤酒的手指了指。

有如追捕老鼠，那隻貓也發現了烏利亞。牠沿著屋頂，腹部貼地，動作從原先的緩慢行進慢慢凍結在原地。

烏利亞問：「牠有名字嗎？」

「沒有。」

「妳應該給牠取名字。」

「那只是隻貓，只是屋頂上的橘貓。」

「我賭我們能抓到牠。」

「牠過得很好。」

「冬天會來，妳可以抓住牠，找獸醫幫牠檢查一下，讓牠住在妳的公寓裡。」

「為什麼？」

「有個朋友也許不錯。」

「我不需要朋友。」

「確定嗎？」

「我沒有維持關係的能力，即使是貓。」

「那好吧，」他喝完他那瓶啤酒。「我走了，啤酒就留在這裡，當成重新來過的喬遷禮物。別喝太醉，明天一大清早還有另一個特勤小組會議。」

「烏利亞。」

太暗了，看不清他的臉。「嗯？」

「我說的是家庭關係，不是搭檔關係。」

「我知道。」

「謝謝你幫我搬家。」

36

烏利亞離開後不久，茱德準備就寢，在屋頂上的睡袋與枕頭中躺好，槍和手機擺在身邊，遠處轉角酒吧的微弱樂聲與燒烤肉類的氣味安慰著她。

入夜後幾小時，冷雨開始打在臉上。等她清醒到足以理解怎麼回事，便收拾睡袋和枕頭，鑽進樓梯井。回到公寓，幽閉恐懼感瞬即壓過她的睡意。茱德放棄，將茶壺放上爐子，一個個清點起居室地板上的箱子。

她不確定自己想不想留下任何過往的物品，畢竟那在在提醒她如今回顧起來備感虛假的生活。為什麼？明明現在才像是影子人生啊。而更讓人不安的是，唯一感到真實且確實存在的，竟是她囚禁在地下室的時光。有哲學家說，你待過最黑暗的場所將永遠蝕刻在你的靈魂之中，而且你會帶著扭曲的依戀感去回顧這些時日。這些句子隨著真相迴盪，而那是她即便死也不願去證實的真相。從今天起，她真的可能重拾自己該過的生活嗎？抑或那種生活其實早已不再適合她？那是一種接受當下、容許自己就此被時間敷衍過去的能力？然後接受艾瑞克那樣的男人或許才是完美的選擇？

那盞燈……她應該留著嗎？那是她和艾瑞克在聖保羅人人二手店挑的復古設計品。橘色波狀塑膠燈罩和三根木頭支架，不是令人一眼驚豔的款式，但很實在，連燈泡都是復古風。當她插上電，轉動那小小的旋鈕，發現它還能用時，不禁感到驚訝。

她很喜歡，她會留下的。要是她發現之後看著它時不開心，丟掉就好。

她清空兩個箱子，其中一個裝垃圾，另一個留給好意二手商店。大部分衣服都進了好意那箱，但她保留了兩件褪色的牛仔褲。牛仔褲就是牛仔褲，不帶情緒。至於那套穿去上班的褲裝她有點遲疑，她還會再穿這樣的東西嗎？會再次喚回那過去的自己的證據？那時她認為自己不僅是個好警探，也許還算得上超級警探？不過超級警探可不會被抓起來關上整整三年。

她留下那兩件套裝。必須上法庭作證時她會需要的。就像檯燈一樣，要是茱德發現這些衣服也成了提醒她的過去、令她不舒服的存在，扔了就好。但也許，過往人生的鬼魅將會褪去，套裝和檯燈會成為新人生的一部分。

書就給烏利亞。

小說和電影對她毫無意義。那並非真實的故事，那些光是述說對他人犯下壞事的故事，或陷入愛河的故事，再也不適合她。

最後一箱裝的是皮包和鞋子。她檢視皮包——皮夾、拉鍊包——全倒過來搖一搖，檢查內容物的典型手法。一個比迴紋針稍大一點的紅色東西掉到地上。

是個隨身碟。沒有做任何標記，連商標都沒有。

她撿起來。沒看過。不過話說回來，看見這隨身碟就像一枝鉛筆或鋼筆從箱子裡掉出來。她扔進垃圾箱前，想確認裡面是否存有私人資訊，比如她曾遞交的報告。她打開筆電，將隨身碟插入ＵＳＢ槽。

隨身碟裡只有一個MP4檔案。她猶豫半晌，點擊，QuickTime程式開啟，播放影片。

五分鐘後，她按下暫停，抓起手機撥給烏利亞。他接起來，她說：「來我家，現在。」

37

茱德按鈕讓烏利亞進來。過幾秒鐘，她聽到他踩著樓梯上四樓的響亮腳步聲。他敲門前她就開了門。

他衝進公寓，肩膀因雨水溼成一片，整個人氣喘吁吁。她讀到他臉上寫得滿滿的想法，他打算碰觸她，確認她是否安好。

但他沒有。他關上身後的門前迅速以眼神掃過她，確認她毫髮無傷後，一臉擔憂立刻緩和下來，隨即因為她安然無事又面露不悅。她沒想過那通電話給他的感覺竟是出事了。

「我想妳應該沒事。」他睡眼惺忪，滴著水的頭髮垂在前額。

「你好像很失望。」

「有點，我闖了兩個紅燈才到這裡。」這趟遠行彷彿奪走了他所有力氣。烏利亞無力地倒向沙發上，雙臂癱軟無力。「我不是醒得很快的人，探險家阿蒙森[4]說這是起床氣。」

「證明現代語言和過去用法完全不同，」她舉起掛著茶包紙標籤的杯子。「想來點咖啡因嗎？」

「妳有咖啡？」

「不好意思，沒有。」

「哪種茶？真心希望不是草藥類的。」

「伯爵。」

他抹抹臉。「聽起來就和嬰兒配方奶一樣吸引人，但我願意嚐嚐看。」

她走進開放式廚房，將熱水倒進馬克杯，放入茶包，回到起居室。她覺得自己好像一個家的女主人。

「我想知道什麼事重要到讓妳在……」他拿出手機看了螢幕。「凌晨三點叫我過來。也許妳做事從來不按時間，也許妳不需要睡覺身體也能運作，但我還滿需要的。」

他蘸了蘸茶包，喝一口，做了個鬼臉。「像在喝香水。我忍不住覺得波士頓茶黨事件搞不好和稅一點關係也沒有。」

「你可以再酸一點。」

「我說過我不擅長起床。」

「對警察來說不是好事。還有啤酒，你要啤酒嗎？」

「我還撐得過去。我小時候不喜歡花椰菜，但還是吃了。」他喝了一口茶，又做了一個鬼臉。

「我有東西要給你看，」她到沙發上坐在他旁邊，拉近筆電，擺在咖啡桌上兩人中間的位置。「我剛整理舊東西，在皮包裡找到一個隨身碟。」她按了幾個鍵，敲下「播放」。

影片很暗，一開始完全看不清楚影像，但沒多久就聽到嘩啦嘩啦的水聲和周邊迴盪的笑

---

4 Roald Amundsen，第一位踏上南極點的挪威探險家。

聲，看來是一群在泳池邊嬉鬧的人。

「妳叫我來這裡看泳池派對？」

「等等。」

拿攝影機的人站在長方形泳池盡頭的淺水處，鏡頭焦點放在五個女孩身上。她們彼此嬉笑著相互潑水，一分鐘後，其中兩個女孩開始親熱，鏡頭拉近特寫裸露的乳房。赤裸的女孩，而且顯然喝茫了。

烏利亞傾身靠近，瞇眼看螢幕。「她們年輕到嚇人。」

「沒錯，」茱德說：「看起來都不到十六歲。」

他們一邊看，其中一個女孩朝著拿攝影機的人划著水走去。女孩上階梯，身體慢慢從水中出現，鏡頭在她身軀移動，從腿間那一團毛髮，到她嫣紅的雙頰與紅潤嘴唇、迷濛雙眼。她歪了歪頭，對攝影者送出一個會意的微笑。

螢幕轉黑，影片結束。

茱德說：「我認為最後這名女孩是奧泰薇．吉米尼。」

「妳是說那名被謀殺的記者死前正在調查的女孩？」

「也是我抽屜中照片上的女孩。」茱德拿出一張失蹤人口傳單遞給烏利亞。

「還真是長得很像。」他注視著那張微笑的年輕女孩照片。

茱德重播影片最後幾秒，停在那女孩的臉上。「我們得讓臉部辨識軟體比對照片，確認是否有符合的結果。」

烏利亞將杯子放到桌上。「妳從哪裡拿到這段影片？為什麼這東西這麼重要？」

「我不知道我從哪裡拿到的，應該就在某個皮包撕開的襯底。我想我和伊恩・卡得威見面那天就是帶那個包。」

「那個被殺的記者？」

「對，但我不記得他曾經給我隨身碟。」

「可能是他趁妳不注意放進妳的皮包？」

「可能吧。」

「他為什麼給妳，不是給失蹤人口組？」

「完全沒頭緒。」

他皺起眉頭。「我們先假設這真的是卡得威放的，他不知為何握有一段失蹤女孩在泳池派對的影片。我不知道這代表什麼意義。十六歲時誰不喝醉？誰不裸泳？」

「我啊。」

「我倒是很常。不是在時髦的泳池，而是在池塘、在露天礦場、在湖裡。在我成長的地方，這幾乎就是長大的過程。我必須說，我不確定這是否值得我大半夜飛車衝來這裡。就算這女孩**真是**奧泰薇・吉米尼，也沒有透露任何破案訊息。很抱歉，但要是沒有更多資訊，感覺還是死路一條。」

「我知道我可能扯得太遠，但仍然覺得是否有一丁點可能，與我們目前偵辦的凶殺案有關？有中學女孩，有水，可能還有氯。」

「我倒覺得真的扯太遠了。我們在這些案件中完全沒有任何與奧泰薇・吉米尼有關的證據，而且她三年前就失蹤了。」

「說不定關鍵就是這段影片。這就是連結。」

「影像畫質很差，我甚至看不出她們是在飯店、學校還是私人住宅。我想至少要知道影片中其他女孩的身分，才能帶來問話。」

「我會找技術組的川特強化影像，」茱德說：「也許可以辨識出任何線索或特定人士，也可能找到時間或日期等資訊；說不定查作業系統就知道是什麼機器拍的，任何線索都好。」

烏利亞從沙發起身，走到廚房，將杯子放進水槽。「明天再看一次吧，我要回家了。」

「謝謝你來，」她想起那些書，拿起箱子交給他。「送給你，裡頭可能有些值得收藏。」

他接過箱子夾到手臂下。「看來這都是因為我很想要書，想要得不得了。」他在門口停下腳步。「但我還是覺得書可以等到早上再拿。」

烏利亞一離開，茱德就仰身躺上沙發，伸展四肢，頭陷入枕頭裡。她盯著天花板，突然想起來為母親做的那本剪貼簿沒在那些箱子裡。

⁂

外頭，烏利亞朝便衣警車的方向瞥了瞥。他知道這看起來像是什麼情形：大半夜出入茱德的公寓，卻在裡頭待上將近一小時。可是走去蹲點的警車旁對王警探說明這趟純屬公事也太冒險，而他很可能不會相信。對此，烏利亞無能為力，只期望警探們嘴巴閉緊點。但或許這根本無所謂。茱德活在一個與他們所有人都不同的心靈空間。真相是，她很可能一點也不在乎任何人對她的任何評論。

烏利亞低著頭從雨棚底下探出，冷雨打向他的臉和頸子。

回到家，他睡不著，決定重複那件他最近做得太多的事。他拿出筆電，連上妻子的臉書頁面——但不是立刻。他先去看奧泰薇・吉米尼的臉書，記下一些筆記，確認她和霍特、瑪斯特那兩個女孩是否有共同朋友。沒有。但話說回來，吉米尼畢竟大她們三歲。

然後他點入妻子的頁面。

他知道自己在做什麼。工作只是藉口，實際上是想在清晨來臨前幾個小時再次瀏覽愛倫的臉書照片。而他其實早將她的頁面牢記於心。

一如往常看完所有內容，但他還想看更多。一如往常他登出自己的帳號，試圖以愛倫的身分登入。他可以聯繫臉書並取得她的密碼，但那就像逼迫他承認自己已然走火入魔到一種令他不太自在的程度。

他看了看放在門邊地板上那箱書，嘗試新的密碼策略：書名。他第三次嘗試**咆哮山莊**，愛倫最愛的其中一本。

他登入了。

38

顯然，許多人會寫訊息給死者。烏利亞的妻子有近兩百則未讀的私人訊息，大多是她過世後傳的，內容像是**妳認為必須結束自己的生命，我對此感到很遺憾。真希望我知道妳經歷了什麼。真希望妳能向我求助**。

有些訊息來自一些不知道她過世的「朋友」。**妳錯過了最近幾次的讀書俱樂部聚會，而且輪到妳主持了**。或是一些想搭訕她的男人，**嘿，小美人，妳超辣**。還附上赤裸上身的照片。不時也有些半裸女孩來亂槍打鳥。

花了點時間，但他終於看完所有未讀訊息，往下拉到她在世時傳送的訊息。

他皺起眉頭，靠近螢幕。

一頁又一頁的談話，對象都是一個叫約瑟夫．強森的男人。明尼蘇達大學的哲學系教授。臉書前方顯示的都是近期訊息，於是烏利亞一路拉到對話串的開頭。

起初，一切無害，談的是蘇格拉底和尼采。但漸漸出現變化，教授約愛倫出來喝咖啡，再之後是旅館房間，然後是市外旅行。

烏利亞的心臟重擊胸口，逼迫自己繼續讀進去，讀那所有該死的魚雁往返。愛倫後來改變態度，對於這座城市從痛恨到喜歡，似乎都是因為這個男人。

烏利亞連上明尼蘇達大學網站查詢他。

看著男人的網路自介和課堂資訊時，一陣平靜籠罩了他。他蓋上筆電，看了時間：剛過六點。他洗了澡，刮了鬍子，穿上西裝，帶上槍套帶和警徽。他檢查手中那把點四〇史密斯威森半自動手槍，放入槍套前確認彈匣中填滿子彈。出了公寓、鎖上門後，他一路走下十七層階梯到一樓。

外頭，清晨的空氣中帶著都市的冷冽，暗示今日必是溫暖的一天。夜晚送貨的卡車從卸貨處離開，引擎吃力運轉著，在後方炸出一團柴油廢氣。

轉角咖啡店開門了。

烏利亞是今天的第一名顧客。大杯黑咖啡，小費放入罐裡。接著，他朝停在六層樓的室內停車場前進。從那兒驅車穿梭入街道迷宮，開過工地和單行道，途經維京人球場，前往三十五號州際公路，再到明尼蘇達大學，也就是約瑟夫・強森在暑期課程一早教授倫理學的地點。

39

烏利亞潛入強森教授的課堂。他坐在教室後方、高階梯上不容易被注意到的角落位置。

他明白了這男人為何能吸引愛倫。他驕傲自信，言談一副不容質疑的態度。但他也顯得庸俗：濃密蓬亂的頭髮，不太打理的鬍子，角質框眼鏡，配上蘇格蘭紋襯衫和深棕色領帶。年齡……可能三十七吧。

烏利亞不知道自己來這裡做什麼。但至少，他想將這個可能是讓愛倫快樂（同時也是最可能導致她自殺）的男人打得滿地找牙。當他坐進那完全不屬於他的世界，他妻子傾心的世界時，悲傷與罪惡感征服了他。他太少顧到她，也沒看出她的需求；他太常留她一個人在家，也花太多時間在工作上。

課堂結束，學生魚貫而出，烏利亞依舊坐在後方，等教授結束和助理的談話（很簡短的交談）。接著強森獨自待在那小小的講堂——還有烏利亞。

「上面那位同學，你還好嗎？」

強森注意到他，又或是早就感覺到他坐在暗處緊盯不放的眼神。烏利亞腰上掛著史密斯威森，若直接掏出來開槍實在輕而易舉。但他完全不想這麼做。不知為何，他反而失望地發現自己站起來，走下階梯，邊走眼神並未從講臺旁的男人身上移開。烏利亞可以聞到他身上的學究味。

愛倫曾是這世界的一部分。她喜歡深奧的哲學對話，而烏利亞覺得那索然無味。他曾對她說：「太過紙上談兵。」於是這個身穿蘇格蘭紋襯衫配棕色領帶、頭髮長到領子的傢伙為何會讓她感興趣，就合理了。

來到最底下的階梯，烏利亞站到燈下，眼神依舊鎖在那男人的臉上。而當強森終於認出他、臉色瞬間變得蒼白那一刻——該死，感覺真爽。烏利亞將外套撥到一邊，一手撐在臀部，露出外套內的槍。「我要回答你的問題：不好。我在上面覺得非常不好。」烏利亞說：「到了下面一樣不好。」

強森完全失去鎮定。這趟算值得了。

「你來這裡做什麼？」口音聽起來像是東岸，可能是波士頓。

「我想談談。」

「沒什麼好談的。」

「我倒覺得你可以談很多。」烏利亞讓外套垂下。「你和愛倫交往多久？」

強森投降得非常快。槍就是能給人這種影響。「幾個月，」他回答。一旦開口了，他就會全盤托出。「我知道你怎麼想，你覺得我是那種靠著地位占人便宜的老師。」

烏利亞就是這麼想。

「我只和她這麼一個學生交往過，這件事就這麼發生了。某堂課結束的下午，我發現她坐在教室後面哭。她很寂寞，她想家。我和她談話——就只是和她說說話。然後我們約去喝咖啡——以朋友的身分。」他搖著頭。「總之就是發生了，」強森說：「我讓她**快樂**。」

「似乎不夠快樂。」烏利亞凝視了他好久，試圖喚起怒火與憤慨。然而他最終完全理解了，除了一件事。「她為什麼自殺？」

「我想是罪惡感。她是個小鎮女孩，字典裡甚至沒有出軌這詞彙。她愛你，我知道。她並不愛我，我只是正好能陪著她的人。我想和她結婚，我希望她離開你。」他淚水浮上雙眼，望著烏利亞。

「她自殺當晚你們在一起？」藥丸，聖保羅某個飯店房間。

「自殺前。」他聲音顫抖。「她告訴我再也不能和我見面，然後叫我離開，於是我離開了。我做的一切都是想保護她，卻導致更糟的結局。我是害死她的人。」

烏利亞想恨這個人，但他恨不了。因為事實的真相是，若要說這個空間中誰最該受憎恨，那就是他自己。他一語不發，轉身離開。

40

「就是那裡，」茱德指著螢幕。「你可以讓影像更清楚嗎？」

她找到隨身碟後的早上，她和烏利亞在明尼亞波利斯警局技術中心，站在地下室工作站的專家身後，那是一名叫川特的年輕人。他的專長是分離影像音軌，但也很擅長提升影像清晰度。茱德已經電話通知坎妮蒂．伯德，也就是那名被謀殺的記者女友，確認她是否知情這段影片。但坎妮蒂完全不知情。

僅僅敲了幾下鍵盤，滑鼠稍微移動，川特就讓原本一片模糊的影像變得清晰，讓茱德看清那名可能是奧泰薇．吉米尼的女孩。「這是我唯一可以處理的面孔，」他說：「其他都太暗又太遠了。」

「我想是她，」茱德瞥了瞥烏利亞，他也看著螢幕。今天他略顯冷漠，而且感覺心不在焉，眼神閃爍著。

川特將影像中那張清晰的臉裁剪下來，建立新檔案，敲下「列印」鍵。房間另一頭，一臺機器突然甦醒般嘎嘎吐出兩張照片。「我也會傳JPEG檔到你們的電子信箱。」接著又是一陣鍵盤聲。

茱德在電腦終端機前坐下，叫出剛收到的影像，然後跑過一遍面部辨識軟體進行比對。「奧泰薇．吉米尼，」幾分鐘後，她露出滿足的神情說：「跳出來的第一個人。」

她沒花多少時間細細品嘗比對成功的滋味。「影片裡還有什麼？」她回到川特的螢幕前問：「有沒有可以找出地點的線索？」

「顯然是室內游泳池，」川特說：「不是學校，可能是私人住宅。」他放大一個區域。「這裡是窗戶，看起來有些座位。看到電視了嗎？」

烏利亞靠近一點。「電視螢幕上正在播什麼？」

川特幾個動作後，他們判定那是一部聯播的情境喜劇，在Netflix或是DVD上也看得到。一點線索也沒有。「可惜不是新聞。」川特說：「那樣就能找出影片日期。畢竟影片上沒有時間戳記。我會將隨身碟再送去數位鑑識，看他們能不能在元數據裡找出拍攝時間。但並不總是那麼準確，尤其是那些可能在存進隨身碟前就已先上傳電腦的資料。」

「聲音呢？」烏利亞問：「可以分離出來嗎？」

川特叫出音軌，敲幾個鍵，按下「播放」，但什麼都沒跳出來。他搖搖頭。「抱歉，我會繼續試試看。雖然我滿懷疑能否找得到。」

「就泳池來看，那四面牆有點奇怪，」茱德說：「你注意到了嗎？也許是大理石做的，還有牆上的燈座……可不是隨處可見。」

「我在建築業有個朋友，」川特敲擊鍵盤。「雖然是海底撈針，但我會寄影像給他確認。」

「謝了，」茱德從印表機的托盤拿起照片，和烏利亞一起離開。

「實在沒有太多資訊，」在走廊朝電梯走去時，烏利亞說：「我知道妳覺得有，但並沒有。川特找不出影片日期，即使數位鑑識找到什麼，也不確定到底能幫上多少忙。這和我們無關。妳得將手上這一切——其實根本沒多少線索——轉給失蹤人口組，忘記奧泰薇．吉米尼。若不是發生上頭高度關注的重大謀殺案，對於警探個人想跟進一些非重案組案件，我沒有意見。但這種時候妳可不能滿腦子光想這件事。」

「昨晚你好像沒什麼意見。」

他突然在走道中央停下來，轉身面對她。在那瞬間，她認出那股她一直拚命想認出的氣味。

「我並不是沒有意見，我從來都不是沒有意見。」他說：「我只是迎合妳，而妳知道嗎？需要處理個人鳥事的不是只有妳，我也得處理我自己的鳥事，一大堆鳥事。」

「是你太太，我知道。可是我以為你不想談她。」

他兩隻手做著手勢。「那是因為妳，妳的經歷太沉重了。相較之下我處理的一切顯得比鳥屎還微不足道。我沒辦法和妳談我生命中的不堪，就是沒辦法。」

他一早離開她公寓，到他們來警局找川特，這段時間肯定發生了一些事。「我很抱歉讓你有那種感覺。即使不認同，但我能夠理解。」

「非常好，」他吐一口氣。「那就專注在我們自己的案子上。」

「好。」謊話。她打算盡快去拜訪奧泰薇．吉米尼的父母。茱德按下電梯按鈕。等待電梯時，她冷不防說：「是書。」

「什麼？」

「那股我辨認不出的氣味——是舊書。我一直以為應該是肥皂或刮鬍水裡的添加物，但那是紙、皮革、膠水、霉和墨水的氣味。我不知道為什麼得花這麼久才認出來。你的衣服和西裝上有那個味道。」

他臉上神情快速轉變，從困惑到惱怒，就像看著翻頁動畫。他抬起臉，看著天花板，再垮下雙肩，總結他的反應。「媽的。」

電梯「叮」一聲，門打開。

41

「我在報紙上讀過妳的事。」愛娃．吉米尼說。

烏利亞叫茱德忘記奧泰薇．吉米尼的案子之後過了二十四小時。「關於妳遇到的事，」愛娃說：「而我總認為假使妳仍活著，還逃了出來，我女兒說不定也還活著，說不定也能逃出來。」

「我知道妳說過非常多次，」茱德翻開筆記本，按下筆頭。「我也讀過筆錄，但我想親耳聽妳說。」

今天早上，茱德向奧特佳提起這件事，奧特佳警告她針對舊案重啟調查的危險：這不屬於重案組，不是他們的職責。

「每天都有青少女逃家，」奧特佳說：「如果妳每件案子都挖，就沒時間追查謀殺案。留給失蹤人口小組吧。」

和奧特佳談完話五分鐘，茱德查到愛娃．吉米尼的電話，並向仍心不在焉的烏利亞說要先離開去看牙醫。然後她來到這裡，坐在聖保羅佛格鎮社區一棟迷你公共住宅屋裡。這一帶離輕軌只有幾個街區，是犯罪率相當高的區域，但坐在她對面沙發上的女人似乎覺得無所謂，即便是犯罪。她看起來很糟，消瘦憔悴，穿著沾有食物汙漬的鬆垮灰色運動褲，深金色頭髮乾枯無生氣，往後綁成馬尾。她很可能吸食了什麼，因為說到一半時她會無來由停下，眼神一片茫然。

茱德事先調查過，她知道愛娃．吉米尼曾是備受尊敬的心理醫師，在明尼亞波利斯五十街高級商業區的診所生意興隆。網路上的照片是個面貌姣好、自信且人生一帆風順的成功女性。而那個女人現在什麼都不剩。

茱德是邪惡行徑的直接受害者，並因此經歷人生的重大變化，所以稍微能夠理解——**稍微**而已。畢竟若是不曾和愛娃．吉米尼有過同樣經歷，絕不可能完全理解。蘿拉．霍特的父親曾問這一切是否有結束的一天。這像是一段旅程中猝不及防的事故，他想下車。然而愛娃．吉米尼住在永無止境的夢魘之中。「生死未卜」是另一層地獄。

那女人以顫抖的雙手從桌上一包菸抖出一根，點燃，再將塑膠打火機丟回桌上，對著天花板吞雲吐霧。

茱德輕聲說：「和我談談妳女兒失蹤的那天。」

愛娃似乎恨不得快點從細節說起——證明父母永遠無法放下，也證明沒有小心翼翼、迂迴婉轉的必要。她並不是因為茱德才想起那一天。根本不需要提醒，因為她根本沒忘掉。那是永遠存在她腦中的一天。

她開口。

奧泰薇．吉米尼去了學校，再也沒有回家，愛娃邊說邊捏去舌頭上的菸草，專注地皺起眉頭。茱德想，為何沒有人目擊誘拐。完全沒有異常事件的舉報，就和霍特的案子一樣。

「這件事傷了我的婚姻，」愛娃吐露。「我丈夫在奧泰薇消失後八個月離開，我的事業也完了。我以前是心理醫師。」她笑了笑，「妳能想像嗎？」她比了比自己，雙手從頭輕輕往腳一揮。

茱德說：「我很遺憾。」

「我再也幫不了別人。我無法傾聽他們的煩惱，也沒辦法離家上班——要是她回來了怎麼辦？可是我也賺不了錢，於是失去了明尼亞波利斯的房子。要是她現在回來，我已經根本不在那兒了。」她深吸一口菸。「我給當時的新屋主留了我現在的地址，但就我所知目前那裡又換了別的屋主。」她在滿出來的菸灰缸上敲了敲香菸，想了一會兒。「我現在幾乎記不住時間，不曉得到底又過了多久。我應該要知道的。一個好媽媽應該要知道的。」

「三年半左右。」

「沒錯，」她點頭。「她應該要二十歲了。我在新聞上看到妳逃亡的報導，打給警局想找妳。」

「我沒收到這個訊息。太多人想聯絡我了。」

「不只我想聯絡妳，別的母親也想。」

「別的母親？」

「不只我一個，不只我的女兒失蹤。」

「妳說的是國內一些團體的成員嗎？失蹤兒童團體？他們應該可以提供非常多幫助。」

「我加入了。但我說的是明尼蘇達的失蹤女孩。」

茱德試著穩住聲調，盡可能不流露出驚慌。「這個團體裡有多少母親？」

「五個。之前七個，後來發現其中一名失蹤女孩佛羅倫絲只是逃家。而可憐的凱瑟琳……她的屍體已經找到了。」

「不幸的是青少年的確會逃家。基於叛逆青少年的各種行為，要分辨哪個是犯罪、哪個只是不聽管教，讓一切變得更難。」茱德將筆放在手上的筆記本。「凱瑟琳……妳知道她是怎麼死的嗎？」

「自殺。和維吉尼亞・吳爾芙一樣。她在口袋裝滿石頭走進湖裡。」

茱德努力保持冷靜。「溺死的？」

「對，警方聲稱是被男朋友甩掉。這年紀的女孩往往太戲劇化，什麼都要死去活來，」她乾笑一聲。「要死要活的。」

茱德問：「她姓什麼？」

「尼爾森。」

茱德記下來。

「妳為什麼在意她？」愛娃掐熄香菸。「她已經死了。妳應該專注在我女兒身上。」

「將失蹤女兒母親的名字寄電子郵件給我，」茱德說：「包括電話號碼和電子郵件地址。」

「她們都不住這附近，」愛娃說：「大多在明尼蘇達北部。有個好像來自南部，靠近愛荷華州邊界。」

這就解釋了為什麼這些案子沒特別標註。警局之間溝通不良是一直存在的問題，CISA，也就是犯罪資訊分享分析系統正努力想補救這點。那是州內所有執法機關部門都能存取的數據系統。

茱德問：「妳還想到了什麼嗎？」

「我想談談妳。妳是怎麼逃出來的？我想知道的是這個。聽說並沒有人去救妳，妳是獨力逃脫的。但話說回來，畢竟妳是警察。我想這點也會有幫助。」

「是我好運，只是好運。」

「妳殺了他對吧？那個人？」她的雙眼散發出希望直直盯著她。「那個綁走妳的人？」

「對，他死了。」茱德坐在那兒，想著剛剛愛娃分享的資訊。這些失蹤女孩之間有關聯嗎？她闔上筆記本，站起來，向愛娃遞上有她聯絡資訊的名片。「我會去查這件事。」她承諾。

「每個人都這麼說。」

「我是認真的。」

42

烏利亞從他的電腦螢幕前抬起頭，看到茱德大步走向他，一手拿著一疊紙。她猛力將那疊紙一把甩在他桌上，他覺得彷彿一陣風打在臉上。「所有的失蹤者，」她一字字唸著，一手撐在臀部，像準備要和他對簿公堂。「全是女孩。」她眼中冒著火焰，這不常見——尤其是在警局裡，至少談論案件時沒有。

「我以為妳去看牙醫。」

「我說謊了，」她說：「我去聖保羅見了愛娃．吉米尼，奧泰薇．吉米尼的母親。」

老天。他就知道她背著他去找奧特佳是為了談失蹤女孩，也知道奧特佳一定拒絕了。那是在茱德「去看牙醫」之前。

她說：「我們得查一下這些。」

他伸手去拿那疊紙。「我會交給失蹤人口組。」

她的手壓在那疊紙上。「不行。」

「妳可能忘了，但妳的安全帽裡有一顆切下來的腦袋。而且之前還有個漂在湖裡的女孩。我們不能無視這些去追失蹤人口組的懸案。」

她問：「你知道我怎麼想的嗎？」

「我絕對猜不到妳在想什麼，所以妳得自己告訴我。」

茱德拉過一把椅子靠向烏利亞坐下，視線直直鑽入他雙眼，「要是這些案子彼此間**真的有關聯**，怎麼辦？」

他沒有新的答案，他說了也不只一次。

她說：「我是說失蹤案和我們手中謀殺案的關聯。」

她的說法太牽強了。你可能會在一些過度投入案件的警察身上看到這種狀況，因為他們腦中已然一團混亂。「我很懷疑這幾則失蹤案的關聯性，更別說還**扯上**最近的謀殺案。」

「我只是推測。我們目前將這些犯罪獨立來看，但要是它們並非各自獨立呢？要是有一些、甚至所有案件都互有關聯？我們無法承擔不考慮每個細節、追查所有線索的後果。」

「妳只是企圖串聯起一些根本不存在的疑點。除此之外，我們根本擠不出人力，只能選擇專注在一個案子上。」

「好，那這女孩怎麼說？」茱德將那疊紙洗牌，拉出最上面那張。列印紙上是個漂亮的少女。她接著說：「她被判定自殺。」

「人就是會自殺。」他不帶情緒地擠出那兩個字。他們彷彿交換了角色。

「你知道她怎麼自殺嗎？她口袋裡有石頭。你知道還有什麼？我聯絡了驗屍機構：她肺裡沒有湖水。」

現在她抓住了他的注意力。

烏利亞桌上的電話響起。「這疊紙留著，」他對茱德說：「我會看，我保證。」他接起電話，是川特打來的，他們的影像專家。

「關於影片裡頭那些牆上的燈座，」川特說：「你一定不會相信……那些是為州長宅邸專門訂製的。」

烏利亞敏感地意識到茱德還坐在一英尺外，眼神滿是疑惑。我的老天，州長。這段影片難道是抹黑？這不是第一次有記者試圖去挖政治人物的黑料。也許卡得威聯絡茱德正是因為她是薛令的女兒，而且知道她和她父親之間的衝突。

「還有好消息，」川特說：「數位鑑識提取到拍攝日期。」川特分享消息時，烏利亞明明覺得自己態度上不為所動，茱德卻彷彿看出端倪般冷不防站起。他在電話上的反應立時讓她大腦高度警覺，儘管他依舊是一副撲克臉。

「怎麼了？」烏利亞一掛上電話，她等不及開口。

他說了州長住處的燈座，看著她消化那資訊。

「還有呢？這不是全部。」

「數位鑑識人員也找出影片的拍攝日期。」她注意到他多不情願分享消息，他知道她會對日期做出自己的詮釋，甚至過度解讀。「那是在奧泰薇．吉米尼失蹤前一週拍攝的。」

43

三小時後，茱德和烏利亞的車停在州長宅邸前方。位於山頂大道兩旁林立樹木的林蔭大路，是聖保羅以美麗石造房屋聞名（而且許多人只能在夢裡擁有）的高級地段。幸運的是，茱德從來沒住過這裡，因此不會想起痛苦的回憶，而這可能會讓接下來的事容易點。她隱隱思忖著，不曉得父親是否還保有他們仍是一家人時那棟明尼亞波利斯的小木屋，但又決定還是不知道比較好。

她的父親。

茱德拚了命想埋葬的一切，就這麼讓一通辨識出影片中燈座的電話浮上檯面。

她的父親。

死亡會衍生否認和責怪。她在重案組警探的職涯中看過無數次，先否認、再責怪，總是最先出現的兩種反應。少了否認卻往往是犯罪者「露餡」的跡象。因此當上警察後，她明白自己孩童時經歷了什麼，也明白她曾經被誤導的信念。一種緊抓不放、深深相信的，一種足堪遷怒、全神貫注的事物，僅僅如此而已。但現在……

燈座、拍攝影片的日期，伊恩．卡得威分明可以聯絡別人，卻聯絡了她——為什麼？倘若是茱德，就會**相信**他。而她搞不好是**唯一**會相信他的人。現在，儘管線索薄弱，她卻深深相信父親可能多少知道奧泰薇．吉米尼失蹤的隱情。若是如此，茱德很可能是唯一能下定決心從他身上挖出答案的人——而她甘冒一切風險獲取真相。

他們朝前門走去。她想著母親死去那天，父親那張蒼白的臉，朝茱德伸手前衣服與雙手上的血跡。他啜泣著，哽咽著說出那駭人的過程。但他將臉埋入她頭髮之前，她看見了他的眼神；其後他以為沒人注意時，她也看見他脣邊的笑意。

回應門鈴的是一名陰沉的高個子女人，她沿著走道帶他們前往也充做辦公室的大圖書室。茱德心中的州長宅邸就是這樣的。天花板到地板都是深色木頭，書櫃塞滿書本。不過她懷疑大部分書籍早就在這棟屋子裡。她父親會讀書，但她不記得他曾讀過任何稱得上文學的書——而現在文學類書籍填滿了一整面牆。這些書是為了讓人另眼相看。她父親，至少她還熟悉他時，向來是大眾小說讀者；其中大部分又是她稱為男性小說的類型，比如湯姆·克蘭西。

她父親從一張大到簡直像能停放噴射飛機的書桌起身，走向她，展開雙臂，臉上掛著微笑。

她後退一步，作勢抬起雙手。「這裡沒有媒體，慈父演技就不必了。」她俐落地從資料夾中拿出八乘十的照片，攤在州長面前。「看過這女孩嗎？」

烏利亞悄悄瞪了她一眼。對，沒錯，他試圖勸她別來。但他一妥協，計畫就轉成由他主導這場秀，也預計由他開口；茱德可以同時觀察她父親看到照片的反應。說實話，她對這計畫有異議，但在車上忘了提出。

州長接過凱瑟琳·尼爾森的照片（這女孩被判定為自殺），看了幾秒，又還回來，「很可能見過，但我見過這麼多人。她失蹤時我的確有點印象，當時很多媒體關注。」他搖搖頭。「很悲傷。」

茱德再次拿起資料夾。她父親瞥了她一眼，朝兩人揮手，示意兩張座位很深的皮椅。「請坐。」

烏利亞坐進其中一張。茱德比較想站著，那是更強勢的姿態。但當她父親走回桌子另一頭坐下時，她只能不情願地加入搭檔的行列。這一次，她拿出奧泰薇．吉米尼的照片。因為桌面很大，她幾乎是讓照片滑進他手中。「這張呢？這女孩看起來眼熟嗎？」

他呼吸的變化幾乎難以察覺。茱德偷看烏利亞，想知道他是否也觀察到。沒反應。

一個敲門聲，接著辦公室門打開，那名帶他們過來的女人探頭進來。「車子五分鐘後離開。」她表示。

很難不注意到州長鬆一口氣的模樣，而茱德不禁想，他是否早給了祕書打斷談話的指示。可能吧。

烏利亞指著桌面：「您看過這女孩嗎？」

「啊，對。」州長仔細看過，搖了搖頭又放下。他的前額微冒著汗。「我不曉得。現在究竟是什麼情況？」

「這名女孩三年前失蹤，」茱德往前傾。「消失前幾天，她在這裡，參加了泳池派對。」

他那副上鏡的表情消失無蹤。「其實不只一次，我去小屋時發現助理在宅邸開派對。大家都知道這件事，媒體也逮到風聲。沒錯，這名年輕女孩完全可能來過這裡。」他看著烏利亞。「多年來，茱德都想要我為她母親的死負責。現在聽起來，她似乎是要我為失蹤的女孩負責。我的女兒狀況不穩定，你很清楚，對吧？」他盯著烏利亞不放。「對於發生在她、在我們一家人身上的事，我非常悲痛。出於對死去妻子的尊敬，我並不想提到茱德，但請別逼我將我女兒的精神狀態公諸於世。」

「我非常懷疑你做不做得到，」茱德說：「不管人們相不相信，這對你都沒有好處。倘若你還公開羞辱自己的女兒。我聽說你想選參議員。」

「妳要是繼續逼我，不收斂妳的言行……還有妄想，我會召開記者會公開一切。妳會丟掉工作，再也無法出現在明尼亞波利斯或聖保羅一帶。」

聽完州長這一長串激烈的言詞攻擊，烏利亞站起身。「茱德，好了，我們該走了。」

他氣瘋了，被她氣瘋。他確實不太對勁，這是新線索。但談到她的精神狀態，她父親成功在他心裡播下新的懷疑種子——也許不只是懷疑。

她早見識過了。菲利普．薛令能夠讓任何人相信任何事。但烏利亞竟然上當，她很訝異。

茱德收拾照片，看著父親站起來，手伸進西裝，拉了拉背心。即使他表面上透著一股冰冷的氣息，她依舊嗅得到他緊張的汗水。他怕了，而且在隱藏些什麼。

茱德還有最後的王牌，而且很可能是一張決定她命運、而非父親命運的牌。「你說得沒錯，我不太穩定。」她站起來，手伸往腰帶解開槍套，拔出槍來。

是否有可能，她許久之前就計畫好了這次的對峙？就在他們接到那通解開影片謎團的電話之前？感覺這齣劇本早就寫好，如此從容不迫。她在屋頂凝望天空時是否就想過這件事？

又或是她還待在地下室那個方形牢籠裡的時刻？也許吧，她不確定。單是這些可能性就令她懷疑自己。她父親或許是正確的？難道這全是個瘋狂的孩子——之後長成瘋狂的女人——的妄想？

每一秒鐘有如以十倍速慢了下來。她以拇指推開保險，雙手握槍，瞄準父親的胸膛。

「告訴我那天樹林裡的真相。」

相對於室內緩慢而沉重的氣氛，烏利亞的速度飛快。他一隻手將她的雙手推往空中，同時以身體將她撞倒在地。

槍響爆出，她和烏利亞慢動作倒下，她甚至還有時間思索子彈將射向何方。很可能不是她父親。也許是牆上、書上，或天花板。

她希望不要傷到任何人。她唯一想傷害的人正一臉荒謬地站向書桌後方。她快笑出來了，若非摔到地上時烏利亞壓在她身上，壓迫她的肺部，她搞不好真的會笑出來。

她想告訴他，其實她不會殺死他，那只是威脅他開口的手段，讓他最終坦承自己殺了她的母親；或是讓他說出那些失蹤女孩的事，或以上皆是。但真相是，她並不確定自己一定不會射殺他。

烏利亞看著茱德，臉距離她非常近。她覺得似乎得說些什麼。「本姑娘需要有人補槍的時候，怎麼這裡剛好沒有碧草丘[5]？」

5 碧草丘（Grassy Knoll），因美國總統甘迺迪遇刺案、埋伏於此開槍的神祕槍手聞名。

他閉上眼，然後睜開。他是不是差點笑出來了？不是。

她手上的槍被拿走——也許是烏利亞——然後他的行動出乎她意料：他拂了拂她的頭髮，喉嚨傳出只讓她聽到的音量：「沒事的。」

但他錯了，永遠不會沒事，永遠。她看進他雙眼時傳遞了這想法，並在他眼中看見同情與憐憫。

他自責：「我很遺憾妳出了這些事。」

她低聲說道：「他對奧泰薇．吉米尼的事撒謊。」

「妳怎麼曉得？」

「我讀得出來。」

「妳讀不了人的，茱德。妳讀不了死掉的女孩，也讀不了活著的人。」

原處傳來腳步重重踏過地板的聲音。

烏利亞離開她身上。他身體的重量一消失，就有雙手抓起她的手臂，她被拉著站起身。她父親的員工出動。扣著她的人其中之一就是她哥哥亞當，茱德很意外。

她與他對望好幾分鐘，等著他開口說點什麼，但他沒有。於是她低頭看著從資料夾掉出來、面朝上躺在地板的八乘十失蹤女孩照片。

警笛漸近，烏利亞銬住了她。

「你看過那女孩吧？」她問亞當，下巴努了努照片。

他從鼻子吹出一口氣，無視她的發問，轉向烏利亞。**我不是說過了嗎？**

將她交給警員後，烏利亞收拾著列印資料和資料夾，以及茱德的槍。她被帶上警車時，又騰出最後一眼看了父親和哥哥。他們高高站在那幢石造宅邸的前門注視一切。

也許她**真的**瘋了，也許她對於她母親的意外完全判斷錯誤。但要改變想法已經太遲了，要放下她背負了三分之二人生的信念也太遲了。

她微笑，覺得這一刻是這麼多年來最平靜的一刻。一隻堅實的手按上她的頭，她被推進裝了牢桿的警車後座。

44

「妳父親不會提告。」烏利亞跟著警車開到海尼平郡監獄地下層的入監辦理處，猜想法官至少會稍加訓斥茱德後，才送她回家。但她父親透過一些關係，讓她沒被起訴就獲釋。

在地下層停車處，手銬解開。烏利亞抓著她的手肘拉她上車。茱德坐上副駕駛座，他開上出口坡道。當自動門打開，他轉上第四大道。

「他當然不會起訴我，」茱德說：「起訴代表被媒體關注，他可不想讓這些消息出去。你也許不相信我，但他都在說謊。」

「畢竟妳對他這麼熟。」

「我的確是。」

「是嗎？打從十六歲妳就沒和他同住，也和他毫無瓜葛。」

「不代表我不熟悉他。」

「好，就當他真的撒了謊，」他決定迎合她。「妳覺得他隱瞞什麼？」

「他知道一些奧泰薇．吉米尼的事，他的反應不像完全不知情。」她嚴厲地看他一眼。

「你對我翻白眼？」

「對，因為妳打定主意針對妳父親。妳還小的時候誤以為他殺了妳母親，而現在他成了惡魔州長。妳看到了根本不存在的犯罪。就算那傢伙做出任何可疑的舉動，這很奇怪嗎？他正野心勃勃地企圖競選參議員，他那指控他謀殺、毀壞他名聲的女兒卻跑來偵訊他。我倒是可以確定，他想必很擔心妳會對媒體放風聲。畢竟隻字片語就能毀掉一切他參選的機會。」

「你現在站他那邊？」

「根本沒有哪一邊。妳得放下過去。這並不簡單，但相信我，我懂，而這會妨礙妳。假使來到手上的每件案子都讓妳聯想到他，那麼——，」他自己打住。

「那麼怎樣？」她問。

「算了。」

「我幫你說：那麼我最好離開重案組。你要說的是這個，對嗎？」

他看著前方的路況和車輛，然後開口：「剛才妳打算殺了他？」

「你是以警探的身分問訊？」

「不列入紀錄，完全不列入紀錄。」

一段漫長的死寂，然後——「我不知道。」

烏利亞轉上華盛頓大道橋下層。一越過密西西比河，橋就將他們丟入校園，右邊是法蘭克·蓋瑞[6]設計的衛斯曼美術館，左邊是新型的輕軌列車。學生一個接一個從車前橫越街道，姿態有如在公園漫步。

「我們要去哪裡？」很不幸的，她終於發現他們並不是要回她的公寓或警局。

---

6 Frank Gehry，美國後現代主義、解構主義建築師。

他按下安全鎖，鎖上車門車窗。「我接到命令，妳得接受七十二小時強制精神治療。」

「你開玩笑？」

「我這輩子還沒這麼認真過。」幾分鐘後，他開進明尼蘇達大學醫學中心的急診入口，停在病患接送區。他下了車，繞過車後，打開她的門。「下車。」

「這是我父親的命令？」

「是奧特佳。妳出來之後也不能再回到警局。茱德，我很遺憾。妳還沒準備好面對這一切，今天是很好的證明。而說真的，我認為妳永遠不可能準備好。」

「你這下三濫。」

他已做好她會逃跑的心理準備，但她沒有。她在裡頭簽下面前的每張表格，任由護士帶她沿走廊走進一扇厚門，她進去後門鎖上。

或許她也很清楚，這樣最好。

烏利亞注視著這一切，猜想她是否會回頭。她沒有。不，他不認為她會滿足他這個想法。就像她父親一樣，如今他也是她的敵人。

回到車上，他拿出手機打給奧特佳。「辦好了。」

45

茱德抓著裝滿藥的一只白色紙袋，內含幾張用藥須知和聯絡資訊，離開明尼蘇達大學的精神醫學中心。

在這七十二小時，他們給了她一些加重劑量的藥物，以「重置」她的腦子。而茱德更傾向認為這是將她的腦子強制關機。那也無妨，或說更好。但現在，那些藥物在她血管裡歡快歌唱，也逼得她想就此倒在地上，可是她必須回家。她一回家就要爬上床。可是該怎麼回家呢？她的摩托車仍在警局車庫。看來只剩下計程車或Uber，或輕軌。感覺全都難如登天。

有人喊了她名字。

她轉過頭，這世界搖晃暈眩。一隻手抓住她的手臂，那年輕的聲音說道：「妳沒事吧？」

她眨了眨眼，試圖對焦。面前站著一個面露擔憂的大學生。鬈髮，蓄鬍。她點點頭，於是他放開手，大步走開，再次回到校園與他的世界。

她不喜歡陌生人碰觸她，但那學生停下來擔憂她，這使她喉嚨灼熱起來。善良依舊存在，她絕對不能忘記。這很重要，她曾對烏利亞說教，而這是她重返警察崗位時不慎遺忘的事物。

好人依舊存在。

並非每個人都是邪惡之人。

又一道聲音重複了她的名字。

她朝著那聲呼喊轉過頭，這次放慢了。她僅僅感到輕微的暈眩，目光很快聚焦到一名靠在車上、交叉著雙臂與腳踝的男人。

格蘭。

她原本預期會見到烏利亞。但現在她沒辦法和他交手，甚至不確定自己這輩子是否還做得到。不過她不需要了。奧特佳昨天順道來醫院……又或是再前一天？不管哪一天，奧特佳又重申一次烏利亞對她說的話。

奧特佳說：「我們要請妳走，」接著解釋他們會安排讓茱德拿到醫療給付。「這一切我會負起全責。妳不該直接回警隊，應該先從無行為能力者的身分慢慢調養身心狀態。我們會打理好一切，我們會照顧妳。假使生活得節制一點，但應該沒問題的。」

茱德原本想問奧特佳，假使她生活不節制會怎樣。

格蘭揮起了手，茱德朝他走去，心中彷彿看見自己拖著腳前進的模樣。如果她還有絲毫力氣，看著腦中所想像的畫面一定會笑出聲。

他打開副駕駛座的門。「上車，」他說：「我載妳回公寓。」

她上了車。格蘭甩上車門，繞過車子，坐到她旁邊。

開離人行道邊欄時，他提醒她：「安全帶。」

她掙扎著繫好。在她車窗外頭，學生來回走動在寬廣的人行道上，前往教室或宿舍。那樣的生活似乎遙遠又陌生，卻相當撫慰人心。她能理解總有些人想當一輩子的學生。那是個與世隔絕的世界，怎麼可能不美好？

「我聽說妳今天下午出院，」格蘭說：「我想妳可能需要幫忙，畢竟妳的摩托車還在車庫。還有……妳現在也不該騎車。」

「你說得對。」

她的腦子彷彿暫停運作——至少她感覺起來如此。又或是在漂流，因為她會突然發現自己回到現實，回到車裡，車子行駛在街上。

到了她的公寓，兩人坐電梯上四樓，她拉開門鎖，開門。起居室裡的咖啡桌中央，放了一只裝滿物品的厚紙箱（她認出那些原本都擺在她警局的辦公桌上）。但她很遺憾沒看到那盆栽。

「大樓管理員讓我進來放妳的東西。」格蘭解釋。「我猜妳也許不想再回局裡。」他橫過房間，打開冰箱。「我也幫妳帶了點東西。」一如益智節目裡的美女助理，他展示冰箱門上的架子。「牛奶、果汁、雞蛋。」然後讓門慢慢關上，再打開水槽上方的櫥櫃。「這裡有麥片和麵包。抱歉，但得收回妳的筆電。那是警局發的，我得帶回去。」

「謝謝你做的一切。」她放下那袋藥，拉開錢包拉鍊。

「妳不需要給我錢，」看她打算付錢，他說：「這不算什麼，我只想幫忙。」

「你是個好人。」

「這個嘛，」他微笑。「我盡力。」他四處打量。「要我待一下嗎？我可以陪妳。」

「我想一個人。」

他點點頭。「需要什麼就打個電話或傳簡訊來，妳有我電話。」

「好。」

他一離開，她就想起貓。

她打開碗櫥拿出一罐貓食，裝了一小罐水。即使身體和心靈只想鑽進床上什麼也不想做，她依舊逼自己離開公寓，爬上細窄陡峭的樓梯到屋頂。

那裡已經有人了。那人站得離屋頂邊緣很近，低頭看著街道，聽到動靜便轉過身。她認出那是威爾．賽巴斯汀，大樓管理員。「很高興妳回來，」他說：「妳不在的時候我幫妳餵了貓。」

貓食與水都是滿的。「那不是我的貓。」

「不管是誰的，總之我餵了。」

她將貓罐頭和水放在桌上。「我從沒在這裡看過你。」雖然菸屁股正是他來過的證據。

「我通常白天上來，不像妳是晚上。」

他很可能知道她睡在那塊平臺，但今晚不會。這時候還要鋪整睡覺的地方太累了。

威爾走過屋頂，靠向她。「我剛出獄的時候，」他對她說：「無法忍受狹窄的地方，有些人倒是受不了開放空間。要是叫他們上來這裡可會嚇死。」

她再次感到暈眩。「我得走了，我得躺下。」她伸出手想拉開沉重的鐵門。威爾一隻手在她頭上方撐著門，隨她一起下樓梯。門在他們身後大力關上。

她不喜歡那聲音。

到了她那層，威爾跟著她進公寓，瞥到桌上有著藥局商標的白色紙袋。「他們讓妳吃了什麼藥？」

那麼明顯嗎？她拿起袋子，撕開訂書針，遞給他三個處方藥瓶。她是想騙誰？還不明顯嗎？

他閱讀瓶上的標籤，「這劑量很重啊。是給住精神病院的人吃的混藥。」抗精神病藥物、鎮靜劑、安眠藥。「要對症下藥的話……」

「我會吃鎮靜劑，」他對她說：「可能只需要一半劑量整個人就會當機，幾乎動彈不得。妳需要時間調整——我不是建議妳別吃。」他說，似乎突然想到，對於她這種處境的人來說，他給的不是最佳建議。他遞回瓶子。「我不是那個意思。我只是說，妳也許會好一陣子沒辦法正常生活。」

「反正我也無事可做。」她倒進沙發，遲緩地將處方藥瓶放回桌上。「我被開除了。」

「哦，老天，我很遺憾。」

「別擔心，我還是付得起房租。」

「不打緊，反正大樓早空了一半。」

「我得睡了，所以……」

「等妳恢復前，我會照看妳的，」他說：「朋友照顧朋友。妳有什麼需要，早晚就喊我一下。如何？」

「好。」

威爾一走，她從瓶中倒出藥丸到手上，丟進嘴裡、喝水吞下。藥生效得很快，幾分鐘後她已在沙發上躺平，體驗威爾口中的動彈不得。她的手機響起，她簡直像是花了一輩子才從後口袋拿出來。

她瞪著螢幕上的名字：**烏利亞・艾胥比**。她直直注視著，等手機終於不再響了，名字也終於消失。一陣子後，她聽見簡訊聲，她無視，將那玩意兒丟到一邊，閉上眼睛，等著黑暗將她吞噬。

46

一切都更好了。茱德從醫院被放出來差不多一星期。一個明亮的週日早晨，她在公寓附近的農夫市集閒晃，腦中萌生這樣的想法。

她甚至不在意自己沒回覆烏利亞的電話和簡訊。他已經成為她過去警探生活的一部分，再也毫無關係。那人已經不在了，而她曾調查謀殺案的短暫時期現在看來宛如一場夢。

她之前到底在想什麼？竟然回去那裡？

他們之前到底在想什麼？竟然讓她回去？

她停下來看著眼前幾顆豔紅的番茄。然後拿起綠色的厚紙板箱問：「多少錢？」

「五塊錢。」

茱德將手伸到斜揹胸前的郵差包，拉開一個小拉鍊錢包，拿出五塊錢遞給桌後方的女人。女人接過一把塞進黃色圍裙的口袋（女人的指甲覆滿髒泥），並將番茄丟進袋裡，交給茱德。

她還沒準備好回去。她永遠不會準備好。她一邊想著，一邊穿過擁擠的購物人潮。

她現在無論何時打開從二手商店帶回的那臺小電視，當她看到另一樁兇殺案——或任何一樁兇殺案——的報導，心中深知那已與她無關。即使媒體掌握到她的動向，播出她出院當天拍到她的照片（手中緊抓白色處方藥袋的特寫），即使這樣她也不在意。

她甚至也不在意睡在屋裡。這就是進步，不是嗎？當她回想自己在屋頂的那些夜晚，看清了那行為真正的意義：瘋子的行徑。

她依舊每天上屋頂餵貓，但也就這樣而已。她將飼料放入貓碗，隨即飛也似地奔下樓梯，擔心待太久可能會恢復成那個一度以為睡屋頂很正常的人。

但是父親的新聞仍讓她困擾。她還沒從那場變故走出來。州長住處爆出的醜聞反而讓他更受歡迎。之後，他在州長辦公室召開記者會，略過她開槍的細節，只提及她情緒失控，解釋他女兒行之有年的身心狀況。遭到綁架只是讓她變得更嚴重，不該責怪她。也許該怪的是精神健康機構，也許該怪的是這個社會羞辱精神病患者的方式。若要說這件事帶來任何好處，至少幫助這個議題得到一點關注。而他承諾會將精神健康領域視為他政治生涯的優先議題。

大家鼓掌。

眾人愛他。

茱德透過電視螢幕注視著他的臉時，發現自己也想愛他。她記得自己曾經多麼愛他。

離開農夫市集前，她從一個穿碎花洋裝和白色夾腳拖的苗族裔小孩手上買了一束小蒼蘭。茱德將那束花舉近鼻前，吸入那甜美的香氣——但什麼也感覺不到。

這是女人會做的事。在市場買花回家，擺放在桌上。明天她會去參加圖書館的讀書俱樂部聚會，今晚她會在YouTube上觀看更多編織教學。也許，威爾會帶晚餐來閒嗑牙，又或者問她想不想去聽公園的演唱會或沿著湖邊散步。

而她會去。因為那很正常。

在街角，她按下「行走」的按鈕，等待號誌燈轉變。

「芳坦探員！」

茱德轉身，看到一名穿著牛仔褲與藍綠色帽T的金髮女子朝她跑來。那女子一靠近，茱德感到自己的胃往下一沉。**愛娃・吉米尼**。

那名悲傷的母親至少留了二十則語音留言，茱德都沒回應。起初的三則之後，她不聽內容就刪除。

燈號變了，綠色的行走標誌出現，伴隨不斷倒數的秒數。茱德無視那女人，走下人行道邊欄，迅速往前走。

愛娃・吉米尼跑著想追上，她手臂下夾著一只印著粉紅字體的白色鞋盒，有如懷揣一顆足球。走了大半條街，她追上茱德。「我一直試著聯絡妳，」她氣喘吁吁地說：「我一直留言給妳。」

兩人走到對面的人行道時還剩三秒，距離茱德的公寓幾個街區，她不希望愛娃繼續跟過來，但這女人顯然不會放棄。茱德深吸一口氣，轉過身面對她。

她看起來和上次不一樣了。沒那麼邋遢，也許剪了頭髮，還化了妝。

「我已經不是警察了，妳可能也看到了新聞。我根本不該回去工作。」

「兩年來只有妳聯絡我，」愛娃說：「只有妳給我希望。」

茱德腦中只想著：那是**虛假的希望**。但沒說出口。她雖然已經沒什麼情緒，依舊覺得虛假的希望很糟。「我很抱歉，」她說：「妳還是得去找失蹤人口組。」

「我找過。他們就朝我點點頭，一副認真做筆錄的模樣，但我可以確定，他們肯定在我走後就扔了所有的筆錄。他們根本**不在乎**。」

「我覺得不是這樣……」事實上是，他們盡了一切努力。

「妳能繼續嗎？」愛娃問：「即使妳不再是警察，還是可以繼續找我女兒，對嗎？」

「我很抱歉。」

「我沒什麼錢，但還付得起妳的酬勞。」

「不是錢的問題。」

愛娃彷彿覺得茱德可以修補她的人生、從谷底拉她一把，並且將她的女兒帶回來。而茱德恐懼地發現，她竟然差點問那名哀傷的母親是否想過學編織。茱德將那束花推給愛娃。

「這給妳。」

也許這幫得上什麼，也許送花給她可以赦免茱德聯繫她的錯誤。但在現實中，倘若這舉動真的代表什麼，也代表了那甜膩的氣味可能永遠將這一刻嵌進她們兩人的腦海中。這一天，茱德總算領悟到自己多麼愚蠢，而愛娃．吉米尼理解到沒有任何事、任何人將為她再多做些什麼。但愛娃不知道，也可能永遠不會對自己承認的是：她女兒早就死了。

所有警察都曉得。

四十八小時下落不明，遭到綁架的人極可能已遭殺害。那麼，三年半呢？

茱德是少之又少的例外。單是茱德仍活在世上的事實，單是她還在呼吸、拜訪愛娃，並且做出她根本無法履行的承諾，這些都給了那可憐的女人一線希望。

「收下吧，」愛娃將鞋盒塞進茱德手中。「說不定能幫妳找到奧泰薇。」她轉身奔跑，留下茱德獨自站在人行道中央。遠處響起教堂鐘聲，她凝視著鞋盒。

47

回到公寓，茱德將鞋盒放在咖啡桌上，不確定該怎麼處理。塞進衣櫥嗎？還是推到沙發底下？她當然不要打開。即便她這麼想，依舊記下盒上的Skechers品牌和六號半的鞋碼。她發現自己正思索著那些失蹤女孩的外貌特徵；倘若調查此案已知的線索，還需要知道哪些線索；並且比較失蹤女孩與遭謀殺女孩之間的差異。

但她可以放手。

她走進廚房，在杯子裡裝滿水，吃下她的藥——比平常的時間稍晚。這是她學到早上有計畫時的服藥小技巧。畢竟藥效一旦在體內作用，腦子就會好幾個小時無法運作，甚至大半時間不記得自己做過什麼、去了哪裡。醫生宣稱她會習慣，但到目前為止她從未「習慣」。

如今她的腦子已被重置，知道自己在州長宅邸所做的絕非正常人的舉動。而當她一想起這件事，總不禁質疑起她在母親死後做過、感覺到的每一件事——甚至包括她逃亡之後回重案組、宣稱能解讀屍體和一般人身上透露的線索。但現在不會了，自從她服藥後再也不這麼做了。

回到起居室，她整個人倒進沙發，將枕頭墊在頭下，打算仰躺著安然度過接下來的一小時。她瞥向鞋盒，伸手去拿，放到自己的肚子上，掀起盒蓋。

她猜想愛娃早已仔細檢查過盒內的物品，不會只是隨意收集失蹤孩子幾年前的物品……

但就算奧泰薇還活著——這可能性微乎其微——也不是個孩子了，而是個十九歲的女孩，已經可以投票、可以從軍了。

茱德一一檢視照片。一頭深金色直髮、綻放完美笑容的漂亮女孩。她和其他女孩的照片，她和男孩的照片。有個男孩重複出現在好幾張立可拍中。

如果是茱德偵辦這個案子，她會向愛娃詢問奧泰薇那些朋友們；假使他們還住城裡，也許還會找孩子們面談。

她在盒子裡發現一條碎掉的手腕花，還有黑熊加油站的皮革鑰匙圈。明尼蘇達裡很可能一半的青少年都擁有黑熊的商品。那是前往北岸途中的知名景點。

一本封面綴著蝴蝶的日記躺在盒子底部。女孩的人生就此中斷。

這只盒子和貧乏的內容物呈現女孩的人生旅程，彷彿正等待著整個世界，任何事、任何人都如此可能，愛與快樂都如此確切。二八年華。

即便茱德在那個年紀根本過得一團混亂，依舊能回想起宛如魔法般充滿希望與願景的感受。

她翻開日記。

手寫字跡很青春，圓圓大大的。茱德想像深金色頭髮的女孩盤起雙腿坐在床沿，一邊寫著，粉嫩的嘴唇同時露出一抹微笑。

她確認日期，注意到第一篇寫於奧泰薇消失前大約一年。她將鞋盒放到一邊，擺好日記準備展讀。

日記中寫的都是朋友、男孩和學校，朋友和男孩占了大部分。破處，還有第一次喝醉。日記翻到一半，奧泰薇寫自己偷溜出門，告訴母親去朋友家，其實是去鎮上或鎮外參加派對。

直到這裡，日記看起來和真的一樣——一個年輕女孩毫無保留一股腦兒傾吐心事，沒有祕密。但茱德讀到一半後，日記內容變得不一樣了。也許奧泰薇寫日記寫煩了，或學校裡忙不過來，字裡行間轉為含糊其詞。她還是提到離開鎮上參加派對，可是沒有更多的細節。先前都會具名提及男友，後來只剩下星星的代號。

在其中一篇，她寫到四肢被「有刺的樹叢」刮傷，回家後她母親質問原因，奧泰薇捏造了她朋友家有座玫瑰叢的故事。

她感覺奧泰薇的刮傷是關鍵，但也可能是藥效發作。那些藥在茱德體內流動，讓她的身軀如千斤重、心智也變得遲緩。她努力撐起沉重的眼皮，讓思緒在軌道上理性運行。

她每一天都參與這場競賽。沒有多少時間了，她昏過去前抓起手機，滑過一些名字，打給法醫檢驗辦公室的英格麗・史蒂文森。

出乎意料，史蒂文森法醫親自接聽。

茱德解釋：「我想追蹤斬首案的後續。」

一陣沉默。「我以為妳離開重案組了。」

茱德撒了謊。「我現在是兼職，」她說：「我獲聘繼續追查瑪斯特和霍特案。案件都辦到這進度了，讓我繼續調查比換人好。」聽起來合理嗎？她這樣說合理嗎？

她想必聽起來很有說服力。史蒂文森接著詢問自己可以怎麼幫她。

「我正在讀一些資料，」茱德翻動日記紙頁，製造窸窸窣窣的聲音。「蘿拉・霍特的手臂和腿上是否有刮傷？」

「等我找一下檔案。」

茱德聽見敲鍵盤的聲音，想像著坐在辦公室電腦螢幕前的英格麗。

「她腿上沒被燒到的部分皮膚上有撕裂傷。」

「可以推測傷口來源嗎？」她說得含糊不清。茱德坐起身，腿一晃落地。公寓彷彿也傾斜了。她閉上眼，頭微微後仰，等待公寓停止晃動，整段時間都淺淺地呼吸著。

「我的推測是某種有刺的植物。很可能是沙棘，在北部造成滿嚴重的問題。」

她們又談了一些，然後茱德道謝，準備掛電話。英格麗突然說：「很高興妳還在調查這個案子。那些新聞報導讓妳的經歷聽起來很可怕。」

「妳知道媒體就愛誇大一切。」

「的確，」法醫笑著說：「印象中關於我的資訊沒一個是正確的。但連我看那些新聞時，也忍不住將這一切當成事實。它們真的不能再這樣渲染下去。」

茱德謝過她（說話有些大舌頭）。接著她想將日記放回盒子裡，一條細細的鍊子吸引了她的目光。她拿出那條項鍊，高高舉起。

那是她曾見過的心形設計，上面刻著奧泰薇的名字。**他給她們每個人刻字項鍊**。她想著，將鍊子丟回盒子裡，蓋上盒蓋，昏睡過去。

48

茱德在沙發上醒來，分不清東南西北，身體緩慢遲鈍，腦中只剩下一點日記內容，以及打電話給法醫的記憶。咖啡和沖澡毫無幫助，而且她非常確定本來就不會有幫助。

傍晚，她認出威爾的敲門聲，開門讓他進來。

「想騎車兜個風嗎？」他走到廚房，檢查她確實從一週七天的分裝容器吃了藥。他揭開蓋子，再「啪」一聲闔起。他在廚房裡洗起了盤子。他在她公寓到處晃來晃去好像已經一點也不奇怪。

他回過頭問：「妳今天吃了什麼？」

「我在農夫市集買了點東西。」有嗎？她想不起來了。茱德變瘦了，而他總要檢查她有沒有好好吃飯。但她常常忘記——藥物的另一個副作用。

「騎摩托車兜風？」

他的意思是騎**他的**摩托車。現在的她絕不可能清醒到可以自己騎車。威爾從警局車庫帶回她的車子，那車子又回到樓下。她不知道自己是否喜歡和他一起兜風；也許喜歡，也許不喜歡。「我想我待在家裡編織就好。」

他笑了出聲，搖搖頭。「妳？織東西？我真的會笑死。」

「這對我很好。」

「我想也是。」

「你也應該試試。」她試圖進行輕鬆的對話，但這微弱的嘗試卻耗盡了她的力氣。

「我去騎車了。離開前要幫妳餵貓嗎？」

「我可以餵。」

「別忘了妳的安眠藥。」

「好。」

他靠近她，在兩英尺距離外停下。無袖牛仔背心，頭髮往後束起，身上刺青，還有超過六英尺的身高，和兩百磅以上的體重——可那嘮叨的老奶奶個性實在令人莞爾。「我明天早上會來看妳，需要什麼就打給我。別忘了幫手機充電，妳總是放到沒電；冷凍庫裡有冰淇淋，上床睡覺前吃一點。妳需要卡路里。」

她點點頭，他轉身離開。

威爾一走，她進廚房從碗櫥拿下一罐貓食，走樓梯上屋頂。她拿鐵湯匙將罐頭裡的肉挖進一只來路不明的碗。這碗某天憑空出現，她猜想是威爾從寵物店順手買的。

放完貓食，她聽到摩托車離開大樓地下的停車庫，便走到屋頂邊緣，看著威爾的摩托車一路咆哮而去。她眼神落在一輛幾天前就注意到的車子。警局早就撤走了監視人員，但那輛米黃色的車就在格蘭以前停的位置。而且車裡有人。

很可能沒什麼，也許真的沒什麼，希望不會有什麼。

她短暫返回重案組查案恍若一場夢，似乎已是很久很久以前的事。連在安全帽裡發現一顆頭顱的駭人過程都變得不再真實，不過是她在爛片中看到的某個場景。

她記得烏利亞。他似乎比任何記憶都來得清晰，但她不能原諒他的背叛，即便她知道他只是盡了他的職責……也許就是這樣才困擾著她。**只是盡了他的職責**。他一點也沒展現出維護她或警告她的態度，反而直接載她到醫院，這也凸顯出他對搭檔不夠忠誠的一面。

一想到他，她將手機從牛仔褲掏出來，滑過那短短的聯絡人清單，來到烏利亞的名字時停下，稍稍停頓，然後指頭輕戳一下刪除他。

貓還沒出來吃罐頭。

星星倒是出來了，但她不在意。

她回到樓下的公寓，拾起鉤針，在手機上看YouTube的教學影片。十五分鐘後，她將鉤針及毛線扔到一邊。也許應該改上繪畫課。

她走去廚房，「啵」一聲打開藥盒上那格標註星期天的蓋子，在杯子裝滿水，安眠藥倒進掌心。她突然想著這樣的人生，說實在的，並沒有比地下室的人生更好，似乎也沒什麼不同。

她可以從廚房看到鞋盒一角從沙發底下探出頭來。那些刮傷……應該要有人去追蹤那些刮傷的後續；還有項鍊，項鍊可能很重要。

她應該打給烏利亞，接著她又想起自己已經刪除他的電話。而說真的，他會在乎嗎？他會花時間去追尋這麼薄弱的線索嗎？

不會。

但她有的是時間。

她走進浴室，將安眠藥丟進馬桶沖掉。

她有很多時間。

幾小時後，她躺在床上無法入睡，非常後悔沖走了那些安眠藥。她正打算起身從廚房長桌上的棕色處方藥瓶拿一顆，此時卻聽見鑰匙在門鎖中轉動的聲響。

她本能上想拿近武器，但她的槍已經不在了。考慮到她曾遭受攻擊的經驗，這似乎是個不智的處置。她作勢想下床溜走，躲藏起來，突然間嗅到一股熟悉的——揉合廢氣、啤酒、廉價香菸與男性體味的氣味。

威爾。

她留在床上，雙眼僅睜開一條縫，幾乎屏住呼吸。

她聽到門關起，聽到他走進她房間時的輕微腳步聲。

當他來到門口，成了佇立著的一道暗影，對比那街燈照射下從來不算完全漆黑的夜色。

一個只是來探視她是否安好的朋友？

又或是更邪惡的緣由？

他站在那裡整整看了五分鐘，呼吸粗重，然後離開，在身後轉動鑰匙，將門鎖上。

她大大吐出一口氣。還有能讓她感到安全的地方嗎？她是否永遠都會覺得自己將遭受傷害？她拿起手機，考慮打給格蘭，接著又想起那輛停在對街的車，於是將手機放到一邊。她誰也不能相信，只能相信自己——但如今她對此感到懷疑。

49

他的女孩。

他**終於**來了。在他們撕開彼此的衣服，如往常那樣做愛時，她幾乎沒碰他帶來的食物。在黑暗中，她從他頭上扯下面罩，才能在沒有針織布料的阻隔下親吻他。他們做了好幾個小時，直到他再也硬不起來。而這讓她氣瘋了，因為做愛是她生命中唯一的寄託，唯有這件事能打破周遭停止流動的空氣。她嘗試讓他勃起，卻怎麼也做不到，他直接仰天昏睡在那窄床上。

他從沒在那裡睡著過。從來沒有。

她踮著腳尖到提燈旁，打開，再靜靜回到床邊，高高舉著那盞燈。

她毫無頭緒自己在這個小房間住了多久。根據那疊起的一本本日記，她猜想好幾年吧。大多時候，她腦中淨是與想像的綁架者相處的畫面；她內心緊緊抓著那些畫面。他不在時對他百般依戀，他來到時則心醉神迷。

倘若面對模擬人像畫家，她可以給予畫家詳盡的描述，甚至到他身上每一根毛髮、他眼睛的顏色、下巴與嘴脣的形狀。

然而……這個裸身躺在床上的陌生人他媽的到底是誰？這不是她夢中的男人。

他看起來和她的男人不像。**一點也不像**。

她張大雙眼瞪著，試圖以強烈的意志改變他的臉，甚至他的身軀。他**應該**是另一張臉才對。

而更瘋狂的是，她認得這張臉。太匪疑所思了。可是話說回來，這畢竟是她多年來再次看見人的五官。難道是她的思緒仍在捉弄她？

不，那男人就是他。她非常肯定。

他熟睡著，而她是能離開的。是什麼阻止她就此逃離？找到他的鑰匙、找到他的車，開走，接著在走進她家前門時將父母嚇個魂飛魄散。

她仍在試圖釐清思緒時，他睜開了眼睛，抬眼注視她。他慢慢理解整個狀況的嚴重性，他的表情經歷一連串變化。

她看見他了。

而且她能指認他。她也隨即理解到這對她代表什麼意義。倘若他不殺她，就永遠不能放她走。永遠。

「沒關係，」她低聲說道，期望能安撫他。「我只是想看你。」她放低提燈。光影移動間他的長相也變得不同，看起來令人畏懼。「沒關係。我永遠不會告訴別人，我什麼都不會說。」

「對，妳不會。」

他坐起來，即便她已看過他，這麼做毫無意義，他仍抓起滑雪面罩戴到臉上。

就像一名劊子手。

她退到牆邊，一不小心撞倒了一疊日記——那些代表了她人生、她的愛的文字。

有時她會想像自己是大人，有時是孩子。她遭到囚禁時內心變得成熟，但她也知道那股扭曲使自己發育不良。她不時會將眼前的遭遇看作身為女性的一種悲劇紀事，男人是如何將她們控制在掌心。畢竟，這一團糟的人生似乎並未與**沒被關**在小房間裡的女人有著太大差異，不是嗎？而剩餘時刻，她僅僅將這處境看作一個瘋子手下的瘋事。

他慢慢逼近她，意圖明確，雙眼倒映出提燈的光芒。

當他靠得夠近，她放聲尖叫，朝他衝去，朝他的頭甩出提燈、直接命中。他們都因此嚇了一跳。

她向來是如此馴服。

而且她愛他。也許她還是愛，又或者可以再愛上他。他的臉，在她心中已然變回她多年前為他創造的面貌。

提燈砸向地面，房間陷入黑暗。她感到一股氣流，感到他的手打向她、推她，一隻腳踢她的肚子，她仰天倒地，日記如雪崩般散在身旁。她想著該怎麼再疊起它們，想著這會花上多少工夫。然後她又想：她還能活著疊日記嗎？沒辦法的話，日記會落得什麼下場？那些文字？她的文字？關於愛與希望的文字。

她虛弱呻吟著：「你比我想得還要老，」只是個觀察，是要說給自己聽，不是他。「對我來說太老了。」

她的話激怒了他。「真要說太老，那應該是妳。」他又踢了她，但她因打擊了他而感到愉悅。也許，要是她有辦法活下去，她會繼續得意地笑著，尤其嘲笑那提燈猛然敲上他腦袋瓜時的聲響。

50

茱德決定停藥。

不算太糟，也許是因為她其實服藥不久。唯一的問題是睡不著覺，但在威爾每晚那令人毛骨悚然的目光之下，她會裝睡。她說起話來變得含糊不清，假裝對一切毫無興趣，

「我太累了。」她會在威爾提議出遊時這樣對他說。

三天。

要讓腦袋清晰思考，只需要三天。

第三天，她前往車庫裡查看摩托車，但當她轉動鑰匙孔中的鑰匙，車子毫無動靜。她下了車，檢查曾學過該檢查的每個零件。

火星塞不見了。

這可不是隨便會脫落的東西，需要特殊的棘輪扳手才能移除。而既然摩托車一直停在車庫，可能做出這件事的名單瞬間縮水許多。

她一直告訴自己她瘋了，告訴自己她只是妄想。經歷地下室那幾年後，理智斷了線——又或者在那之前就斷了。然而眼前正是有人不希望她離開的鐵證。但也可能只是她的公寓大樓管理員是個瘋子。

她走樓梯到一樓，再從一樓來到有著一排內嵌牆壁信箱的大廳入口，然後經由雙開門出

去。街道左邊最裡側停著那輛米黃色的車。

人行道另一頭傳來腳步聲，威爾正大步朝她走來，臉上掛著一抹擔憂。

她讓肩膀垮下來，表情放鬆。

「怎麼了？」他問，手越過她頭上方，撐著門。

「我本來想出門，」她一手拂過額頭，露出困惑的神情（她希望看起來如此）。「但現在又不想了。」

「今天天氣很好，我們可以沿著湖走走。」

他說的話聽起來如此無害。**如此無害！**她質疑起自己。沿著湖走走聽起來真的挺不錯。

但晚上他會來她房間。

是啊，看看她狀況。

有這麼糟嗎？這麼危險嗎？

有。**有！**

她說：「我太累了。」

他點點頭，表達理解。

「我回去看電視，然後上床睡覺。」

「好，我晚點會上去看看妳。」

他當然會。「哦，嘿，」她假裝突然想起一些不太重要的事。「我剛去車庫檢查我的摩托車，它發不動，也許你能幫我看看。」

「我應該告訴妳的，因為需要換火星塞，我就先拔下舊的。反正妳這陣子也沒在騎，我就沒特別說了。」

不帶一絲愧疚，倒也合理。新火星塞。

稍晚，當他出現在她公寓，她讓他洗碗餵貓。她答應吃藥，但他一離開她就讓藥沖進馬桶。他又回來看著她的時候，她假裝睡著。他一走，她就溜下床，腳塞進靴子，套進一件黑色休閒帽T，抓起背包，並在裡面塞滿個人物品與衣物，還有愛娃給她的鞋盒。

打包完畢，她溜出公寓，走樓梯到屋頂，拉上帽兜蓋住她的白髮，謹慎地窺看街道，果然，車子還在，而且裡面有人，她瞥見香菸微弱的星火。

茱德維持屈膝低頭的姿態，朝建築另一側的樹奔去，攀了根枝幹往下爬，在離地面最近但仍高懸小巷上方的枝幹停住，深吸一口氣、放手，整個人摔向下方的磚塊並打了個滾。

瘀青了，所幸骨頭沒斷。她兩腳一撐站起，稍微調整背包背帶，在巷子裡移動時盡可能待在黑影下，遠離公寓，遠離車裡的人。

她朝最近的自動提款機前進，提出二十四小時限度內可提的所有金額，將現金塞進口袋，拿出手機，注視片刻，然後丟向地上以靴跟踩爛。

51

茱德應該要往北走，也就是發現霍特家女孩屍體的那一帶。距離她母親過世的小木屋並不遠。邏輯上，她理解那兩件事的關聯微乎其微。但霍特家女孩的屍體與薛令家土地如此接近，再加上可能來自附近黑熊加油站的項鍊……雖然勉強算得上薄弱的線索，但依舊只是線索。話又說回來，或許那只是她內心強烈的渴望，想回到她母親曾經深愛及死去的地方。

她想過偷輛車或買輛便宜的破車；她想過搭便車或跳上往北開的賭場巴士。到最後，她做出也許比前述所有想法都來得愚蠢的舉動：她坐市內公車去愛娃．吉米尼的家，小心翼翼拉起帽兜，低著頭。

在黑暗的掩護下，她輕輕敲了前門，直到裡面的人聽見聲響。門廊燈亮起，愛娃也許確認了（或沒有確認）門上的窺視孔。

「是誰？」

「茱德．芳坦。芳坦警探。」

門開了，茱德鑽進去，門在身後關上。「我需要妳的幫忙。」

她沒有說更多細節，因為這顯得全然不合邏輯。而且她的行動看起來就像滿腦子妄想，不是嗎？實際上可能是這樣，也許一直以來都是。「我得離開城裡，我需要車。」

毛茸茸的拖鞋，灰色運動褲，愛娃站在聞起來全是菸味的屋子裡。「發生什麼事？」她問：「妳要去哪裡？」

「明尼蘇達北部。我只能說我在追一條線索。」

「奧泰薇？」

「對。」

愛娃顫抖地舉起一隻手摀住嘴，閃爍的雙眼注視著茱德。「我想和妳一起去。」

「不行。」她並不打算婉轉回應。

愛娃似乎輕易地接受了自己不可能再從茱德身上獲得更多資訊。她轉向丟在沙發上的外套裡一陣翻找，找出一串鑰匙，拿下兩根放入口袋，再將剩下的交給茱德。「妳得先去加個油，油箱裡可能只剩下三分之一。」

茱德收攏手指、握緊鑰匙。「如果任何人跟蹤我到妳家，就說我逼妳給我車，但別說我去了哪裡。」

「車停在街上，」愛娃說：「銀色的Corolla。那是奧泰薇的。我本來停在車庫，但後來我丟了工作和房子，我的車也壞了，所以我就開她的……我好恨那樣……我希望她回家時可以看到車子和離開前一模一樣。」

那輛車代表一個母親的希望。「她剛拿到駕照，對那輛車好驕傲。以她那年紀來說似乎太奢侈，但我認為她開自己的車會更安全。」她爆出淚水，又迅速控制住，繼續說下去：「這件事似乎才剛發生，卻又像已經過了好多年。這生活……我總覺得自己一直待在別人的夢裡。妳知道那感覺嗎？」

「我知道。」

「妳讀過她的日記嗎？妳知道她去參加北邊森林的派對嗎？讀日記前，我根本不知道她跑去那裡；我甚至在她失蹤後才知道這件事。我完全不曉得她做了什麼。」

「很多青少年都這樣。」

「我想是吧。」愛娃打開前門，站到一邊。「小心點，就算妳沒找到她，我還是很感激妳聽我說。我也很感激妳願意採取行動。」她彷彿想到了什麼。「妳就像聖女貞德。」

「她不也瘋了嗎？」

「聽他們在說。」

茱德笑出聲來——這嚇了她一跳。她轉身小跑步到車子旁，靠近時按下「解鎖」按鈕。她將背包丟到副駕駛座，鑽進去，驅車開上街道。

這趟路程迅速又平靜無波。九十分鐘後，她開進黑熊加油站，加滿油箱，然後進去裡頭。內部昏暗的燈光一如夜半時分看到的那種——會讓你以為自己嗑了藥（雖然你沒有）的光線。一片空蕩蕩，除了一名坐在櫃檯後方凳子上的店員。他垂著深色頭髮的腦袋，正在看漫畫。

茱德在店後方找到刻字機器，發現它竟然還在，有點驚訝——卻又不意外。項鍊看起來是一樣的，選項有金色或銀色的愛心形、圈圈形或橢圓形。

她投錢進機器，壓下正確的字母，看著那裝置運轉起來蝕刻項鍊。刻完之後，她從承接的鐵盤中撈起剛出爐的項鍊。她並非法醫鑑識專家，而且還得仔細比較兩條項鍊。但那和她在鞋盒裡找到的項鍊看起來一模一樣，說不定也和達莉拉．瑪斯特屍體上發現的一模一樣。

而那證明了什麼？

什麼也沒證明。

她將鍊子套上頸子、扣好鉤子，到櫃檯買了水和燕麥棒，全部付現，包含汽油。她考慮給店員看奧泰薇的舊照片，但不想引起注意，而眼前的店員能幫上這案子的可能性小得不能再小。

「名字真帥，」看漫畫的小鬼將零錢丟進她掌心時，對著那項鍊點點頭。「祝妳愉快。」

「你也是。」

三十分鐘後，她轉上通往家族土地的小徑。茱德很訝異自己輕而易舉就找到了路，完全不需要GPS。即使她超過二十年沒回來，依舊在內心重返了無數次。

小徑上蔓生的雜草一如北部郊野人跡稀罕的道路，但倒不至於全無車輛駛過的跡象。平行的輪胎軌跡捲起塵土，中間那一道高起的草刷過車子底盤，頭燈光線隨輪胎滾過凹凸不平的表面上下彈跳。她檢查儀表板上的時鐘，再三小時日出。

抵達小屋前，她關了頭燈和引擎。她快速搜索汽車置物箱，找到一支手電筒，拇指推動開關，慶幸地發現還有電力。

下了車，她掩起車門，但沒關上。假使小屋裡有人，她不想因為關門聲透露她的來訪。她的手電筒指向靴子，背帶掛在肩上，走上小徑，發現這一帶幾乎沒有新的車行痕跡。

繞過轉角就是小屋。她舉起手電筒快速掃過前方，沒有其他車輛。她像過往走進犯罪現場般接近小屋，小心翼翼，注意到木頭臺階與門廊上的泥土痕跡。沒有鞋子的刮痕，看來好一段時間沒人來了。

前門鎖著。意料之中。

她從窗戶窺看屋裡，尋找門框上架設保全偵測器的跡象，或是藏在天花板角落的動態感測。沒有明顯的警示系統，她從屋旁一疊木柴中抓起一根，猛力砸向窗戶，打碎玻璃。撥掉最大幾塊碎片之後，她先將背包從窗戶丟進屋裡，再爬進去。一進到屋裡，她摸索著牆上的開關，並因一盞桌燈閃起燈光而略感驚訝。

屋內空間比她記憶中更小，而且天花板很低。她不禁思考是否走錯地方。但是她四處走動時看見了熟悉的物品，比如起居室牆上那張「往昔」身影。家族相片竟然還掛在牆上，實在太奇怪了。

茱德的父親站在她身後，雙手放在她肩上。她母親也在，還有亞當。**一個快樂的家庭**。她更仔細地看著母親。拍照的那天她快樂嗎？答案是肯定的。她臉上的表情、站立的姿勢都洋溢著快樂，不管她過世那天發生了什麼，在「往昔」她是快樂的。那曾真實發生過。

小屋一點也不華麗，尤其對州長而言。父親竟沒賣掉屋子，在那些更受歡迎的社區買下華麗昂貴的地產，這一點她必須讚賞他。木頭內裝，建於五〇年代——如果她記得沒錯。陰暗，透著一股霉味，還有些肥料味——很可能是化糞池。屋裡有起居和用餐空間、廚房，與三個臥室。正前方是一張坐得下八個人的樸素木桌。沒有室內電話，沒有網路。

待在這裡的感覺很不真實，而她得時時提醒自己所肩負的任務：那些身上有刮傷的女孩，項鍊，以及她打算盡可能澈底搜索這一帶的計畫。聽起來全都很蠢。

父母房間的床就和北明尼蘇達許多小木屋裡的一樣，原木製床框，覆蓋格紋被褥的床墊。她逼自己進一步探索，拿起一顆枕頭壓上鼻子吸氣。不是她母親的氣味。她既鬆了口氣，也同時大失所望。她放回枕頭，繼續檢查小屋。來到她的臥室，她停下腳步，這裡的天花板更低，看起來是房間，但早前可能是門廊。

老天。床單都一樣，粉紅配上紫色。這豈不有些瘋狂？彷彿要激怒她才分毫未變。有一瞬間她想回車上，直接開走，離開明尼蘇達，離開她父親，還有母親長眠之地。離開讓她想起重案組的一切，離開那趁她睡覺時盯著她的男人、在街上攻擊女性的男人，以及砍下年輕女孩腦袋的男人。

她痛恨當受害者——也許這是一切的源頭——站穩腳步，打破一扇窗，拔槍對著父親。狠角色永遠不會是受害者。

屋外傳來悲傷且縈繞空間不散的潛鳥鳴聲。她很多年未曾聽見了。

她離開臥室，打開後門的鎖，穿越雜物間出了門廊，朝著鳥鳴的方向走去。通往湖邊的小徑依舊蔓生野草。她繼續朝湖邊前進。她像多年前那樣凝望月亮，讓草尖刷過膝蓋，浸溼了她的牛仔褲。她記得那時母親緊緊抓住自己的手，站在同樣的位置；幼年的她昏昏欲睡，穿著睡衣，很想回去睡覺，卻又深知這是個特別的時刻。

她舉起手電筒在沿岸掃蕩。船塢並未伸入水中，而是等在一旁亟需修繕的模樣。船很可能早就不見了。她回望小屋，理解到他們的人生似乎總是如此照本宣科，如此虛假不實。

52

對烏利亞來說，每個睡眠不足的清醒時分他都想著那些死去的女孩。而考驗他專注力的便是隨之浮現關於妻子的記憶。當然，還有茱德。對於事件畫下句點的方式，他備感歉疚。

他需要睡眠。只要趁隙打盹幾小時，也許腦子能運作得更好。但他卯足全力查案的態度始終難以滿足他眼下最需要的事物。來到清晨五點，他放棄了。與其不斷鎖定同一個案件，他逼自己轉移心思，並衷心希望等他返回謎團時，能以不同的觀點來看待它。

在廚房，他將磨好的咖啡粉舀進咖啡機，往水箱填滿水，按下「沖調」按鈕。咖啡液滴落，他在陰暗的公寓中走動，公寓裡亮著微弱的燈光。烏利亞在唱機上放了張黑膠，隨意瀏覽書櫃上老舊、也是經典的書籍。

他還沒整理茱德給他的書，並因急於搬出箱子，早早就歸到書架上。他瞥到其中的《愛麗絲鏡中奇遇》，懷疑是初版書籍，裡面甚至附有黑白銅版畫。茱德說不定會想拿回去。

他從架上抽出那本書，小心翻開。書名頁上放著一張華麗的藏書票，厚厚的長形紙張，上頭畫著一個年輕男孩在蘋果樹下讀書，下方是個手寫的名字，**娜塔莉**，顯然出版許久才生澀地貼上書名頁。他猜想應該還不到二十或三十年。

也許是睡眠不足，也許是發生在茱德和愛倫身上的事，更別提那重重壓著他的案件。他突然感到憂鬱。

烏利亞對老東西懷有特殊的情感，尤其是書和音樂。舊書和老音樂足以撫慰他，有時卻也讓他的悲傷超出負荷。它們就像提醒他時間流逝的證明。

沒有孩子。

沒有狗。

愛倫死了。

他父母漸漸老去。

他還有什麼？

他的工作。

他的工作，以及滿溢憂鬱氣息的屋子。而在外頭街上，年輕女孩正遭人謀殺，那些年輕女孩再也不會變老，永遠不會發現自我，永遠失去哀嘆時間流逝的日子。

她們本該擁有哀嘆的機會。

他沒做好自己的工作。

昨天他和奧特佳討論請ＦＢＩ介入。早該這麼做了。但是，他們必須證明霍特和瑪斯特案有關。

咖啡機在廚房爆出最後一股恍若蒸氣炸開的聲音，同時和平咖啡館中焙豆子的香氣瀰漫小小的公寓。那香氣也帶來撫慰。他可以手拿一杯咖啡站在屍體上方，只要稍微嗅聞，就可安頓心情。

實在蠢斃了。

他小心翻過書頁。翻頁帶出另一股他喜愛的氣味：舊書、舊紙張。他微微一笑，回想茱德宣稱那是屬於他的特殊氣味。

即便他知道那味道其實來自腐朽的紙張和黴菌孢子的有毒混合物，還是吸了進去。他聽過有人因為太常接觸舊書而罹患肺部疾病。他想這可能也是電子書支持者的論點吧。

他湧上一股衝動想打通電話給父親，可是又意識到這時間還太早。他父親從不帶工作回家。烏利亞不禁猜想父親是否有破不了的刑案，是否也有不斷侵蝕他內心的案件。

小鎮也會孕育出惡魔。

又翻過一頁，他看到一張《星辰論壇報》的剪報。紙張已經泛黃，而且摺起來。烏利亞推開書，打開那張剪報，發現摺痕明顯得驚人。難以判斷那張剪報是被人摺起、打開上百次，又或是長年夾在書頁間才予人被重複翻讀的感覺。

剪報上提到一名明尼亞波利斯的十三歲女孩，名叫荷普・狄瑪斯，二十七年前失蹤。

烏利亞將那張剪報拿到廚房的明亮光線底下，好看清楚照片。那是個有著金色長直髮和美麗笑容的女孩，看起來有點像湖裡的女孩。

他拉開一個抽屜，拿出一支放大鏡——母親送的禮物。因為，套句她的話：「偵探不都需要放大鏡嗎？」

他將放大鏡的焦點放在女孩的項鍊上。一個心形，上頭刻了她的名字。

他在起居室打開筆電。所幸這些情報都有公開來源，他上Google搜尋那女孩，找到更多文章和照片。在許多照片中，她都戴著那條項鍊。接著他點擊關於茱德母親死亡的報導，她死於北明尼蘇達的家族土地。十二歲的亞當．薛令在樹林中射罐子時，娜塔莉．薛令走進射程範圍。根據報導，意外發生時，茱德正在一旁的小木屋裡。表面上看來，這故事沒有一點不合情理。槍枝意外多不勝數。

烏利亞又回到《愛麗絲鏡中奇遇》。這次他一頁一頁看，檢查任何可能遺漏的地方。他來到最後一頁，正要闔上書，卻覺得有點不對勁——手上好像有東西滑動。

他走向廚房，從抽屜拿出一把水果刀。破壞新書沒有罪惡感，但古書呢？他很心痛，感到巨大的罪惡感。烏利亞又翻到書名頁，指尖拂過不平整的藏書票，他以刀刃拆下紙邊，掀起後發現一條廉價的金項鍊。他以手指拎起鍊子，臉湊過去讀著心形墜飾上頭的刻字：**荷普**。

他喘不過氣。那什麼意思？是誰將項鍊放進去的？

「我母親會收藏書。」他記得茱德說過。

這項鍊會是茱德的母親藏在書裡的嗎？突然間，先前彷彿毫無關聯、看似隨機的線索，現在全有了交集。遭謀殺的女孩、名叫荷普的少女——沒錯，也許甚至還包括那名記者與奧泰薇．吉米尼。

項鍊改變了一切。

他拿出手機，撥打茱德的號碼。

無法通話。

她很可能根本沒付電話費。

接下來一小時，烏利亞嘗試拼湊可能的真相。最令人憂慮的和茱德母親有關。倘若她握有失蹤女孩的項鍊，那麼她當時確實可能有生命危險。這也表示茱德的懷疑是正確的。或許和她父親無關——這一點依舊有點牽強——但她母親的死並非槍枝意外。

日出後一小時，烏利亞穿上黑西裝、繫起領帶，前往海尼平郡警局的犯罪實驗室。他到那裡申請檢視娜塔莉．薛令死亡時所有的蒐證。

職員在電腦上搜尋，連頭也沒抬便說：「五年前銷毀了。」

「銷毀？誰下的指示？」

更多敲鍵盤聲。「明尼亞波利斯警局，由麥考爾法官簽署。」

沒什麼異常之處。證據本來就不會永遠保存，尤其當那些證據與謀殺案無關。畢竟空間就這麼多。

「謝了。」

在日光燈照亮的走道上，烏利亞的手機震動。他看向螢幕——英格麗．史蒂文森——並按下接聽。

「我剛傳真瑪斯特和霍特家女孩的毛髮分析結果過去。兩個女孩體內都驗出ＧＨＢ。」

ＧＨＢ，快樂丸，一級管控藥品，約會強暴和性侵藥物，同時也是派對藥物。這些女孩很可能是自願服下。

「她會溺死可能是因為嗑快樂丸嗑嗨了。」

「謝了，英格麗。還有什麼嗎？」

「幾天前接到了茱德．芳坦的電話。」

「是嗎。」不是他意料中的答案。

「我們針對植物進行了一場有趣的談話。我想要是你見到她，她應該會告訴你。」

「茱德．芳坦已經不再是明尼亞波利斯警局的警探。」

「她說她還是那名遭砍頭女孩案件的調查成員。」

「她不是。她完全被排除了。假使妳接到她的電話，什麼也不要透露。」

「我很抱歉。」他幾乎能透過電話感到她的羞愧。

「別責怪自己，她向來很會說服人。植物怎麼了？」

聽到芳坦的事之後，她似乎花了好一陣子才重新整頓思緒。「她問蘿拉．霍特雙腿上是否有刮傷，我告訴她有。」

茱德為什麼會問起霍特的案子？「還有呢？」

「我們討論發現屍體的區域。那個郡最知名的就是叢生的沙棘。最近衛生及公共服務部發起一場行動，想連根拔除那些植物，還引來了不少媒體。」

烏利亞回想起來，那些刺人植物在霍特的犯罪現場扯破他們的衣服。他謝過史蒂文森，掛了電話，開車前往茱德的公寓。

53

烏利亞沿著人行道，朝茱德的公寓走去。他來到那輛臥底車輛和車裡的私家偵探旁邊時停步。先前警方因人力不足，撤掉王警探的監視，因此烏利亞改僱用私家偵探——至少再一陣子，直到他確信她不再處於危險中，或再也不會去威脅州長。他敲了敲車子的後車廂，私家偵探（一個叫泰勒．福特的年輕小伙子）拉下車窗。

烏利亞彎下腰問：「有任何動靜？」

泰勒搖搖頭。「她今天完全沒有出門，」他看了看手錶。「剛過八點，對她來說太早了。通常過中午才會看到她。」

烏利亞站在茱德的公寓大樓外頭，按下她房間的「呼叫」按鈕，沒有回應。既然她不回他的簡訊，他想她鐵定也不想和他談話。

於是他去找大樓管理員。那男人顯得不太情願，最後還是透過古老的對講機簡短回應他。

烏利亞自我介紹，沒多久，門響了一聲打開，他踏進去。離門廳不遠就是掛上**管理員**標示的公寓，頭銜下的名字是威爾．賽巴斯汀。

烏利亞還沒來得及敲門，一名長髮、身上滿是刺青的大塊頭就開了門。看來烏利亞似乎吵醒他了。男人滿臉浮腫、有口臭，也不打算問好，就站在那裡，手高高撐在門框上，以懷疑的眼神打量他。

「我要見茱德．芳坦。」烏利亞亮出警徽。

「我知道你是誰，我很確定茱德不想看見你。」

「無所謂。」烏利亞並不打算待在那股醞釀的對峙態勢，直接走樓梯上四樓。他吵雜且反覆的敲門聲持續無人回應，他便去檢查屋頂，再返回她的公寓，那名管理員正站在她的門前。

烏利亞說：「開門。」

「做不到。」賽巴斯汀的眼神沒有離開烏利亞，逕自大力敲門，喊茱德的名字。

「她很可能出事了，」烏利亞說：「她說不定用藥過度。開門。」

刺青男將從馬尾散開的長髮往後梳，嘆了一口氣，從牛仔褲前口袋掏出一副鑰匙。

兩人進門搜查那小小的空間。

「她不在。」賽巴斯汀似乎相當激動。

眼前是匆忙離開的痕跡：打開的抽屜，打開的衣櫥門，打開的碗櫥。廚房長桌上擺著三個處方藥瓶。

烏利亞讀了標籤。藥效很強。

「我想她應該沒吃了。」賽巴斯汀說：「我是這樣懷疑。」

烏利亞遞給他自己的名片。「假使看到或聽到什麼，打給我，白天晚上都可以。」然後他慢跑下樓梯，離開大樓。走上街，他在私家偵探半開的車窗旁停下腳步。「你也回家吧。」

泰勒探出脖子。「什麼？」

「茱德・芳坦不見了，很可能是昨晚或今天一大清早離開公寓。我不需要再僱用你了。」

「哦，老天。」他略顯尷尬。可以理解。

烏利亞看著車開走，又試著撥打茱德的手機，電話那頭依舊沒開機。接著，他打給警局的個資專家。「我需要你幫我查茱德・芳坦的信用卡。」專家很年輕，但是箇中好手，而且一牽扯到傳票就快如閃電。「也需要至少過去四十八小時的通聯紀錄和銀行交易資訊。」

三十分鐘後，烏利亞將便衣警車開進警局的室內停車場，他已經收到資料。

「沒有信用卡消費紀錄，」專家說：「但她似乎拿提款卡提了大筆款項。共提領兩次，提款位置相隔不過幾個街區，都是午夜後不久，之後就沒了。她的手機已經兩天沒有任何通聯，最後的通聯對象是威爾・賽巴斯汀。」

烏利亞謝過他，然後打給長官。

「芳坦失蹤了，」他對奧特佳說：「手機關機，從銀行帳戶提出大筆款項。」他補上一句並不想加的話。「應該要通知州長，提醒他今天待在家裡。他可能有生命危險。」也許茱德只是想消失重新展開人生，但可能性很低。至少她多年來對父親的恨意只是有增無減。

結束和奧特佳的通話，烏利亞傳訊息給王警探，告訴他目前的狀況。

⁂

烏利亞使勁敲著佛格鎮一間破棚屋的門。這是輕軌通車後便幾乎荒廢的社區，如今名列聖保羅高犯罪地區之一。

前來應門的女人彷彿被人生摧殘得極為憔悴，頭髮蓬亂，渾身散發廉價香菸的氣味。她似乎剛起床沒多久。烏利亞亮出警徽說：「我想和愛娃．吉米尼談談。」

「我就是愛娃．吉米尼。」

烏利亞也同樣充滿魅力且具說服力。十分鐘後，他證實了自己的懷疑，迅速走到車旁，電話貼近耳邊，對茱莉——也就是警局的資訊專家——說：「幫我調查州長是否還擁有北部的土地。」

他坐到便衣警車的方向盤前方時，聽到敲鍵盤聲，接著茱莉回答他：「他擁有同一塊土地超過三十年。五十英畝，還有一棟附有三間臥室的小木屋，就在利特爾福爾斯以東的一座湖邊，離明尼亞波利斯兩小時車程，不是太好的位置。還以為州長應該會有北岸更好的資產呢。」又一陣敲鍵盤聲。「但話說回來，換作是我住州長大宅，我也永遠不會離開鎮上。」烏利亞正想打斷她的抒發，她繼續說：「我念中學的時候，他們一群助理曾在那兒舉辦派對。我告訴你，那地方可厲害了。」

「有沒有可能……妳去過那場派對嗎？是泳池派對？」

「老天！才沒有！那活動無聊到不行、遜到不行又正式到不行。你在開玩笑嗎？」

這線索迅速胎死腹中。他說：「茱莉，我需要那塊地的地址。」

「哦！」她將地址給烏利亞，他將位置輸入車子的GPS。

「謝了。」趁她還沒說起另一個故事，他掛斷電話，撥打另一通。這一通要對茱德發布全面通緝，提供調派中心車子的顏色、廠牌、型號和牌照。

54

茱德仰躺在兒時的房間，衣著完好，床鋪整齊，靴子仍穿在腳上，因為頭頂天花板上老鼠鑽爬的刮擦聲醒來。旁邊時鐘顯示早上九點四十五分。這時鐘準確嗎？

她一面思索這棟小屋裡曾發生的變故，以及這件事如何讓一個家庭崩潰，一面驚訝地發現從這張床上醒來竟感到一定的撫慰感。過了那麼久，她幾乎已抹去所有過往，但得知幼時的她真真正正在這裡熟睡、玩耍，卻帶給她些許慰藉。回到這棟小屋改變了她所劃出自我的界線，拓展了她對自我的定義。

茱德注視著天花板，試圖聚焦於鼠輩囓咬的孔洞，卻冷不防注意到橫木上的異狀。

一道夾層。

在這之前，她完全忘了那空間的存在。她對那裡唯一的記憶是五或六歲時，父親將手伸進那個黑洞，拿出幾個盒子。

她下了床，從房間一角拉過來一張椅子，拖行地板，放在那道夾層下方。她站上椅子，稍微往上推天花板，有一處鬆脫了，露出活板門的痕跡。她的舉動驚擾到老鼠，牠們頓時安靜了下來。

活板門直接內嵌在天花板裡，沒有把手，唯一進入的方式是直接往上推開門、移到夾層。她試著這麼做。

一股遺忘許久卻備感熟悉的氣味從門的縫隙飄向她，一股她認不出的氣味，彷彿刺入她胸口、令她喉嚨收緊的氣味。

那木板門被推到一旁，她探入那道黑暗中摸索，手指觸到一只鐵盒的邊緣。她繼續這趟黑暗的大海撈針，這回碰到一本大開本的書籍，邊緣似乎已經破爛不堪。她抓住那本書，從夾層中抽出來。

她站在椅子上，瞪著雙手捧著的那本書，終於了解這氣味為何如此熟悉，為何成為誘發她傷痛的回聲：她的剪貼簿。從她個人物品中消失的那本剪貼簿。

她翻過內頁，停在年幼的她所拍攝的小屋照片，彷彿那些影像能夠解決她母親死亡的謎團。她的第一起案件，也是第一起懸宕多年的謎案。

艾瑞克肯定是從她的物品中找到這本簿子，然後交給她父親。這似乎是唯一合理的解釋。但它為什麼在這裡，仍是個謎。

她不打算繼續推理，而是將那本簿子丟到床上，回頭撈出那只鐵盒，拖著它到夾層口，然後拿下來。

她也認得這個盒子。灰色的，通常裝的是法務性質文件，上頭鎖著一道掛鎖。盒角貼著一張黃色的微笑貼紙。她記得自己貼上貼紙那天，正坐在父親的桌前，在他們明尼亞波利斯的家中。他在工作，她進來看他，而他將她抱到大腿上。她想拿貼紙黏他的臉，但他邊笑著邊將那帶鎖的鐵盒推向她。

而今盒子就在這裡。來自她過去的盒子，來自那瞬間乍看完美的童年。

她跳下椅子，將盒子拿到餐廳桌上，以木製火爐上的撥火棒破壞鎖頭，打開絞鍊蓋。

第一眼，內容物顯然在意料之中，應該是裝有地產相關文件的牛皮紙袋。一臺古董拍立得相機壓在一疊信封上方，一旁是兩包底片。相機雖早已在市場上淘汰，還是可以在當鋪或eBay上找到專用底片。

她總是稱做連續殺人犯相機。這是老套路了。連續殺人犯熱愛記錄他們的犯罪，而拍立得是避免因沖洗照片遭到逮捕的方式之一。記錄殺戮是癖好的一部分。他們需要影像，需要他們犯罪的紀錄。

若沒有相片，就像從沒發生過。

就像人們熱愛在度假時拍照。

她不禁感到畏懼，打開第一個信封，裡面是一張戴著金色心形項鍊的少女快照。

55

茱德不認得照片裡的少女。她站在一面滿布霉斑的水泥牆前方，赤裸雙腳，穿一件淺色印花洋裝——那可能是過去十年間任何地方製造的服飾。照片畫質很糟，又糊又暗，很難判斷女孩是否受虐。

照片是在哪裡拍的？看起來像地下室——小屋裡沒有這種空間。多年前這塊地上還有另一棟建築，但早就沒了。夷為平地，地下室也填起來了。

她的眼神轉向女孩的喉嚨和手腕。可能需要數位部門的技術人員才能翻拍影像、提升清晰度，如此一來才有機會破解線索。但茱德不需要看到傷痕、瘀青甚至割傷，女孩的肢體語言已然道盡一切。

她的微笑只停在嘴唇。快樂會反映在整個人的身體、肌肉、精神與雙眼，然而女孩垮下的肩膀只透露著疲憊，而且她四肢緊繃——因為恐懼。她的眼神空洞，讀不到任何情緒。情緒一點也不剩。

對於大多數人而言，她的恐懼可能並不明顯；人們可能只看到一個快樂又漂亮的女孩。鑑識團隊應該過來蒐證，而她不應該碰觸任何物品。但是誰會相信她？誰會過來？說不定只是碰巧發現一張年輕女孩的照片，可能是任何人一見鍾情的對象，也許是家族中的祕密，也許是私生女。

但可能性極低。

茱德將照片放到桌上的項鍊旁邊，打開下一個信封。

另一個女孩。

這個她認得。

奧泰薇・吉米尼。

她的姿勢和前一個女孩很像。照片同樣很暗，在同一面水泥磚牆前拍攝。年輕女孩臉上是勉強露出來的微笑。雙臂赤裸，雙腿赤裸。是另一張畫質很差的照片，看不出絲毫受暴跡象。

除了女孩的眼神。

還有她瘦弱的身軀。她一隻手掌張開，手指猶如爪子，好似想攫取比空氣更多的東西。她指節尖削且輪廓分明，另一隻手稍微被裙子遮住，但茱德能隱隱看見她緊握著的拳頭。而且她勉力抬頭的僵硬姿態，好像一點也沒辦法放鬆。

她將照片放到一邊，倒回椅子，吐了一大口憋了很久的氣。依舊沒有足夠的證據，儘管只要一張奧泰薇的照片就能夠叫來鑑識團隊。

她繼續看，悲劇出現。她找到她需要的證據了（儘管令人心碎）：四個死去女孩的照片，以及桌上糾結交纏的四條項鍊。

所有照片都很像，拍攝地點顯然是林木茂密的森林地帶。她心想埋屍處很可能就在附近，在她父親的土地上。所有屍體都以透明塑膠布包起、丟進溝裡，塑膠布略微翻起露出女孩的臉。死亡的女孩姿態如此相似，讓茱德深信埋屍就某方面而言具備儀式性，就像凶手試圖榮耀她們，至少在他那病態且邪惡的內心如此希冀著。

屍體中並沒有奧泰薇。

茱德心跳加速。她還活著？

是誰將盒子藏在夾層裡？她父親？亞當？或是她根本不認識的人？

剩下一個信封。

那信封顯得泛黃老舊，似乎已經在整疊信封下待了很長一段時間。它被壓得很扁，牛皮紙色也變深了。她從盒子裡拿出信封，頓時噴散出一股老舊紙張、塵蟎與藏匿祕密的氣味。

她傾倒信封，幾張相片滑落桌面，總共六張。她像算命師一樣將照片排列在面前。

不是意料中的景象。

她眼前一黑，腦子隆隆作響。她一隻手撐著桌子，想讓手不再顫抖——但沒用。那股戰慄感反而從手臂往上爬，直到全身不住顫抖。

那些照片是很久以前拍攝的，早在茱德八歲的時候。

那是她母親躺在地上的照片，雙眼因失去生命而變得空洞。富含情色感的照片，拍攝者似乎想從各個角度拍下這名死亡的女人。

伴隨子彈射入心臟而來的混亂中，母親的上衣被撕扯開來，也許真是為了急救，也可能是刻意布置出旁人努力搶救的場面。她赤裸著乳房，乳房上是整片深色乾涸的血；倘若沒有察覺到她無神的雙眼，她胸膛上大開的槍擊傷口就像一場秀的主角。

如今她終於知道為什麼剪貼簿會和上鎖的鐵盒一起藏在天花板。凶手藏起了他所有的受害者，藏在同一個特別的地方。

菲利普．薛令是茱德內心的頭號嫌疑犯。尤其是那一本剪貼簿。然而，許多優秀的警探很可能並不認為那些算得上確切的證據。的確，在薛令家發現，但不代表為她父親所有。

茱德一把收攏所有照片、堆成一疊，翻面朝下。她再也無法看那些照片。照片一翻面向下，她大哭出聲，隨即一手摀住嘴。她早已察覺屋裡隱藏著祕密，黑暗而深沉的祕密。但原來她從未對此做好心理準備。

56

茱德收拾好東西。她慢慢整理，雖然內心感到一股急迫。她小心地將照片放回信封，只碰觸一定得碰觸的物品。一切都放進鐵盒裡之後，她蓋上盒蓋，將這駭人的紀念品收進背包，與鞋盒和奧泰薇的項鍊一起。證據應該留在現場，但她不能冒任何風險將這盒子留在小屋。

她努力忽視顫抖不止的雙腿，從前門離開小屋，朝車子走去。她已經砸壞了手機，因此得開車到某個能打電話到郡警局的地方，再讓警長打給ＢＣＡ。這裡不是明尼亞波利斯警局管轄範圍，但她也會讓奧特佳知道這件事，並且請她通知烏利亞。

一分鐘後，她彎過小徑，看見愛娃的車仍停在原地。她倏地放慢步伐，胃部一沉，因為她發現車子的四個輪胎全被戳破。

⁂

出於第六感，烏利亞回想起他和茱德驅車北上前往霍特陳屍處那天，她對他說的話。他下了十號公路，開進黑熊加油站的停車場，在站內亮出警徽，並拿出手機，給店員看了茱德第一天回明尼亞波利斯警局時他拿手機拍下她的照片。「這名女性幾小時前來過嗎？」

中年白人店員看了照片，搖搖頭。「說不定是更早一點來的。我的班七點才開始。」

門上方的鈴響起，一名體格魁梧、深色直髮的男性走進來。「嘿，有我的支票嗎？」他詢問櫃檯後的女人。「我得繳車貸。」

店員打開收銀機。「你應該去問泰迪。」她對烏利亞說，朝剛走進門的男人點點頭。「我打卡前是他的班。」

烏利亞給泰迪看茱德的照片。

「有，她來過，差不多三點……我覺得很怪，因為她走去後面那臺刻字機器做了一條項鍊。通常只有小鬼或高中生才搞這種事。」

櫃檯後方的女人遞給他支票，他盯著打量了一會兒，然後對折，塞進皮夾。「她過來櫃檯時就戴起項鍊。我對她說我很喜歡奧泰薇這名字。」

「奧泰薇？」烏利亞問：「你確定是這名字？」他再次舉起手機給那男人看。

「沒錯，那頭白髮太好記了。再說，她挺酷又挺殺的。我還以為她是樂團成員。」

烏利亞謝過他，急忙上車。他加速開出停車場，重新打開GPS導航。

57

茱德雙手緊握著深陷雙肩的背包背帶，鑽入林中，朝公路衝刺，盡可能和那刺破她輪胎的神祕人物拉開距離，邊奔跑邊低頭閃過樹枝、跳過散落地上的石頭和倒樹。她一度停下來確認身後的動靜。當她決定繼續逃亡，遠處卻傳來樹葉騷動窸窣聲，緊接著是一連串槍聲。

城市裡人們舉報槍擊時，多半聲稱誤以為是煙火。的確很像，但更大聲。緊接著又三聲槍響。

人的大腦對於這種事的反應很不尋常。即便她感到那灼燒的刺痛感撕扯著她的二頭肌，即便溫熱的血從手臂流下，她腦中卻淨是一些無關的想法：哪種人會在陽光燦爛、萬里無雲的天氣裡浪費煙火呢？太荒謬了。即使是如此顯而易見的情況，大腦依舊拒絕承認特殊狀況，頃刻之後才被迫接受現實。有人想殺她。

她奔跑著，穿梭鑽過矮小樹木，尋求更大的隱蔽處。後方傳來樹枝折斷的聲響。她滑下一道坡，進入一道淺谷底部，靴子大力踩踏地面，沙棘撕破她的褲子，刮傷四肢，如同刮傷那些女孩一樣。她的步伐變得蹣跚，於是稍停一會兒——就那麼一會兒——整個人貼在一棵樹上，因疼痛而閉緊雙眼。

也許是她粗重的呼吸，抑或是她腦中隆隆作響，蓋過了身旁的聲響，她完全沒聽見那人來到。突然之間，有人喊了她的名字。她認出那聲音，即便過去幾年幾乎沒聽見，但他總是獨樹一格地喊著茱德這名字，帶著一絲輕蔑的嘲弄語調。

她睜開雙眼，又眨了眨眼，拚命聚焦。她哥哥就站在面前，手裡拿著一把槍。

「你怎麼知道我在這裡？」她已經夠小心了。

「妳老闆，又或說『前老闆』警告了我們，說妳很可能會去州長的房子。」他對她說：「我一聽到妳被鎖定為嫌犯，就打給我警局的內線。他說妳正在調查蘿拉．霍特陳屍那一帶區域。因此我推測妳會來這裡。」

血從她指頭滴下，落在靴子上。浮動的黑暗漸漸收攏她的視線。**亞當，為什麼？**「你殺了那些女孩。」她怎麼會漏掉他？**因為我太執著於父親，只是因為這樣**。亞當也殺了蘿拉．霍特？達莉拉．瑪斯特？奧泰薇呢？

他說：「我犯了太多錯。」

茱德以為他正對著她懺悔自己犯下的罪孽，但並不是……

「我第一天就該一勞永逸將妳處理掉。」

一勞永逸。「你的意思是我被綁架這件事，背後是你幹的？」她對他評價不高，但從沒想過他竟幹得出綁架監禁她多年這種事。

「我知道伊恩．卡得威手中有我的犯罪證據，」他似乎以為她能理解，告訴她那名記者吹噓將證據提供給茱德。那時，亞當決定先發制人。「我原本打算殺了妳和卡得威，但格蘭提出綁架的主意。」

「格蘭？」

「我的內線。要是沒有他，妳逃亡後我也沒辦法確定妳不會對我造成威脅。格蘭向我保證妳完全不記得卡得威。」

她還沒來得及消化格蘭的欺騙，亞當已經坦承所有罪行，從他在警告茱德和女孩砍頭案中所扮演的角色，以及他是小巷中攻擊她的四名男子之一。他似乎對一切感到驕傲，除了蘿拉．霍特那拙劣的棄屍過程。

茱德腦中閃過無數念頭。倘若她昏倒裝成不省人事，說不定可以扭轉情勢，搶下他的槍。在處境變得更不利之前，她稍微離開那棵樹，上前一步。而他似乎沒有注意到。「媽媽呢？」她必須知道那天森林中究竟發生了什麼。「你為什麼殺她？」

「那是意外。」他痛苦而扭曲的臉卻帶來一絲喜劇性。

「我不相信。我看到照片了。」她嗓音一沉，轉為懇求語調。反正他都要殺她了，很可能會說出真相。「我想知道。」

「妳不會懂的。」

「也許不會，」她繼續問：「你怎麼拿到我的剪貼簿？」

「艾瑞克。他認為我們會想拿回去。」

「爸爸知道媽媽死亡的真相嗎？他知道那些女孩的事？」

林間傳來聲響，他們轉過頭，看見烏利亞．艾胥比從樹林和矮樹叢中走出來，格格不入的男人，不搭調地穿西裝打領帶，他手中也有槍。顯然地，全世界都曉得她的行蹤，而槍響很可能稍微改變烏利亞的搜查方向。

茱德逼自己專注在眼前的對峙。她受過面對這種場面的訓練，烏利亞很可能也是——他甚至可能在踏入這場衝突時就想起過往的訓練。一名警察面對一觸即發的危機，必須試圖短暫引開攻擊者的注意，使另一名警察能夠行動。在充分的訓練下，接下來的一切反應都需交給自身的肌肉記憶。然而，如今茱德並沒有自信自己能夠和烏利亞完美搭檔解除危機。

所幸亞當之後的行動幾乎在意料之中。他轉向烏利亞，射程範圍也隨之改變。

茱德沒時間思考，機械式反射，使勁踢出一腳，而且拚命往上抬。靴子踢中亞當的大腿，他倒下，那把指著烏利亞的半自動手槍連續快速擊發，爆炸般的回音響徹林中。彈殼在地面彈跳，火藥味飄散在空氣中。

一片混亂中，很難分辨烏利亞是否也開了槍，直到亞當雙膝跪下，臉向前栽進樹葉間。倒下之前，他身軀還直挺挺地立在林蔭中。

烏利亞毫髮無傷，向前急衝，從亞當癱軟的手裡踢掉槍。茱德倒下時，槍滾過泥土，她透過因疼痛而變得模糊的視線看著那兩人。

「他死了？」她倒抽一口氣。**奧泰薇。我還沒問他奧泰薇。**

烏利亞翻過亞當的身軀，露出一大灘血和沾滿血的土。他檢查脈搏，然後撕開亞當的襯衫露出胸膛上的傷口。

真是奇妙，茱德想著。他如他們的母親在同一片樹林裡死去，而且同樣胸口中槍。逃不開命運。

烏利亞吐出一口氣。「對。」她看得出來他有點遲疑，思考是否太快開槍。

「你別無選擇，」她說：「不是你死，就是他。」

「我知道。」他還是遲疑。

她爬到之前對恃時背包掉下來的地方，抓住，一隻手抱在胸前。一切變得好模糊，她仰天往後一倒。「天空好藍，你不覺得明尼蘇達的天空最藍了嗎？」

烏利亞離開屍體，跑向她俯下身，一根指頭鬆開領帶的結。

她說：「真不敢相信你盛裝打扮。」

他苦笑一聲。「背包裡有什麼？」

「會讓你嚇破膽的證據。」

「妳可以鬆手了，我想它現在哪兒都不會去。」

她任憑背包從一手滑下。「奧泰薇很可能還活著。」

假使他們知道那些死去的女孩曾被監禁的地方，以及在哪裡拍攝照片就好了。照片中那面水泥牆讓茱德不禁懷疑，監禁、謀殺可能根本發生在另一個地點，亞當只是將屍體埋在州長的土地上。無論如何都要澈底搜索。「你得叫搜查團隊過來，馬上就來。」她逐漸意識到亞當之死的嚴重性。倘若他們依舊找不到奧泰薇、她不在附近任何可能的地點……而唯一知道她下落的嫌犯已然命喪黃泉。

烏利亞鬆開領結，從脖子扯下領帶。「看一下妳的手。」

「我覺得我可能不想看。」

他將她T恤的袖子推過肩膀。她不去看手臂，轉而看他的臉。他有些退縮，眉間因專注而皺起，表情依舊不動聲色，以免讓她看出傷勢有多嚴重。

「會很痛，子彈還在裡面。」他拉開領帶包紮她的手臂，在她短促地吸了幾口氣後打好結。

他處理好傷口，她等待灼熱的疼痛減退時往地上一倒。可是疼痛沒有減退。她常揣想槍傷的感覺。現在她知道了：就像一根燒紅的撥火棒在體內旋轉。

烏利亞向警隊回報情況與地點，表示立刻需要一支搜索隊，接著將手機收進口袋。「帶妳去看醫生。」

她轉頭，看著前方倒在那片她讚嘆的藍色天空下的亞當。「他呢？」

「反正他也跑不了。妳可以走嗎？我想我應該可以揹妳，但我不太想。」

很幽默。

「妳剛剛笑了嗎？」

她笑了嗎？

他伸出手，她伸出沒受傷的手握住。他另一隻手在她背後，小心翼翼扶她站起身。站直之後，她在原地待著不動，等地面不再晃動。

他問：「還行嗎？」

她點點頭。

他一臂攬著她，兩人緩步離開。

「慢著，證據。」

烏利亞抓住背包的一根背帶，撈到自己的肩上。

「你怎麼知道這裡？」茱德問，聲音輕而含糊。

「愛娃．吉米尼。」

「我還以為她能保守祕密。」

「我也可以很有說服力。」

他們走到他車旁。茱德可能咕噥了幾句血會沾到座位，他很可能對她說沒差，他會寄清潔費支票給她。

即使他一派輕鬆，他們一上車、開上路，情況變得有些急迫。她快睡著時，他趕緊和她說話；看似鎮定，偶爾仍流露出明顯的驚慌。「我們很快就到了，」他說了不只一次，而她不禁思考究竟要「到」哪裡？但她意識實在一團模糊，因此沒問出口。反正不會是明尼亞波利斯，她決定這麼想。去那裡太久了。

她眨眨眼，試圖睜開眼睛，專心盯著那雙染滿血跡緊抓方向盤的雙手。

她想談死去的女孩和失蹤的女孩，奧泰薇，項鍊，照片，她母親，以及她的推理。但她實在太累了。

接著車子在尖刺的聲響後停下，她這一側的門被快速打開，一架輪床和許多穿桃紅色刷手衣和掛黑色聽診器的護理師出現。藍色天空變成整排明亮日光燈的天花板和綠色牆壁。

她知道自己不需要在意一些事，至少現在不需要。但她感到體內深處湧出的心滿意足。她沒有瘋。

58

「妳的軟組織和肌肉受了傷，但經過時間和休息，應該可以痊癒。」年輕醫生對茱德說。「雖然不確定妳的手臂能不能完全復元。但話說回來，妳還活著，不是嗎？」他對她微微一笑。

已經是烏利亞載她到急診室的隔天早晨。他帶她到了利特爾福爾斯。這裡似乎有間好醫院，也有好醫生。而且醫生真的很年輕。

「我讀過妳的報導。」年輕醫生對她說。如果她沒誤會，他聽起來似乎有點被她吸引。她只好假設遙遠的冰凍苔原可能不常見到女人——哦，她開了個玩笑。有意思。利特爾福爾斯當然有女人，而且是漂亮的女人，比如站在靠近門邊那位，她手上拿著寫字板，準備讓茱德填寫出院表格。

她收到通知，一名警察正等著載她回明尼亞波利斯。而就在幾分鐘前，她才看了州長在小木屋前方進行的新聞轉播。菲利普．薛令站在那裡承諾會盡一切可能協助執法機關調查。「在所有身分之前，我是一名父親。儘管我兒子犯下傷天害理的行為，而且明顯涉及近來多起無辜受害者案件，但若說我沒有因為失去他而深感悲傷，那就是在欺騙大眾。」他說：「但我們的城市再次安全了，這讓我鬆了一口氣。」

茱德可以預見，大眾的同情心應該會讓他贏下參議員。新聞主播評論他如何傑出地應對整起事件，也包含他與女兒間的濫情戲碼；當中自然少不了許多嘆息州長的孩子們如何天生品行不端的言論：她，還有亞當。烏利亞因破案獲得獎勵，她父親也讚賞茱德的搭檔——或說前搭檔——在與他相關的兩起事件中優異的表現。並說：「他還救了我依舊相當疼愛的女兒一命。」

她應該覺得抱歉嗎？畢竟懷疑了他那麼久？

應該。

也許她會覺得抱歉，等這件事結束之後。但現在，她打算先返回薛令家的土地，那裡正在進行調查。烏利亞打電話來確認她的狀況時，她得知警方已安排大規模搜索，志願者也紛紛前往，要對那一帶進行澈底搜索。

「我改變主意了。」等年輕醫生離開、護理師讓她登記出院後，茱德立刻說：「我要去犯罪現場。」

一名友善的女警將雙手放在她的腰帶上，思忖著茱德的宣告。從女警身上平整且硬挺的襯衫判斷，她顯然穿了防彈背心。有些警官每天穿，有些不會。也可能她認為與茱德相處的幾個小時很危險；也可能她真心希望每天都能安全回到孩子的身邊。假使她有孩子。

「妳若不打算載我去，我就搭便車過去。」茱德對她說：「但我的槍傷還未復元，我可以告訴妳這過程可能會有點糟。」她低頭看著那條灰藍色的吊帶。聲稱搭便車很可能是個謊言，但倘若她接下來的計畫——也就是租車——失敗，她會訴諸這個手段。

這名女警很清楚何時該放棄。

女警向長官回報茱德的決定，然後載茱德過去，讓她在州長的土地下車——那一帶已被黃色犯罪現場封鎖帶包圍。

茱德下車，向手握方向盤的女警道謝，走向路障旁的制服警官。茱德自我介紹，即使對方的表情已經讓她明白他們很清楚她是誰。即使如此，還是進不去。

「沒人可以進去。」其中一人說。

「打電話給艾胥比探員，」茱德對他們說：「他會批准。」

結束電話，烏利亞沒花多少時間就抵達。他風塵僕僕停了車，熄火，從車裡鑽出來，大步走向她，像個憤怒的家長那樣揮動雙臂。他的頭髮比平常更捲曲蓬亂，就像髮性自然捲的人待在大自然太久會變成的模樣。他需要刮鬍子，而且他還穿著那件沾著她血跡的白襯衫。

「妳現在應該要去明尼亞波利斯，而且，」他靠近她，那些警官才不會聽到。「妳已經不為警局工作了。」

「那你呢？這也不是你管轄範圍。」

「州警外勤長官指派我協助，而且要有人帶他們去找亞當．薛令的屍體。」

「雖然距離我前一次待在這裡早已過了許多年，我還是可能比所有搜索者更熟悉這一帶。」她壓低聲量。「我說不定幫得上忙。」

他看著她的吊帶。「手臂如何？」

「痛，很痛。昨晚給的止痛藥已經耗光了，但我腦子很清晰。」

一輛黑色凱迪拉克出現，從小屋過來，朝公路方向駛去。

「我父親。」那位風雲人物在檢查點停下，茱德低聲說。他拉低車窗，對著守衛說了點什麼，守衛微笑著將木頭路障從路上移開，讓車通過。

州長冷冷地朝兩位警探點頭，但謝天謝地沒有停下。

「真是跌破眼鏡，」烏利亞看著車尾燈和揚長而去的煙塵。「他自己開車。」接著他好像意識到什麼，手伸進口袋掏出手機。他敲了敲螢幕，咆哮著：「喂。」他聽著對方說話時，表情變得——就這麼一次，可茱德看不出來那代表的意義——彷彿揉合著不敢置信與深深的恐懼。

「奧泰薇？」烏利亞將手機塞回口袋，她滿懷期望地問。

他瞥向那些警員的方向，對茱德說：「我們離開這裡。」

他們並肩走向他的車，烏利亞扶她上車，「碰」一聲關上車門。他坐上駕駛座，發動引擎，三點式掉頭，回頭朝薛令家土地方向的泥土路開去。

茱德問：「怎麼了？」

「似乎找到了。距離小屋約半英里有個儲藏蔬菜的地窖，」

她在座位上打直身體。「有人進去了嗎？」

「沒有，他們得到的指示是不要輕舉妄動。他們正在討論下一步。」他瞥了她一眼，看到她緊繃起來。「很可能什麼也沒有。可能只是更多他的紀念品，也可能是謀殺的房間。什麼都還不知道。」

又或是他拍攝那些女孩照片、甚至監禁她們的地方。

59

他們的車留在通往小屋的泥土路上。兩人跟著外勤組負責人，馬克．舒茲警司，經過叢生樺樹和松樹的區域。幾分鐘後，茂密糾結的林木豁然開朗，眼前出現一塊原本根本難以察覺、草長及膝的空地。

「我記得這些蘋果樹，」茱德說：「從前這後面有棟屋子，但完全不能住人，都爛了，屋頂也塌了。我母親找人鏟平；她怕有人跑進去會受傷。」

沿著空地一側，數名警員聚成一圈。

「我們找到了像是地窖或碉堡的空間。」舒茲指了指。「就在那道隆起的土墩再過去，後面是一條幽微的草徑，地面有車輛往來痕跡。」

烏利亞問：「最近留下的？」

「對。但很不幸地，一些過於熱情的搜查者在這一帶管制前留下了更多車痕。」

他們跟著警司來到一個土墩。這是多年前常見儲藏水果和蔬菜的地窖。在一道深入土壤的石頭短梯底部，一名警員正拿著一把鐵線鉗處理門鎖。

在烏利亞與茱德的注視下，鐵線鉗功成身退後被棄置一旁。成功移除門鎖。那名剪開門鎖的警員推開門，一旁警員紛紛掏槍。突然間，開門的警員往後退一大步，一手掩鼻，踉蹌倒向後方。

從他們站的地方，茱德嗅到一陣氣味——她記起了那味道。是太久沒有清洗的身體氣味，是排泄物、尿液和腐爛的食物氣味。

烏利亞在她身後，她往前推擠穿過入口處滿臉驚恐的警員。那名開門的警員伸出手臂想攔住她。

「沒關係。」舒茲警司從地面上的土洞口說。

手臂放下。

茱德的眼神完全沒從那漆黑的洞移開，她說：「我需要光源。」

有人遞給她一支手電筒。

她一手以拇指推開開關，以手電筒光束掃過眼前窄小的空間。「沒人。」她鑽進去，注意到水泥磚牆、泥土地面、低矮的木頭天花板，還有——地上的床墊，提燈，充作廁所的無蓋水桶。垃圾食物的包裝紙在她腳下窸窣作響。

她將手電筒的光投射在一面牆上。那裡排滿了從地面疊高到天花板的書，同樣大小，書背朝外。

烏利亞在她旁邊「啪」一聲戴上黑色蒐證手套，也遞給她一副。她戴手套時，他順手從她手中接過手電筒——她手臂的傷讓她動作變得緩慢——他小心翼翼地從其中一疊書最高處拿下一本，翻開，隨即驚訝地說：「是日記。」

茱德打量房間各處。「我想這些都是日記。」

「有簽名。」烏利亞突然安靜下來。「奧泰薇。」

她在床上看到另一本。她戴著手套的手拿起來，翻開到最後一篇。

烏利亞拿著手電筒照著紙張，兩人一同閱讀奧泰薇的日記：

昨天我聽到某種很像煙火的聲音，國慶日是不是要到了。

「她聽到昨天的槍聲，」茱德抬頭望著烏利亞。「她今天還活著。」

60

烏利亞安靜下來，很可能正在試圖理解這一切。

「亞當沒有移動她，」茱德說，慢慢拼湊起碎片。「亞當被擊斃的時候，奧泰薇就在這裡。」他從眼前的日記抬起頭，臉上充滿困惑。

「我們剛看到我父親開上公路，當時車裡可能還有別人。」也許，父親從頭到尾都知道亞當不斷綁架並殺害年輕女孩。「也許他才因此選擇在小屋發表公開談話，」她說話速度變得很快。「並非小屋是記者發表會的最佳地點，而是他要保住他的老屁股。」

烏利亞終於跟上。「真是個王八蛋。只因他非得回來小屋不可。」

「對，他得在我們找到她之前帶她走。」

烏利亞展開行動，重重踩著階梯上到地面。他在外頭將整個情況告知舒茲警司，順手將日記交給犯罪現場小組。

「你說的是州長。」舒茲對茱德投去一道懷疑的眼神。

那是她十分熟悉的眼神。他知道她的過往，很可能還知道她被踢出了重案組。那些可沒法幫助眼前這批人信任她。

「你判斷錯誤的話，我鐵定走人，」他說：「我可還有太太和孩子。」

「不是賭上你的警帽，就是賭上那女孩的性命，」茱德對他說：「就我看來這選擇不難。」

犯罪現場人員打斷他們的對話。「你們得看看這個。」她舉起烏利亞交給她的日記，日記翻開平放，她戴手套的指頭指著其中一段文字。

所有人往前傾，安靜地讀著。

OMG，他好老！他超級老！比我爸還老。而我甚至一點也不在乎！簡直有病？綁架我的人，上了我這麼久的人，竟然是明尼蘇達的州長？可是我竟然無所謂。這根本就超級酷的啊？我覺得我現在更愛他了。

不是亞當。是她父親。

茱德回想昨天亞當的話。他吹噓蘿拉．霍特和伊恩．卡得威的死，卻沒有坦承其餘謀殺。一直以來，她對父親的懷疑似乎都是對的。她真希望自己錯了。

得知他的罪行，感受難以言喻。這麼久以來，她感知到的一切終於得到證明。亞當認罪後幾個小時，她對於自己，以及過去視父親為犯罪者所浪費的年歲十分沮喪；接著隨之而來，她突然領悟到自己可以拋開過去，也許他們終於可以擁抱真正的父女關係。她甚至想像和他一起晚餐、談天、分享日常。幫助對方，也接受對方的幫助。像真的家人一樣。

舒茲大吼大叫著對肩上的對講機下指令。「我們得發出全面通緝令，」他說：「你說全面通緝？是對明尼蘇達州長的通緝令。」一段靜默。「沒錯，就是州長。」

他打了更多通電話，將訊息傳給橫跨整州的巡邏小隊。

「隨時向我們更新。」烏利亞說完，與茱德一同朝車子跑去。

「妳需要槍。」他開了後車廂，打開一只扁平的黑色盒子。茱德瞥見那把葛拉克十七，型號很接近她被收回的警槍。她抽出來，抓起一盒彈藥。烏利亞摔上後車廂門，兩人鑽進便衣警車。車上，剛發布的通緝令已橫過行動數據電腦螢幕，兩人扣上安全帶。

「我們追不上的，」茱德說：「他超前我們十五分鐘。」

車子顛簸上了小道，開上與公路平行狹窄的柏油路。茱德的視線始終沒移開電腦，確認新的進展。

通緝令發布後幾分鐘，一份報告進來了。黑色凱迪拉克被目擊在十號公路往南，明尼亞波利斯方向。

他們接上南向十號公路，茱德打開警燈，但沒開警笛。烏利亞踩下油門，車子飆到九十英里。

「州警潛行追擊，」她說，雙眼盯著螢幕。「直升機在天上，聖克勞德派來的。」

烏利亞緊盯路況，一手從口袋拿出手機，交給茱德。「打給警司，叫他們跟蹤薛令，但不要強力追車；不開警燈，不開警笛。」

茱德打了電話，傳遞烏利亞的指示。「我們要避免讓奧泰薇受傷，」她補充，「她可能在車裡。先按兵不動，不要驚動他。還有，逮捕時我希望在場，他可能會和我說話。」

「我們會給你們靠近的機會，但假使被他察覺——他一旦加速就到此為止。我們會啟動車輛追擊策略[7]。此外，週末結束很多民眾要進城，路上很可能大塞車，我們會在州長前方設置巡警，盡可能慢下車流。」

通話結束。

三十分鐘後，警司打來說他們要開警笛了。「直升機已目視鎖定，我們打算關閉公路。」他給了她指定進行逮捕位置的里程編號。

茱德轉達烏利亞。從開上十號公路以來，他一直沒放鬆。五分鐘後，他們隱約聽到警笛聲傳來，車流快速慢下來。

這條路是雙線道，路肩有著寬闊砂礫，幾名駕駛從後照鏡瞥到他們，移往一邊，塵土飛揚。遠遠的前方燈號閃爍。他們上方直升機的葉片揮打空氣。茱德開啟警笛，更多車輛散開，左右讓道給他們。

又過了五分鐘，一切戛然停止，民眾車輛和警車。沒有別的地方可去，烏利亞和茱德離開車子，跑向燈閃處。

受到警車包圍，上方盤旋著直升機的正是那輛黑色凱迪拉克。駕駛座的門大開，州長從車裡現身。沒見到奧泰薇。

他扔下她了？還是她在後車廂？她死了嗎？

茱德掏出槍，手從吊帶抽了出來。她忍住疼痛，撐著舉槍的手，大步朝他走去，並瞄準他胸口，準備開槍。

---

7 PIT maneuver，警察進行車輛追擊時採取的專門技術。常見的做法以前方板金推擠嫌犯車輛，使車輛失控打滑。

「茱德，」烏利亞警告，要求她按兵不動。他本應站在車後方的安全位置，卻跟著她上前。

她對他說：「退後。」

「別開槍。」烏利亞說：「他可能是唯一知道那女孩下落的人。」

她聽著他在她身旁的腳步聲，知道他也掏出了槍。她眼神沒有從州長身上移開。「手舉起來！」她大喊。

州長無視她的命令，繞到車子後方，打開車蓋，從後車廂拖出一名年輕女孩，槍壓在她的太陽穴上。

他們應該要先發制人。

「是她，」茱德喊著：「奧泰薇。」

她身上除了一件骯髒的白色T恤，什麼也沒穿。嘴裡含著個口銜，雙臂綁在身後。沒穿內褲和內衣，也沒鞋子。她看起來並不憔悴，但四肢變得細瘦。她的腹部鼓脹，就像營養不良的孩子。她一頭長髮都打了結，即使隔上好一段距離，茱德都聞得到她身上那薰人的臭氣。

州長將女孩扯到胸前，一隻手臂繞在她喉嚨下方。烈日刺眼，女孩瞇起眼睛。「叫所有人退下，不然我立刻殺了她。」

「退後！退後！」有人喊著。警官退後，所有人都退後，除了茱德。無論如何，薛令再也沒有可失去的事物，他們若讓他帶那女孩離開，奧泰薇一小時內鐵定沒命。

茱德感到傷口流出的血淌到腋窩，再往下滑到肚腹，再到她牛仔褲的腰帶。但她感覺不到任何痛處。她與奧泰薇眼神接觸，她能夠讀進那眼神。她也曾經那樣活著，沒有恐懼。恐懼早就一點也不剩。

茱德非常輕微地將頭朝右偏。

奧泰薇理解了。**她理解**。她們讀到了彼此。

女孩低頭一竄，茱德按下扳機，正中菲利普．薛令的眉心。他像顆石頭那樣倒下，槍「哐噹」一聲掉到柏油路上。

茱德不讓自己有時間思考剛剛的行動——女兒殺了父親。她先擱置，之後再說。之後她會哀悼。不是為她父親或兄長，而是為那從未擁有過的家人。

她將槍塞回腰帶，走向躺在地上的男人及站在一旁的年輕女孩。一名警員抱著毯子上前，茱德伸出手，他將毯子遞給她。

奧泰薇似乎對周遭動靜毫無反應。她靜靜站在那兒，注視著死在她腳邊的男人。茱德輕聲喊出她的名字，拿下女孩的口銜，鬆綁她的手腕。她的眼神從那具屍體轉向茱德。

「冷不冷？」茱德問，舉起毛毯打開。

年輕女子似乎反問起自己，冷或不冷。茱德溫柔地以毯子裹住奧泰薇的雙肩，然後將烏利亞的手機從口袋拿出來。

「妳在流血。」奧泰薇呆滯地說。

茱德看著血不斷滴在她靴子上，一陣頭重腳輕，她不知道自己還可以站多久。她點擊著手機上的鍵盤，搜索後找到了要找的號碼，輸入，將手機舉到耳邊。某個聲音接起，她說：

「有個人妳應該會想和她說話。」

她將手機遞給奧泰薇。「是妳媽。」

女孩笨拙地接過手機舉到耳邊，臉上彷彿凝結的空洞感霎時消融。「媽？」她顫抖而遲疑地說。

人生流逝既緩慢又飛快。奧泰薇被囚禁超過三年，今日她一如往常寫著她的日記，毫不期待，當然也無法得知，在這一天，一切將會改變。

茱德看著海尼平郡立醫學中心的直升機降落在雜草叢生的安全島上，感到一隻手放在她背上。她抬起頭，看見烏利亞動著嘴脣，指向那架直升機。開啟的機門裡站著一名醫護人員，正打手勢叫她們過來。茱德花了點時間才知道那醫護人員是要她們兩個都上去。奧泰薇，還有她。

兩個受傷的女孩。

烏利亞在一旁護著她靠近直升機，此時一名警員拿起奧泰薇的手機說話，應該是告知愛娃兩人將接受治療的醫院。

她們接受協助、上了直升機，躺上輪床，綁好固定帶，醫護人員俯身在她們上方。一瞬間，茱德看出窗外，地面拉遠。烏利亞站在下方仰望她們升空，他的衣服緊貼著身體，捲髮撲打著他的臉龐。

一名醫護人員將點滴針頭插入她的手背，茱德看向走道另一側，確認奧泰薇是否安好。然後，她嘆了一口氣，閉上眼睛。

61

「我告訴妳，這真的有用。」烏利亞說。

茱德投給他一個質疑的眼神。「我不覺得。」

「有點信心好不好。」

他們在她公寓大樓屋頂，眼睛盯著附近樹上也盯著他們的那隻貓。茱德背靠空調機組坐著，烏利亞趴在地上，抓著一條長線的一端，線另一端綁了根撐住一個洗衣籃的棍子，洗衣籃下方放著打開的貓罐頭。

威爾．賽巴斯汀已不再是大樓管理員。他承認自己趁茱德睡覺時進入她的公寓。新管理員很低調，而且感覺相當無害。警探格蘭．王坦承幫忙掩蓋茱德遭綁架的證據，還有策畫綁架及安排假證據，好讓警方對於綁架案做出可能源自迷戀的錯誤結論，並就此結案。格蘭的動機是什麼？錢？還是晉升警察局長？但茱德懷疑他從未原諒她拒絕他更進一步的追求；她甚至懷疑他是因為薩拉札的惡名昭彰才挑選他。她希望不是。

茱德問：「這是卡通裡的方法吧？」

「我真的成功過。妳絕對想不到我這樣抓過多少隻貓。」

「我還是認為誘捕籠比較好。我可以向動物協會借一個。」

「妳寧願錯過更有趣的？」

「上面很熱，鋪地的瀝青油紙黏答答的。」

「這是冒險。」

「那東西掉在牠身上時——**如果**真的掉在牠身上，牠會嚇死。牠會推開洗衣籃然後跑掉，我就再也看不到牠了。」

「牠推不開的，因為妳會過去壓住洗衣籃。關鍵在於準備妥當、高度警戒。」

「以這種方式抓到牠，我會過意不去。」

「妳說妳是因為牠變得瘦巴巴才過意不去。」

「也有。」

「我們正在做對的事。牠不老，牠很可能牙口不好，或在外打架而長膿發炎。我們得帶牠上醫院檢查。」

「然後呢？」

「這棟公寓可以養貓，對嗎？」

「我還沒準備好做這種事。」

他以手肘撐起身體，為了讓那條線鬆弛落在地面而曲起手腕。烏利亞回頭看她。「這樣對妳有好處。」

他們救出奧泰薇．吉米尼後過了一週。那名年輕女孩躺在病床上做出證詞，揭露她和多名未成年女孩幾度參加州長大宅舉辦的派對。那種毒品趴極可能是菲利普．薛令觀察潛在受害者的管道。

在派對上，參加的女孩會被強制簽署一份看起來很正式的保密協定，承諾絕不洩漏大宅裡發生的一切。幾乎每個女孩都因為能夠參加而與有榮焉。祕密俱樂部。感覺好興奮，感覺很「大人」。但薛令的事情一見光，女孩紛紛出面，達莉拉．瑪斯特的案件旋即破案。那一晚，達莉拉慌了，裸著身體尖叫失聲，試圖逃離大宅。亞當．薛令逮住她，將她拖回泳池，按到水底，讓她再也不能開口。可憐的蘿拉．霍特也是目擊者之一。而亞當肯定認為若石頭放口袋那招對凱瑟琳．尼爾森管用，這回也會管用。

徹查州長小屋土地時，發現了拍立得中的四具屍體，全埋在淺淺的墓穴中。其中一個女孩是愛娃加入的失蹤孩童團體裡一名成員的女兒，另一具屍體是十三歲的荷普．狄瑪斯，她在娜塔莉．薛令死前不久失蹤。還有兩具查不出身分的屍體。離地窖不遠處挖出一個人類的胚胎。可憐的奧泰薇到底承受了何等駭人經歷？

州長辦公室的調查行動隨著小屋與鄰近土地的搜查展開。不幸的是，由於茱德的父親和兄長都已死去，她再也無法得知母親死亡的真相。他們可以對藏在書裡的項鍊做出任何假設，但最可能的情況應該出於娜塔莉．薛令之手。也許她發現菲利普．薛令的犯行，擔心起自己的安危。另一個理論是父親殺了母親，並且說服未成年的亞當供稱是意外。也許亞當甚至相信，至少最初深信母親的死只是意外。而不管內情為何，兒子此後持續為父親殺人，掩蓋父親不正常的癖好。打從那天在森林中扛下母親死亡的罪咎，就開啟了他的黑暗人生。

「好萊塢的人聯絡我，」茱德對烏利亞說：「他們想要拍我的電影。」

「妳願意嗎？」

她的眼睛持續緊盯貓咪，輕輕搖了搖頭。「不要，我不想透過劇本溫習我的悲劇，更不想透過電影溫習。」

「妳答應的話，誰會演妳的角色？」

她溫和地笑了。「誰知道。」

「更重要的是，誰來演我？至少得是個帥到不行的傢伙吧。」

現在他們會這樣，會亂開玩笑。她的幽默感似乎回來了，也許，是烏利亞養回來的。

「我實在不懂，州長為什麼不在地牢裡就殺了奧泰薇。他可以殺了她，拿走最後一本日記，我們就會以為一切都是亞當幹的。」

「我認為比起其他女孩，他更在意她，」茱德說：「你看他關了她多久。」奧泰薇盡其所能地讓他成為她故事裡的英雄。他讀完日記，也付出愛回應她。現在那可憐的女孩仍想念著他。茱德能在她眼中看見。

貓「咚」一聲從樹上落到屋頂。「牠來了。」茱德小聲地說。

牠瘦成皮包骨，臉一側腫了起來，淺黃色的毛皮糾纏暗沉。牠潛行穿過屋頂，壓低肚子，停住腳步，靜止。然後，一步又一步，牠再次移動，一步步靠近陷阱。飢餓使野生動物無所畏懼。

沒用的。

沒——

烏利亞猛地一抽繩子，籃子蓋住了貓。

茱德綁著吊帶的一隻手動彈不得，她衝向籃子，一腳壓住翻過來的塑膠底部，穩穩蓋住，那隻貓無法逃脫。

烏利亞拿出軟內襯的寵物外出包（向搬到樓下的一位年長女士借來的），戴上皮手套。他對茱德點頭。她掀起籃子時，他一把抓住貓的頸背。貓伸著腿又踹又扭，氣得炸毛，狂叫不已。烏利亞將牠推進包裡，茱德拉上外出包拉鍊。

烏利亞挺起身體，就像準備打上一架的曲棍球選手隨手扔去手套，翻著手背從T恤上拍掉貓毛。「妳可能有場硬仗要打了。」

「牠只是野了太久。」

烏利亞瞥了一眼外出包——正在屋頂上到處滾。「得花點時間，但我想牠會沒事的。」

他一副她打算留下來似的。

她的自我懷疑大半消失了，尤其當她發現自己對於父親的猜想一直都沒錯。從今天起，她再也不會質疑直覺，她會聽從直覺。她想給自己的直覺寫封道歉信。她是一名優秀的警探，如今她知道了。

烏利亞走過屋頂，舉起外出包窺看裡面。他沒回頭，直接問她：「妳怎麼想？要回來嗎？」

他意思是回重案組。她的座位還在，而且因為格蘭・王被逮捕革職，又空出了另一個位置。奧特佳正在面試新人，但要讓新人上手恐怕需要點時間。

內心深處，茱德很清楚打包搬到其他城市可能是最好的選擇。去一個街角不再潛藏黑暗回憶的所在，重新開始。但她發現自己淨想著待在**這裡**的未來。是的，人們會盯著她看，會談論她，但那不全是壞事。那表示他們知道她的過去，表示她不需要解釋，也不需要躲藏。那是她在明尼亞波利斯曾經不太愉快的時光。

不太愉快。似乎說得太婉轉。但茱德覺得自己似乎交到了一些值得信任的朋友。愛娃，奧特佳，烏利亞。愛娃希望茱德能每個月來探望幾次奧泰薇。她們有著相似的經驗，若能分享應該不錯；即便不分享，待在女孩旁邊也好，互相陪伴。

茱德看著烏利亞。他抓著外出包的提帶，依舊舉得高高的，窺看裡面，對貓甜言蜜語，貓也回應。牠喵喵叫，每一聲的尾調都帶著點輕快。

烏利亞似乎打算說什麼，但猶豫著是否該說出口。最後他放下外出包。「妳不會打算做什麼糟糕的事吧？對嗎？」**比如自殘？或自殺？**他真的太好解讀了，而她突然理解為什麼他希望她養貓。

她無法回答他的問題。現在一切已然結束，亨佛瑞・薩拉札、亞當和父親都死了，她母親的謀殺案獲得解決，也找到了奧泰薇。茱德已經無法透過追求正義和真相轉移注意力或產生動力。那麼她接下來要為什麼而活？她還能靠什麼來抹殺她過往的夢魘？

「我這輩子有三樣東西就看過那麼一次。」烏利亞說，朝陽光瞇起了眼睛。「環繞我膝蓋上厚得不得了的霧，我去踢的時候還旋轉了起來；再來是延伸到我面前街道盡頭的一道彩虹；還有兔子舞。妳聽過兔子舞嗎？」

「沒有。」

「那是在三更半夜。幾百隻兔子聚集在空地上，宛如沐浴在月光中跳舞。我無法描述，只覺得無比奇幻——是充滿驚喜的異樣感。我並不知道這會是我第一次也是最後一次看到這些神奇的事。我要說的是，這些事，這些如此隨機、人生中的任何決定或妳的過去……甚至未來……看似毫無關聯、瘋狂又令人驚奇的事，或許值得妳留下來一看。」

車門甩上，底下街道傳來新房客的聲音。茱德可能早在幾天前內心就做了決定。「我會回重案組。」她會回去，而且不會無視自己解讀肢體線索的能力，相反地，她會更加熟練這技巧。

「貓呢？」翻譯出來是：**我該不該擔心妳？**

「若牠來一起住，我們得弄來貓砂和貓砂盆。」

烏利亞微笑，捏掉舌頭上的一根黃毛。

【Mystery World】MY0020
獵凶
The Body Reader

作　　者❖安・費瑟 Anne Frasier
譯　　者❖林　零
封面設計❖BERT.DESIGN
排　　版❖張彩梅
總 編 輯❖郭寶秀
特約編輯❖周奕君
行銷業務❖許芷瑀

發 行 人❖凃玉雲
出　　版❖馬可孛羅文化
10483台北市中山區民生東路二段141號5樓
電話：(886)2-25007696
發　　行❖英屬蓋曼群島商家庭傳媒股份有限公司城邦分公司
10483台北市中山區民生東路二段141號11樓
客服服務專線：(886)2-25007718；25007719
24小時傳真專線：(886)2-25001990；25001991
服務時間：週一至週五9:00～12:00；13:00～17:00
劃撥帳號：19863813　戶名：書虫股份有限公司
讀者服務信箱：service@readingclub.com.tw
香港發行所❖城邦（香港）出版集團有限公司
香港灣仔駱克道193號東超商業中心1樓
電話：(852)25086231　傳真：(852)25789337
E-mail：hkcite@biznetvigator.com
馬新發行所❖城邦（馬新）出版集團【Cite (M) Sdn. Bhd.(458372U)】
41, Jalan Radin Anum, Bandar Baru Seri Petaling,
57000 Kuala Lumpur, Malaysia
電話：(603)90578822　傳真：(603)90576622
E-mail：services@cite.com.my
輸出印刷❖前進彩藝有限公司
一版一刷❖2022年2月
定　　價❖400元

ISBN：978-986-0767-68-1（平裝）
ISBN：9789860767704（EPUB）
城邦讀書花園
www.cite.com.tw

國家圖書館出版品預行編目（CIP）資料

獵凶／安・費瑟（Anne Frasier）作；林零譯. -- 一版. -- 臺北市：馬可孛羅文化出版：英屬蓋曼群島商家庭傳媒股份有限公司城邦分公司發行, 2022.02
320面；14.8×21公分 --（Mystery World；MY0020）
譯自：The Body Reader
ISBN 978-986-0767-68-1（平裝）

874.57　　110021915

The Body Reader by Anne Frasier
This edition is made possible under a license arrangement originating with Amazon Publishing, www.apub.com, in collaboration with Andrew Nurnberg Associates International Ltd. Taiwan Representative Office.